그리움이 마음을 흔들 때

그리움이 마음을 흔들 때

2020년 12월 28일 1판 1쇄 인쇄 / 2020년 12월 31일 1판 1쇄 발행

지은이 송희복 / 펴낸이 민성혜
펴낸곳 글과마음 / 출판등록 2018년 1월 29일 제2018-000039호
주소 (06367) 서울특별시 강남구 광평로 280, 1106호(수서동)
전화 02) 567-9731 / 팩스 02) 567-9733
전자우편 writingnmind@naver.com
편집 및 제작 청동거울

ISBN 979-11-964772-6-4 (03800)

이 도서의 국립중앙도서관 출판시도서목록(CIP)은 서지정보유통지원시스템 홈페이지
(http://seoji.nl.go.kr)와 국가자료공동목록시스템(http://www.nl.go.kr/
kolisnet)에서 이용하실 수 있습니다. (CIP제어번호: CIP2020054836)

그리움이 마음을 흔들 때

송
희
복

지
음

글과마음

2020년 올해는 오래 기억될 것 같다. 전염병에 대한 기억과 경험 중에서도 이렇게 심각하게 받아들인 적은 없었기 때문이다. 한 해 내내 마스크를 쓰고 다녔다. 앞으로, 언제까지 이런 모습을 공공연하게 하고 다녀야 할지 모르겠다. 또, 올해에는 내가 연구교수여서 수업이 없었다. 사사롭게는, 이런 '하 수상한' 시절에 수업에 대한 부담감이 없던 것은, 그나마 불행 중 다행이었다.

올해, 집에 있는 시간이 많아질 듯해, 애초 집에서 뭔가 할 수 있는 일을 찾았는데, 생각 이상으로 집에 있는 시간이 무척 많아져, 코로나19가 심각해지기 시작하던 2월 말부터, 나는 일반인들을 위한 교양 강의를 유튜브에 하나하나 올리기 시작했다. 나의 유튜브 강의 제목은 '시로 하는 인생 공부'다. 서정시를 통해 낱낱의 인생을 공부해볼 수 있다는 전망을 흘깃 엿보았기 때문. 처음엔 시보다 언어나 역사에 관한 폭넓은 소재를 가지고 강의를 해볼까, 생각도 했는데, 내 아내가 적극적으로 말리는 바람에 다음 기회에 다시 생각키로 했다.

강의의 반응은 조회 수가 말해주듯이 그다지 뜨거운 건 아니었다. 내 강의를 빠짐없이 듣고 있는 지인들이 적지 않았고, 이들이 무척이나 고맙게도, 도중에 그만두지 말고 계속 이어가라고 나에게 격려를 아끼지 않았다. 반응이 비록 미적지근해도 강의 내용이 오래 동안 하나의 기록처럼 남는 것이어서, 나 역시 당분간 유튜브 강의를 죽 이어가는 게 좋겠다고 생각했다. 그러다 보니, 마치 농부가 땀을 흘리면서 한 해 농사를 지은 것처럼 60회에 가까운 수확량의 가을걷이를 한 셈이 되었다.

이 책은 어느덧 60회 정도에 이른 유튜브 강의 '시로 하는 인생 공부' 중에서 스무 편을 고른 것이다. 기준은 사랑과 이별과 그리움에 관한 내용들이다. 물론 동서고금의 문학에서 남녀 간의 사랑, 이별, 그리움에 관한 소재만큼 낡지도 닳지도 않은 것은 없을 것이다. 근대 이후 우리나라 문학의 풍속처럼, 사회 현실에 대한 소재주의에 민감하거나 뜨거운 경우에 있어서는 사랑의 감정이란, 빛바랜 것이라고 느끼거나, 일쑤 통속적으로 보인다고 여기거나, 쓰디쓴 진실을 달콤하게 안에 감춰버린다고 생각하거나 한 내용들에 지나지 않을 것이다. 우리의 생각을 덜 유연하게 한 이런 유의 통념은, 아닌 게 아니라 진즉에 벗어나야 했다. 이 벗어남의 비평적 시도가 책의 졸가리를 엮으려고 한 나의 진정한 동기 부여였다.

이 책의 틀 거리로 짜인 스무 편의 세목은 내게 보석과 같은 것들이다. 나는 생각과 생각을 거듭하면서 졸가리를 엮었다. 고심 끝에, 세우고, 나누고, 허물고, 되세웠다. 시 하나하나도 마음에 여운이 남는 것이며 가슴속에 물결치는 것이거니와, 강의 하나하나에도 첨삭과 다듬기의 과정을 거쳐 말에서 글로 전환하는 데 혼신의 정성을 기울였다.

시청자의 반응이 미적지근했지만, 독자의 반응은 좀 달라졌으면 한다. 비록 뜨겁지는 않아도, 좀 달아올랐으면 한다. 나와 가까운 거리에서 늘 살피고 도우고 지적해주는 아내에게, 이 책을 바친다.

2020년 12월 1일, 서울 자택에서,

지은이 몇 자 적다.

| 차례 |

내 여인은 두 눈에 사랑을 가져다주니

―단테의 신생

여러분들이 잘 아는 것처럼, 단테는 이탈리아 피렌체가 고향입니다. 피렌체하면 세계적인 예술의 고장입니다. 파리나 비엔나 등과 함께 세계적인 예향으로 잘 알려져 있는데, 오래된 정도를 따지자면 피렌체가 가장 오래된 예향이라고 하겠습니다. 14세기 때에는 미술이나 건축 분야는 말할 것도 없고 문학도 이미, 또 아주 발달했습니다. 14세기 초반은 단테의 『신곡』이 나왔구요. 그리고 그를 추종했던 페트라르카, 보카치오가 이어서 문학이란 무대에 등장하게 됩니다. 그러니까 14세기에 이탈리아는 물론 세계의 문학을 주도했던 세 사람이 다 피렌체 도시이거나 이 공화국 사람들이라고 하겠습니다.

저도 12년 전에 피렌체에서 한 1주일간 머문 적이 있었는데요, 그 당시에 조각품이나 그림, 조각, 건축물 등을 보는데 정신을 빼앗겨서 문인들의 자취를 제대로 더듬어보지 못한 아쉬움이 남아있습니다. 피렌체 시내는 아주 작습니다. 몇 시간 정도를 걸어 다니면, 중요한 곳은 대충 더듬게 됩니다. 피렌체 중심지는 무척이나 유서 깊은 곳으로서 이른바 '첸트로 스토리코'라고 하지요. 글자 그대로, 역사의 도심(都心)이랍니다. 오랜 역사의 흔적이 한 장소에 집중되어 있어서죠.

단테와 페트라르카와 보카치오는 14세기에 살았던 사람들입니다. 14세기 피렌체 출신의 문인, 예술인들이 주도한 르네상스란 무엇일까요? 어원적으로는 다시 태어난다는 뜻의 '재생'이 되겠습니다. 그리스 문화가 이룩했던 고전고대의 인간 및 인간성을 거듭 가져온다는 의미가 포함된 개념이 바로 르네상스랍니다. 요컨대 부르크하르트가 말한 바 있듯이, 이것은 '인간의 발견'입니다. 한때 우리나라에선 문예부흥이라고 하기도 했습니다. 문학과 예술에 있어서의 인간적인 의미의 되새김, 인간적인 가치의 되돌림이라고 하겠네요.

단테는 인생의 우여곡절을 겪고도 아주 오래 살았습니다. 하지만 고향에서 추방된 후에, 결국 귀향하지 못했습니다. 단테의 생애 중에서 페트라르카와 겹치는 햇수는 17년이요, 보카치오와 겹치는 햇수는 8년입니다. 보카치오는 단테가 할아버지 같은 나이의 어르신이라고 하겠지요. 그러니까 나이 차이가 너무 많이 났기 때문에, 게다가 단테가 인생 후반기에 추방생활, 유랑생활을 했기 때문에 세 사람은 함께 만날 수가 없었습니다. 대신에, 페트라르카와 보카치오는 나이차가 9년 차이 밖에 되지 않았기 때문에 서로 간에 가까웠어요. 막역한 선후배처럼 또 친구처럼 가깝게 잘 지냈다고 합니다. 두 사람은 고향의 대 선배인 단테의 문학을 두고 끊임없이 토론을 했어요. 그 결과, 『데카메론』의 작가로 유명한 보카치오는 『비타 디 단테(Vita di Dante)』라는 책을 내기도 합니다. 책의 제목은 단테의 인생, 단테의 생애라는 뜻입니다. 이것은 세계 문학사에서 문학 비평 중에서도 최초의 작가론, 전기비평이라고 할 수 있습니다. 한 3년 전에 우리나라에 이탈리아어 직역본으로 번역되기도 했는데요, 책은 문고판 분량밖에 되지 않습니다.

단테의 옆모습 그림. 사랑과 신앙에 대한 신념에 가득 찬 모습이다.

단테의 생애 중에서 가장 중요한 인물은 여러분들이 잘 아는 바와 같이 베아트리체라고 하는 여인입니다. 베아트리체는 피렌체 은행가의 딸로 태어났습니다. 그러니까, 신흥 자산가의 딸이었지요. 단테의 집안은 베아트리체 집안에 비하면 미천하기 그지없었고, 베아트리체의 눈부신 미모에 비할 때 단테의 외모도 볼품이 좀 없었습니다. 베아트리체의 애칭은 '비체'라고 불렸습니다. 그러나 단테는 단 한 번도 베아트리체를 두고 비체라고 부르거나 말한 적은 없습니다. 왜? 두 사람이 가까운 사이가 아니라는 얘깁니다. 대중가요의 한 제목처럼 '가까이 하기엔 너무 먼 당신'이라고 할 수 있겠습니다.

두 사람의 첫 만남은 사뭇 운명적이라고 하겠는데요, 단테 아홉 살, 베아트리체 여덟 살이었대요. 소년 소녀 시절에 우연히 만나게 됩니다. 피렌체가 조그만 도시니까 왔다갔다 하다보면 자주 보겠지요. 그러니까 요즘말로 하면 초등학교 3학년 남자애와 초등학교 2학년 여자애가 서로 우연히 만났다는 겁니다. 슬쩍 지나치는 정도였지요. 아홉 살짜리 애가 첫눈에 반한다? 의아하게 생각되지 않아요? 하와이대학교 심리학과 교수 일레인 햇필드는 여러 가지 실험을 통해 다섯 살부터 이성애에 빠진다는 가설을 제시하기도 합니다. 이때부터 아이들은 소꿉놀이를 통해 아빠 엄마의 역할을 시뮬레이션하거나, 왕자와 공주의 역할을 통해 로맨스를 학습하고 꿈꾸거나 한다죠.

그리고 9년 만에 다시 만나는데 단테가 피 끓는 청년의 나이가 되어선지 상당히 이성적 감정, 호감을 가집니다. 9년 동안 한 동네에 살았지만 못 만났는데 9년 후에 다시 만나게 된 단테의 나이는 열여덟 살. 지금 우리식으로 하면 고3 나이가 되겠습니다. 베아트리체는 한 살 아래고요.

이때 열일곱의 베아트리체는 이미 남편이 있었습니다. 유명한 귀족의 두 번째 부인이라고 해요. 이 만남은 길가에서 서로 보면서 목례를 하는 정도에 지나지 않았겠지요. 그날 밤부터 단테의 영혼은 심하게 동요했습니다. 격정에 사로잡히고요. 이것이 하루 이틀이 아니고 수개 월 지나다 보니까 몸이 상하게 되고 몸이 야위고, 친구들이 너 몸이 안 좋게 보이는데, 어째서 그러니 하고 물어보니까, 이유를 밝히기를 거절합니다.

단테가 아홉 살 때 첫눈에 반한 것이 이른바 '퍼피(puppy) 러브'라고 한다면, 열여덟 살에 이르러 사랑에 빠진 것은 이를테면요 '캐프(calf) 러브'라고 할 수 있습니다. 단테가 강아지에서 송아지로 성장, 성숙한 것은 사실입니다. 오늘날의 관점에서 볼 때, 로미오와 줄리엣의 사랑이나 이도령과 춘향의 사랑은 송아지 사랑이라고 하겠습니다.

그러다가 또 성당에서, 두 사람은 우연히 동석하게 됩니다. 나란히 같이 앉은 게 아니라 두 사람 사이에 한 처녀가 끼어 앉아 있었습니다. 베아트리체와 자신 사이에 앉은 이 처녀를 자신의 사랑을 위장하는 가리개로 이용했다고 합니다. 이 처녀는 근교에 사는데요. 이 처녀를 찾아가서 계속 자신의 가리개 역할을 해 달라고 했습니다. 이 처녀가 좋아요, 라고 했겠어요? 자존심이 있지. 나 성당 안 갈 거예요……이런 말을 하며 거절하니까, 단테는 몸이 더 달아오르면서 대타를 내세웁니다. 이 대타는 누구냐? 어떤 귀부인이라고 해요. 부인, 제 가리개 역할을 해 주세요. 그랬대요. 이런 작전이 꽤 치밀했지만 그의 염문이 피렌체 도시에 소문이 퍼질 정도였습니다. 그때부터 베아트리체는 단테를 만나도 인사조차 안 했대요. 왜? 흑심을 품었다고 생각했기 때문이죠. 자기는 어엿이 남편이 있는데도 불구하고 말이죠. 그러니까 단테는 시를 써서 도시에 유포시키기도 했습니다. 마치 우리나라 옛날 신라 적의 향가가 생각나죠. 서동이 선화공주를 꼬시기 위해 지었다는 「서동요」 말예요. 그러다가 또 우연한 만남이 있었는데요. 계속 이 만남은 우연한 만남입니다. 어느 결혼식에 참석을 했는데 그때 놀랍게도 베아트리체를 목격합니다. 목격하는 순간, 너무 놀라서 기절을 해버렸다고 하네요. 그래서 더욱 피렌체에 소문이 퍼졌고, 단테는 여인들의 조롱거리가 됩니다.

이탈리아 피렌체 시에 남아 있는 단테의 생가.

　이 기절 사건이 자신의 짝사랑이 만천하에 공개되는 계기가 되었고 그럴 때마다, 단테는 내가 바란 것은 베아트리체와 만나서 연애하고 재혼하려는 게 아니다, 내가 바라는 건 베아트리체가 내게 인사하는 정도이다, 라고 이야기를 했다고 합니다. 그러니까 베아트리체가 자기를 보고도 인사를 안 하니까 인사하는 정도를 자기가 바랐다는 거예요. 이때부터는 베아트리체를 사랑한다고 하지 않고, 사랑을 공개적으로 말할 수 없는 시대니까. 더욱이 유부녀이니까. 찬양하는 거. 그러니까 그 많은 베아트리체에 관한 시들이 있어도 베아트리체를 사랑합니다, 하는 시는 하나도 없습니다. 베아트리체를 찬양합니다, 하는 시가 대부분입니다. 이것은 사랑의 시대적 한계라고 하겠지요. 중세이기 때문입니다.

　사랑한다는 감정을 감추지 않고 사랑을 고백하는 것은 바로 근대적 사랑의 방식이라고 할 수 있지요. 춘향은 옥중에서 이 도령을 만났는데 자신이 내일 죽을 거라고 생각하고 유언을 남기는데도 불구하고 말입니다만, 이 도령에게 유언을 남기는 자리에서도 그동안 사랑했어요, 라는 이 한마디 말도 하지 못했어요. 이게 바로 전근대적인 사랑의 운명이요, 사랑의 시대적 한계라고 말할 수 있겠지요. 춘향전 이후에 이광수, 김동인에 의해서 사랑을 고백하는 소설들이 많이 등장하게 되지요. 하여튼 단테는 베아트리체 목격 직후의 기절 사건으로 인해 피렌체의 유명 인사가 되었다고 합니다.

그가 유명해지자 한 친구가 찾아와서 그랬답니다. 자네, 사랑의 전문가라면서? 도대체 사랑이란 게 무언가? 이런 질문을 불쑥 던집니다. 이에 관한 답변으로 철학적인 내용의 소네트, 즉 유럽 전통의 14행 서정시로 대답하기도 합니다. 너, 나 약 올리니, 하지 않고, 철학적인 내용의 시를 써서 사랑이란 물음에 대해 성실하고, 진지하게, 대답합니다. 그러면 오늘, 제가 단테의 사랑 시편 하나를 선택해 소개할까, 합니다.

내 여인은 두 눈에 사랑을 가져다주니,
바라보는 모든 것을 사랑스레 변하게 하네.
길을 가면 사람들은 고개 돌려 그녀를 바라보네.
그녀에게 인사 받은 사람은 가슴 두근거리네.

한숨을 깊이 쉬거나 수심에 찬 얼굴을 숙이는
그는 그제야 자신의 나쁜 마음을 알게 되어 변하게
되네, 못난 마음이 사랑으로, 못된 마음은 숭배로.
오, 여인들이여, 그녀를 찬양하게 하세요.

겸손과 식지 않은 온화한 희망과 같은 게

그녀의 말을 듣는 사람의 마음속에 생겨나면,

그녀를 바라보는 사람마다 한결 행복하리라.

그녀가 엷게 미소 지을 때, 그녀가 지닌 모습은

말로 표현할 수도, 생각에 담아둘 수도 없으리라.

이는 전례 없이 아름다운 기적이 되리라.

—박우수 옮김, 참고.

단테의 서정시집인 『신생(La vita nova)』(1294)에는 대부분 소네트와 일부분 발라드로 이루어져 있습니다. 소네트는 단테 이전의 한 백 년 전에 생겨난 정형시이구요, 국한된 지역, 남프랑스의 프로방스나 또 이탈리아의 시칠리아 같은 데의 지역에 음유 시인들이 있었는데, 음유 시인들이 노래한 그 노랫말이 시의 형태로 나타나게 된 것이 발라드라고 할 수 있겠습니다. 발라드는 14행으로 정형화된 소네트에 비해 시의 형태가 깁니다.

인용한 시는 소네트입니다. 내 여인은 두 눈에 사랑을 가져다주니, 바라보는 모든 것을 사랑스레 변하게 하네. 여기에서 사랑이라고 하는 것은 남녀 간의 사랑이라기보다 좀 폭넓은 의미의 사랑, 보편적인 의미의 사랑이라고 할 수 있겠지요. 뭐랄까요. 이성적인 호감이라기보다는 더 폭을 넓혀서 베아트리체의 자애로운 성품을 두고 사랑이라고 지금 표현하고 있습니다. 베아트리체가 사물이든 사람이든 간에 자애로운 눈길을 던져줄 때 모든 것이 자애롭게 되어간다는 것. 너무나 예의가 바르기 때문에 길을 갈 때, 뭐 아는 사람이든 모르는 사람이든 간에 서로 목례를 하고 지나간다는 것. 근데 자기하고 무슨 염문이 있다는 소문이 퍼지자, 자기 자신에게는 그녀가 인사조차 하지 않아서 이런 시를 쓴 게 아닌가 하는 생각을 들게 합니다.

단테의 사랑은 쉽게 말하면 두 가지 성격의 사랑이라고 말할 수 있겠어요. 하나는 눈으로 하는 사랑이요, 다른 하나는 말없는 사랑이에요. 눈으로 하는 사랑과 반대 되는 개념이 육체적인 사랑, 다름이 아니라 몸으로 하는 사랑인데요, 이 몸으로 하는 사랑을 인식하게 되는 것은 바로 근대라고 하는 시대적 자각과 더불어 시작됩니다. 이것이 바로 에로티시즘의 탄생인 겁니다.

둘째는 말없는 사랑이라고 했는데요, 아까 제가 말했습니다. 춘향전에서 춘향이 옥중에서 유언을 하는데도 당신을 사랑했어요, 라고 말을 하지 못하는 그 시대적인 한계인, 근대 이전의 사랑법입니다. 사랑을 고백하지 않는 사랑이 말없는 사랑입니다. 그래서 말을 하게 되면 사랑이 아니라고 본 것이 중세 사람들의 관념, 이들이 본 사랑의 관점이었지요.

눈으로 하는 사랑. 말없는 사랑. 눈은 마음의 창이요 순수한 사랑을 드러내고 정신적인 사랑을 구가하는 겁니다. 이것을 우리는 플라토닉 러브라고도 하는데 이를테면 '플라톤의 사랑'이란 뜻입니다. 플라톤은 평생토록 독신으로 살았습니다. 어느 누구의 여인과도 연애도 하지 않고 결혼도 하지 않았습니다. 플라톤은 사상 자체도 순수 관념의 사상을 가지고 있었듯이, 사랑을 보는 관점도 순수 관념의 사랑을 가지고 있었고요. 이미 수백 년 전에 죽었던 사포 같은 여인과 더불어 정신적인 사랑을 즐겼지요. 그래서 후세 사람들은 플라톤의 사랑, 즉 이것을 두고 플라토닉 러브라고 하는데. 눈으로 하는 사랑이니, 말없는 사랑이니 하는 이 중세기의 사랑은, 중세기적인 단테의 사랑은 플라톤적이라고 하겠습니다.

그 다음을 볼까요. 길을 가면 사람들은 고개 돌려 그녀를 바라보네, 그녀에게 인사 받은 사람은 가슴 두근거리네. 한숨을 깊이 쉬거나 수심에 찬 얼굴을 숙이는 그는……. 이때, 그라고 하는 이는 베아트리체에게 인사 받은 사람을 말합니다. 여기에는 남자도 있고 여자도 있겠지요.

그는 그제야 자신의 나쁜 마음을 알게 되어 변하게 되네.

영국의 화가 헨리 홀리데이가 1883년에 그린 유화이다. 아르노 강이 흐르는 베키오 다리에서 단테와 베아트리체가 우연하면서도 운명적으로 만났다. 단테는 베아트리체를 응시하지만, 베아트리체는 정면을 바라보면서 그를 외면하고 있다. 붉은 옷의 베아트리체 친구와 뒤 따라 오는 푸른 옷의 하녀는 이 사람 누구지, 하는 표정으로 그를 흘깃 쳐다본다. 화가는 이 그림의 고증을 위해 피렌체까지 다녀왔다.

기존 번역본에는 이 나쁜 마음이 '사악한 마음'으로 번역되었는데요. 제가 이 표현을 '나쁜'으로 고쳤습니다. 왜냐구요? 필요 이상으로 강도 높은 표현이기 때문이죠. 사악한 거랑 나쁜 거는 강도가 다르지요. 베아트리체가 지나가는 모습을 쳐다보는 남자들, 여자들. 다 나쁜 마음을 가진 이들입니다. 여자들은 너무 아름답기 때문에 시기를 하게 되고, 남자들은 소유욕을 느끼게 되고. 아, 저 여자가 내 여자였으면, 하는……. 이게 나쁜 마음예요. 이 정도면 나쁜 마음이라고 볼 수 있는데, 그렇다고 사악한 마음이라고 보기는 어렵죠. 또 기존 번역에는 증오와 자만심이라고 되어 있기도 하는데요. 여자가 베아트리체를 증오한다는 게 좀 이상하지 않아요? 이 증오란 말은 시기보다 더 강한 질투거든요. 남자들의 자만심이란 것도 일종의 이기심인데, 번역이 적절한지 의문입니다.

저는 기존 번역을 옮기는 과정에서 증오와 자만심을 못난 마음, 못된 마음으로 각각 바꾸어보았습니다. 길에서 베아트리체를 본 남자와 여자들은 자기 자신의 나쁜 마음을 알게 되어 변하게 되는데 못난 마음은 아까 말한 증오란 뜻입니다. 실은 시기심 정도겠죠. 못난 마음은 사랑으로 변하고, 한편 못된 마음은 즉 자만심, 이기심, 소유욕……이런 것은 숭배로 변하게 된다는 겁니다.

오 여인들이여, 그녀를 찬양하게 하세요. 세상의 여인들이여, 베아트리체를 더 이상 시기하지 마세요. 그러니까 단테 자신이 아닌 세상의 여인들로 하여금 그녀를 찬양하게 하라고 합니다.

19세기 이탈리아계 영국 화가 단테 가브리엘 로세티가 그린 「베아타 베아트릭스」이다. 베아타란, '축복 받은', '성스러운'의 뜻이다. 하지만 그림은 베아트리체의 축복 받은, 성스러운 모습을 그린 게 아니다. 육신의 고통으로 인해 양귀비꽃에 취해 죽어가는 모습을 그렸다. 화가의 연인을 모델로 삼았다.

소네트는 제가 미리 말했듯이 14행시입니다. 보통 어떻게 나누어지느냐? 4행, 4행, 6행, 그러니까 진행의 형식이 4·4·6으로 나누어집니다. 앞부분의 4행은 시작되는 부분. 가운데의 4행은 중간 부분, 마지막 6행은 마무리 부분이라고 하겠습니다.

겸손과 식지 않은 온화한 희망……으로 시작해, 전례 없이 아름다운 기적……으로 끝나는 여섯 행은 마무리 부분이라고 하겠습니다. 여기에서는 베아트리체의 자애로운 인품이 드러나고 있는데요, 베아트리체의 입은 두 가지 행위에 관여하고 있습니다. 하나는 말이요 하나는 미소입니다. 이때 말이라고 하는 것은 베아트리체의 부드러운 말씨를 말하고, 미소는 베아트리체의 경이로운 미소를 가리키는 것인데, 이 눈이든, 입이든 할 것 없이 미덕의 힘이 미치고 있다는 사실을 단테는 찬양하고 있는 것입니다.

이것을 보면 베아트리체에 대한 단테의 사랑은 중세 기독교적인 가치와 지향점이 분명하게 드러나 있는 사랑의 관점을 제시하고 있다고 보입니다. 그러니까 그냥저냥 인간끼리의 사랑보다는 신과 인간의 관계를 전제한 혹은 중시한 인간끼리의 사랑입니다. 그래서 단테를 마지막 중세적 인간상이라고 보는 겁니다.

그럼에도 불구하고 단테를 페트라르카와 보카치오보다 앞선 최초의 근대적 인간상으로 보는 관점도 만만치 않죠. 그는 중세의 공용어인 라틴어로 작품을 쓰지 않고 속어인 이탈리아어로 작품을 썼지요. 즉, 자유로운 표현의 가능성을 맨 먼저 제시한 거죠. 그래서 14세기 르네상스 시대의 문학을 열게 되는 겁니다. 단테, 페트라르카, 보카치오로 이어지는 이 시대의 이탈리아어 문학은 현대 이탈리아어의 모태라고 합니다.

또 여기에서 한마디 덧붙이자면, 피렌체가 르네상스의 온상이 된 이유는 피렌체인들의 비판정신과 피렌체 공화국의 경제력에 있었다고 하겠

단테 가브리엘 로세티의 제자인 에드워드 콜리 번-존스가 묘사한 붉은 옷의 베아트리체.
여인들이 선망의 눈초리로 바라본다.

제1부_고전의 사랑, 오래된 미래의 사랑

습니다. 단테가 「속어(eloquentia)에 대하여」를 통해 라틴어보다 이탈리아어를 중시해야 한다고 주장을 펼친 실용적인 사고 역시 비판정신의 소산이라고 하겠습니다. 아테네의 문화 융성에는 경제력이 전제되었듯이, 피렌체의 14세기 르네상스는 이미 그 이전에 금융업과 직물업 등이 발달되었습니다. 앞서 말했듯이, 베아트리체의 아버지가 금융업자이듯이 말이죠.

> 그녀가 엷게 미소 지을 때, 그녀가 지닌 모습은
> 말로 표현할 수도, 생각에 담아둘 수도 없으리라.
> 이는 전례 없이 아름다운 기적이 되리라.

단테가 몸으로 하는 사랑을 거부한 것은 근대적 에로티시즘의 단계에까지 나아가지 못했음을 말합니다. 근대적 에로티시즘의 사랑은 육체적이고 개별적인 사랑이니까요. 그러나 단테의 사랑은 몸으로 하는 사랑이 아니라 눈으로 하는 사랑이기 때문에, 눈으로 하는 사랑을 찬양하기 때문에, 순수하고 영혼에 호소하는 사랑이라고 할 수 있겠죠. 정신적이고 보편적인 사랑이라고 할 수 있겠습니다. 그는 이런 사랑을 가리켜 '전례 없이 아름다운 기적'이라고 극찬합니다.

페트라르카와 보카치오가 만나서 고향과 문학의 선배인 단테의 문학과 사상에 대해서 끊임없이 토론하게 되고, 그 결과 보카치오는『단테의 인생』이라는 작가론 저서를 냅니다. 이 얘기 앞에서 말했었죠. 오늘날 번역하니까, 얄팍한 문고판에 지나지 않네요. 영어로 중역된 이것이 이미 번역되었습니다만 이탈리아어 직역본으로는 3년 전에 나왔습니다. 제가 이 책의 27쪽을 읽어 드리겠습니다.

단테가 스스로 글로 밝히기도 했고 그의 사랑을 알고 있던 주변 사람들이 전하는 말에 따르면, 베아트리체를 향한 마음은 아주 고결하고 정신적인 사랑이었기 때문에, 두 사람에게서 육체적인 사랑을 갈망하는 표정이나 말이나 암시 따위는 전혀 찾아볼 수 없었다. (조반니 보카치오 지음, 허성심 옮김, 『단테의 인생』, 인간희극, 2017, 27쪽.)

누가 한 얘기라구요? 보카치오가 단테를 두고 한 얘깁니다. 단테가 스스로 밝히기도 했고 주변 사람들이 전하는 말에 따르면 베아트리체를 향한 사랑은 육체적인 것을 넘어서는 것이었다. 이것으로써 단테가 가지고 있었던 베아트리체에 대한 사랑의 빛깔이 분명해진 것으로 보입니다.

그런데 단테 나이 25세 때 엄청난 일이 벌어집니다. 베아트리체가 사망합니다. 향년 24년 3개월로 요절하게 되지요. 그는 흐느낌으로 목소리가 쉬어 버려 그의 외침은 주변 사람들조차 알아듣지 못할 정도였다고 합니다. 단테는 하나님이 베아트리체를 하늘나라로 데려갔다고 굳게 믿었습니다. 그래서 모든 것을 체념하고 단테도 결혼을 하게 되는데요. 결혼해서 5남 1녀를 낳게 됩니다. 물론 그 이전에 단테가 결혼한 상태였다는 얘기도 있구요. 외동딸 이름을 베아트리체라고 지어주었답니다. 단테의 딸 베아트리체는 훗날 수녀로서 살아가게 되었다고 합니다.

죽은 베아트리체의 오빠가 단테에게 찾아온 일이 있습니다. 그녀를 기리는 시를 써 달라, 부탁하러 왔어요. 일종의 기일(제삿날)을 앞두고 말예요. 조선시대 우리나라에선 이런 걸 '제문시'라고 했지요. 그는 그녀를 위해 지어줬다고 합니다.

뿐만 아니라, 그는 18살 때 베아트리체를 두 번째 만난 때부터 1294년까지 베아트리체에 관한 시들을 모으고 그에 대한 자신의 해설을 붙여서 하나의 책을 만들어 내는데요. 그것이 『신생』입니다. 이탈리아어로, '라 비타 노바'라고 읽힙니다. 새로운 인생이란 뜻이죠. 요즘 '새로운 인

서기 1300년, 피렌체에서 있었던 정치적인 내전을 그린 기록화다. 당시의 피렌체 정국은 흑파와 백파의 당쟁이 극심했다. 교황권을 배경으로 삼은 흑파가 단테가 소속한 백파를 눌러 이겨 권력을 장악했다. 이때부터 단테는 죽을 때까지 망명지에서 살았다.

생'이라고 번역되는데 과거에는 다 '신생'이라고 했어요. 근데 이렇게 '새로운 인생'으로 해야 되느냐 '신생'으로 해야 되느냐, 하는 문제가 남습니다.

저는 과거처럼 작품 제목을 '신생'으로 해야 한다고 생각해요. 그의 불멸의 대표작인 「신곡」처럼 말예요. 새로운 인생 식이라면, 「신곡」도 신성한 희극, 신성한 음곡(音曲), 신성한 서사시……식으로 번역되어야 하거든요. 그렇지 않으면, 이게 짝이 맞지 않죠. 그런데 '신곡'이란 제목은 지금 그대로 유지하고 있거든요. 그렇다면, '신생'도 마찬가지여야 해요. 제목 붙이기의 방식도 일관성이 있어야 하지 않겠어요? 어쨌든 신곡의 원제목은

라 디비나 콤메디아(La Divina Commedia)

예요. 신성한 극(劇). '콤메디아'는 영어로 하면 코미디입니다. 근데 내용은 코미디가 전혀 아니잖아요? 이때 '콤메디아'는 고대 그리스에서 연극을 뜻하는 개념이었어요. 시간이 흐르면서 희극, 비극, 희비극(요즘 젊은 이들이 말하는 '웃픈(웃으면서 슬픈)' 내용의 극), 사극 등으로 분화가 되면서 희극을 두고 '콤메디아'라고 하게 됩니다만, 「신곡」의 내용은 아주 비장한 느낌을 주는 비극에 가깝습니다. 이 작품에 신곡이란 제목을 그대로 둔다면 신생이란 제목도 그대로 두어야 한다는 게 제 생각입니다.

어쨌든 『신생』은 단테가 서정시 및 음유시의 전통을 계승해서 쓴 소네트와 발라드 형식의 사랑시라고 할 수 있겠지요. 이런 것을 묶어서 스스로 해설한 게 바로 『신생』입니다. 그가 이 책을 내고 나서 베아트리체에 대한 그의 사랑과 애도는 한 풀 꺾인 감이 있습니다. 세월이 지나다 보면 다 그렇게 될 수밖에 없겠지요. 그때부터 그는 정치인으로 살아가게 되는데요, 아주 파란만장한 삶을 살았습니다. 피렌체 공화국의 제1행정

장관을 역임하게 되고 또 복잡한 당쟁에 얽혀서 추방생활, 유랑생활을 하게 되면서 경제적으로 아주 궁핍한 생활을 하게 됩니다. 뒤에는 고향에 다시 돌아오려고 무진 애를 썼습니다만, 고향에 돌아오면 화형을 시킨다는 통보를 받고 결국 고향에 돌아오지 못하고 객지에서 죽음에 이르게 됩니다.

요즘도 피렌체 시가 라벤나 시에 단테의 무덤을 돌려줄 것을 요구합니다. 이에 대해 라벤나 시는 '너희가 옛날에 단테를 미워 쫓아낸 게 아니냐?'고 반박하면서 단테를 라벤나의 시인으로 존숭하고 있어요. 어쨌든 단테의 고향이 피렌체인 것이 사실이고, 피렌체(Firenze)란 철자의 어원 역시 옛 지명인 '플로렌티아(Florentia)'에서 유래되었던 것처럼, 피렌체는 단테와 베아트리체의 사랑으로 인해 한결 '꽃의 도시'로 아름답게 장식된 감이 있습니다.

필자는 2008년 2월에 일주일 정도 꽃의 도시라고 하는 피렌체에서 머물렀다. 르네상스 시기의 예술과 문화를 마음껏 향유할 수 있었다. 이 꽃은 예술과 문화의 꽃인 것은 물론이요, 단테와 베아트리체의 숨결이 감도는 사랑의 꽃이라고 생각된다.

단테는 1321년에 세상을 떠나기 직전에 신성하고도 장대한 「신곡」을 탈고합니다. 죽을 때에 이르러, 그러니까 마지막으로 인간의 고뇌를 곱씹으면서 옛날에 어릴 때 보았던 베아트리체를 다시 생각하게 되는 거지요. 그래서 「신곡」에서는 자신의 영혼을 천국으로 인도하는 길라잡이 역할을 하는, 그러니까 영혼의 구원자로서 베아트리체를 완미하게 묘사하고 있습니다.

단테는 인생을 통해 베아트리체를 사실상 몇 번 만나지도 않았습니다. 한두 번 인사하는 정도였고, 한두 번 성당에서 예배 함께 보는 정도였습니다. 자주 만나서 연애를 하고 연인이 되고 부부가 되었더라면, 그리고 부부가 되어서 지지고 볶고 살았더라면, 베아트리체가 자신을 천국으로 인도하는 영혼의 구원자라고 생각을 했을까 하는 의문이 들기도 합니다. 요컨대 베아트리체는 단테의 문학적 상상력이 빚어낸 여인이었습니다. 그리고 이상화된 신성의 상징에 불과한 정도였어요.

그럼에도 불구하고 베아트리체가 일찍 죽었기 때문에, 동양식으로 말해 단테하고 무슨 인연이 있었기 때문에 영원히 지워지지 않는 불멸의 여인상, 마치 사랑의 여신처럼 후세 사람의 가슴속에 각인시킬 수가 있었던 것입니다.

어떻습니까?

단테의 시에서 보는 사랑의 관념. 그야말로 한 부분에 지나지 아니한 시 한 편을 가지고 제가 말씀을 드렸습니다만, 여러분께서는 여유를 내어 풍성하게 단테의 작품을 접해 볼 기회를 가졌으면 합니다. 오늘 제가 제시한 소네트 「내 여인은 두 눈에 사랑을 가져다주니」는 그의 시 중에서도 주옥의 명편입니다. 제가 따온 이 소네트를 가리켜, 예일대학교 영문학 교수이자 저명한 전기 작가인 R. W. B. 루이스가 '음악적 리듬의 소네트'라고 평가한 바 있어요.

　1997년이었지요. 저는 그때 연세가 많은 분께 라틴어를 개인적으로 배웠어요. 내 여인은 두 눈에 사랑을 가져다주니……이 표현을 두고, 다음과 같이 초기 이탈리아어로 발음한 것이 새삼스레 기억납니다. 원음을 적고, 또 쉼표를 찍으면서, 인사를 드립니다.

　감사합니다.

　네리 오끼 뽀르따, 라 미아 돈나, 아모레……

　Ne li occhi porta la mia donna Amore……

사랑의 포로가 되어 마음의 감옥에 갇히다

―페트라르카의 『칸초니에레 · 134』

　　프란체스코 페트라르카의 「나는 평화를 얻지 못하였으나」, 낭독 잘 들어보셨습니까? 프란체스코 페트라르카. 우리나라에서는 조금 생소하지만 단테 못지않은 유명한 문인으로 유럽에서는 잘 알려져 있습니다. 그는 1304년 이탈리아 피렌체에서 멀지 않은 남쪽 지방 아레초에서 태어났습니다. 물론 아버지는 피렌체에서 주로 활동했습니다. 아버지 페트라코는 단테의 지인이기도 하구요, 법률 공증인이었습니다. 요즘 말로 하자면 변호사랑 비슷한 개념이라고도 할 수 있겠네요.

　　그 당시의 피렌체에는 당파 싸움이 아주 심했습니다. 당파 싸움을 당쟁이라고도 하지 않아요? 당쟁에서 밀려난 사람들은 유배 생활하거나 추방 생활하거나 했는데 그 대표적인 사람이 단테구요. 페트라르카의 아버지인 페트라코 역시 아레초로 밀려서 피신하게 된 것이지요. 이 피신지에서 페트라르카가 출생하게 됩니다.

　　그는 운명적으로 역마살이 낀 사람이라고 보면 되겠네요. 성장하면서 여러 곳을 전전해 살아갔습니다. 그 당시만 하더라도 남부 프랑스와 북부 이탈리아는 서로 다른 나라가 아닙니다. 로마 교황청에 소속된 같은 지역의 개념으로 봤고, 언어도 서로 방언의 차이가 있었습니다만 얼마큼 소통은 되었어요.

그가 처음에는 아버지의 가업을 계승하기 위해, 법률 공부를 하려고 했습니다만, 법률 공부보다는 성직자의 길로 갈 것을 마음먹었고, 실제로도 성직자의 길을 걸었지요. 하지만 그가 역사적인 존재로 이름을 후세에 남긴 것은 성직자로서가 아니라, 문인으로서였습니다. 그는 문인으로서 불멸의 명성을 남깁니다. 그가 살아생전에도 문인으로서 유명했어요. 명예로운 지위인 로마의 계관시인이 되었었지요.

그는 세계사적인 개념으로 볼 때 휴머니즘의 창시자라고 할 수 있습니다. 휴머니즘이란 인문주의를 말하는 용어요, 또 이를 실현하는 사람을 휴머니스트라고 합니다. 휴머니스트는 인간성을 실현하는 사람, 인간의 학문에 종사하는 사람, 이를테면 문학이니, 역사니, 철학이니 하는 걸 공부하는 사람으로 개념이 거슬러 올라갑니다. 더 거슬러 올라가면요, 중세 때 요즘 식의 고등학교 학생들 사이에 '우마니스타'라고 불리는 사람이 있었습니다. 문학과 역사와 철학을 가르치는 선생님의 별명을 우마니스타라고 했어요. 이 우마니스타가 영어의 휴머니스트로 바뀌게 됩니다. 아무튼 휴머니즘은 인본주의, 혹은 인문주의 이렇게 번역이 되는데요. 중세의 신성, 신성성 즉 종교보다는 인간성을 강조하는 사상적 흐름을 두고 인문주의, 즉 휴머니즘이라고 합니다. 라틴어 후마니타스(humanitas), 이탈리아어 우마니타(umanita), 즉 인간성의 심원한 감정으로부터 시작된 개념입니다. 그 시대가 요구한 일종의 신개념이라고 하겠지요. 세계사에서 최초의 휴머니스트는 누구인가? 부르크하르트 등과 같은 일부 석학들은 인문주의의 기원을 단테에서 찾았으나, 대부분의 사람들은 프란체스코 페트라르카를 최초의 휴머니스트로 평가하고 있습니다.

그는 후세에 시인으로만 거의 알려져 있지만, 중세 때 이교도의 문화로 버림을 받고 있던 고전고대의 고사본(古寫本)을 발굴하고 해독한 문헌주의자, 즉 최초의 인문주의자였습니다. 오늘은 이 점에 관해선 더 이상 언급하지 않겠습니다.

1327년 4월 6일은 페트라르카 인생에서 가장 중요한 사건이 발생한 날입니다. 그의 나이 스물세 살 때의 일인데요. 프랑스 여인인 라우라를 처음으로 만난 하루입니다. 단테가 베아트리체를 성당에서 두 번째 만났듯이, 그들 역시 성당에서 만납니다. 라우라는 남프랑스의 전형적인 금발 미인이고, 덕성과 기품과 매력이 넘치는 여인이라고 해요. 의견이 좀 엇갈리는데요, 문학적인 가공인물이다, 아니다, 실제의 유부녀였다, 그것도 열 명 넘는 남매를 둔 유부녀다……이런저런 얘기가 있는데 정확하게는 알 수가 없어요. 실제로 유부녀라는 설이 좀 무게가 실린 것 같습니다. 단테가 어린 소녀에게 사랑에 빠진 반면에, 페트라르카는 약간 다른 취향을 가지고 있네요. 많은 애들이 딸려 있는 유부녀를 사랑했다니, 말예요.

라우라는 페트라르카와 만난 지 21년 후에 똑 같은 날에 죽습니다. 그러니까 페트라르카가 라우라를 처음 만난 날이 4월 6일이니까, 1348년 4월 6일에 고향인 프랑스 아비뇽에서 흑사병, 즉 페스트로 죽습니다. 페트라르카는 한 달 후에 친구로부터 이 소식을 전해 듣게 되지요.

그러면 정확하게 21년간에 걸쳐, 두 사람 사이에 무슨 일이 있었느냐? 너무 오래된 역사적 사실이기 때문에 자세히 알 수 없습니다만, 어떻게 보면 아무런 일도 없을 수도 있습니다. 두 사람이 같은 시대에 21년 동안 살아가면서 공존했지만 실제로는 연애관계는 아닐 수도 있습니다. 서로 목례하거나 인사말 정도 건네는 사이가 아니겠느냐. 밀회가 있었는지 여부도 알 수 없구요. 그리고 만나고 싶어도 만나지 못하는 짝사랑에 가까운 사이가 아닐까? 이런 점에서는 단테와 베아트리체의 관계와

아레초는 이탈리아 중부 지방에 있다. 위의 사진은 페트라르카의 생가 입구이며, 아래의 사진은 아레초가 배경지가 된 영화 「인생은 즐거워」(1997)의 한 장면이다.

같습니다.

그런데 여기에서 또 우리가 주목해야 할 것은 페트라르카가 라우라를 만난 이후 3년 후에 성직자의 길을 걷게 됩니다. 그 당시 성직자는 사회적 지위도 높구요, 경제 문제도 해결되었습니다. 그가 왜 3년 후에 결혼도 하지 못하는 신부가 되었느냐. 혹시 그러지는 않았을까요. 라우라와 사랑을 이루지 못하기 때문에 말이지요. 옛날에 제가 젊을 때 무슨 중국 영화를 봤는데요. 영화 속의 중국의 한 여인이 사랑에 실패해서 머리 깎고 비구니가 되는 것을 본 일이 있었는데, 사랑에 실패해서 신부가 되지 않았겠느냐, 하는 개연성도 전혀 없지는 않았을 겁니다.

그런데 얘기가 거기서 끝나지 않고 페트라르카는 이름이 알려져 있지 않은 여인(들)과 불륜의 관계를 맺습니다. 그리고 아들과 딸을 낳습니다. 왜 불륜이겠습니까? 혼외의 관계를 맺었으니까 불륜이지요. 신부는 결혼할 수 없지 않습니까? 그러면 그의 여인(들)은 자신의 여신도가 아니겠느냐? 이렇게 의심할 수밖에 없다는 겁니다. 지금의 우리는 그의 불륜을 어떻게 이해해야 할까요? 그의 불륜은 라우라에 대한 이룰 수 없는 사랑에 대한 육체적 자기 보상의 결과가 아니었을까? 하지만 오늘의 성인지 감수성의 잣대에서 볼 때, 페트라르카는 문제적 인물임에 틀림없어요.

라우라가 저세상으로 떠난 후에는 페트라르카가 자신의 삶을 회고하고 성찰했다는 점에서, 그녀에 대한 그의 심정은 육체보다 정신에 가치를 두었으리라고 생각됩니다. 그 역시 1374년에 죽습니다. 그가 태어난 해가 1304년 7월 20일이예요. 그런데 죽은 날짜는 7월 19일입니다. 꼭 70년을 채운 인생입니다. 70년 인생을 뭐라고 하지요? 중국의 시인 두보는 인생 칠십이면 고래(古來), 즉 예로부터 드물 희(稀) 자, 아주 드문 일이다⋯⋯여기에서 나온 말이 '고희'입니다. 70세가 된 생일날에 지내는 잔치가 고희 잔치이지 않습니까. 페트라르카가 칠십 생일 하루 전에 죽었으니, 하루도 빠짐없이 70년을 살았던 사람이고, 14세기 때의 기준으로 본다면 아주 드물게도 천수를 누렸던 사람입니다.

　그가 죽는 해까지 자신의 삶을 회고하고 성찰하고, 또 서정시를 쓰고 모으고 수정하다가, 죽는 해에 그의 불멸의 서정시집인『칸초니에레』를 완성합니다. 이것은 단테가 죽는 해에「신곡」을 완성한 것과 똑 같습니다. 완성한 원고는 사후에 시집으로 만들어지는데요. 그때만 하더라도 유럽에 근대 활판 인쇄술이 없었거든요. 페트라르카가 죽고 나서 한 70년 경 이후에 구텐베르크의 활판 인쇄술이 발명됩니다. 그러니까 그 70년 동안에는 시집을 내더라도 필사본으로 하나하나 베껴 써서 시집을 냈는데 이미 페트라르카 사후에는 아주 화려한 삽화가 그려져 있고 장정이 멋진 필사본 그의 시집이 유통되었다고 합니다. 그의 시집 이름이 '칸초니에레'라고 하는데, 일반적인 의미로는 노래집, 시집이라는 뜻입니다.

　이 시집에는 서시 1편과 본시 365편으로 이루어져 있는데 이것을 합하면 366편입니다. 왜 하필이면 365고 366이냐? 1년을 의미하기 때문이죠. 1년을 의미한다는 것은 완성된 숫자를 말하는 겁니다. 일 년이 바로 365일 아니면 366일이거든요. 이 시집의 형식 대부분은 소네트로 이루어져 있습니다. 내용 대부분은 라우라에 대한 사랑으로 점철되어 있고요, 라우라 없는『칸초니에레』는 생각할 수가 없습니다. 한마디로 말해, 시적 '페트라르키즘'이란 이름으로 된, 저 열정의 백과사전이라고 하겠습니다.

　페트라르카는 라우라를 만날 때부터 혼돈에 찬 내면의 갈등을 겪습니다. 이 갈등은 평생 죽을 때까지 가지게 됩니다.『칸초니에레』211번째 시를 보면 이렇게 되어 있어요. 그가 얼마나 내면의 갈등을 겪고 있는가,

페트라르카의 장소성을 집약한 두 도시는 아레초와 아비뇽이다. 중부 이탈리아의 아레초(위)는 그
가 태어난 고향이고, 남부 프랑스의 아비뇽(아래)은 그의 연인 라우라의 고향이다. 그는 여기에서
그녀를 만났고, 또 성직자로 재직했다. 이 두 도시는 역사적으로 오래된 도시답게 매우 고풍스럽
다.

자기 갈등을 겪고 있는가를 보여주는 내용이 있는데요, 내용인즉, 모년 모월 모일 모시에 나는 미로에 들어갔다.

지금까지도 출구를 찾지 못하고 있다⋯⋯이런 표현이 나옵니다. 그가 라우라를 만나면서 미로에 빠졌다는 겁니다. 그런데 출구를 지금까지 찾지 못했다고 했으니, 그가 그녀를 얼마나 사랑했느냐, 하는 것을 짐작할 수 있어요. 그 미로가, 이를테면 '사랑의 미로'입니다. 우리나라 대중가요 제목처럼요.

또 이런 표현이 있어요.

오, 생기 가득한 죽음이여, 기쁨 가득한 고통이여.

그의 132번째 시는 강렬한 모순어법을 보여줍니다. 우리나라에서는 보통 역설이라고 하지요. 사랑의 속성을 이렇게 표현하고 있습니다. 페트라르카의 자기 갈등이 가장 고조된 표현이라고 할 수 있겠지요. 제가 오래 전, 20여 년 전에 산 두꺼운 페트라르카에 관한 책인데요, 뭐라고 되어 있느냐 하면,

오, 비바 모르떼.
오, 델또소 말레.

이렇게 되어 있습니다. 살아있는, 혹은 생기 있는 죽음, 기쁨 가득 찬 고통⋯⋯. 이런 표현을 두고 페트라르카의 라우라에 대한 내면적 자기 갈등의 극점이라고 할 수 있겠습니다.

그는 대체로 사랑의 구속된 양상을 다양하고 화려한 수사법으로 일관해 표현하고 있습니다. 또, 사물을 모순되게 바라보는 시점의 다양성을

활용하면서 대조, 대구, 역설을 반복적으로 사용하고 있습니다. 그래서 저는 365편 시 중에서 딱 한 편을 선택해 보았습니다. 그게 134번째의 시인 「나는 평화를 얻지 못하였으나」입니다. 본디 제목이 없어서 제가 임의로 붙인 제목입니다. 그럼, 다시 한 번 이 시를 볼까요.

나는 평화를 얻지 못하였으나, 싸울 무기도 없네.
떨고 있으나 희망을 품고, 불타오르나 얼음이 되네.
하늘로 향해 날기도 하나, 땅바닥에 곤두박질치네.
아무것도 붙잡지 못하지만, 온 세상을 끌어안네.

사랑이 날 감옥에 가두고는, 문을 열어주지 않네.
사랑이 날 포로로 붙잡고, 줄을 풀어주지도 않네.
사랑은 날 죽이지 않아도, 쇠고랑이 채워져 있네.
내가 살기 원치 않지만, 곤경에서 구하지도 않네.

난 두 눈 없이도 보며, 또 혀는 침묵하나 절규하네.
난 죽기를 열망하나, 살려고 도움을 청하기도 하네.
나는 내 자신을 미워하지만, 타인을 사랑한다네.
나는 고통을 겪으면서, 울면서 웃고, 웃으면서 우네.
하여 내게는 생과 사가 똑같이 기쁘지 아니하네.
여인이여, 내 처지는 모든 것이 당신 때문이라네.

페트라르카는 마음이 평화롭지 않고 불안하기만 해요. 이 불안을 이길 힘조차 없대요. 불안은 어디에서 온 불안입니까? 사랑의 감정에서 온 것. 그러니 두려움 속에 떨고 있다는 얘기가 되겠지요. 두려움 속에서도 희망을 품고 있지만, 내 자신 속의 불타오르는 내 자신의 열정을 식힐 수가 없네. 이렇게 말을 하고 있습니다.

다음 중간 부분 4행은 반복되는 내용입니다.

이 시의 주제가 사랑의 구속, 사랑의 속박이거든요. 사랑은 본질적으로 구속이요, 속박입니다. 누가 사랑을 자유라고 합니까? 사랑함으로써 자신이 사랑하는 사람에게 어쩔 수 없이 구속되고, 그 대신 또 얻는 게 있지요. 또 다른 이익들이 많이 있거든요. 그래서 사랑은 자유를 잃어가면서 스스로를 구속하는 겁니다. 어떻게 구속되어 가는가를 살펴봅시다.

사랑이 날 감옥에 가두고는, 문을 열어주지 않네, 사랑이 날 포로로 붙잡고, 줄을 풀어주지도 않네. 사랑은 날 죽이지 않고 구하지도 않네. 사랑은 이처럼 자기를 구원하지도 않습니다.

난 두 눈 없이도 보며, 또 혀는 침묵하나 절규하네.

무슨 뜻일까요? 사랑의 맹목적성, 맹목성을 인정하면서 속으로 할 말은 많아도 말을 함부로 할 수 없다. 속에서는 절규하고 싶은데 침묵해야 하는 것이 사랑이다, 이런 뜻이겠지요.

나는 내 자신을 미워하지만, 타인을 사랑한다네.

사랑 때문에, 흔히 그렇습니다. 내가 왜 이러지, 하면서 자기혐오에 빠집니다. 사랑의 대상에는 관용적이겠지요. 타인을 사랑한다고 했으니까. 제가 정확하게 이탈리아어 원문을 보니까 이 타인은 단수가 아니고 복수입니다. 그러니까 라우라가 아니라 자기 자신을 둘러싼 모든 사람들. 지인들을 가리키고 있는 것 같습니다.

이 시의 마지막 행은 "여인이여, 내 처지는 모든 것이 당신 때문이라네."입니다. 앞에서 보았듯이 그는 자기 탓을 하다가, 막바지에 이르러 남 탓을 하네요. 즉 자신이 지금 당하는 고통을, 라우라에게로 슬쩍 돌립니다. 사랑 때문에 살아 있어도 살아있는 것 같지 않다. 죽지 못해, 겨우 살아가고 있다. 이런 내 마음을 좀 알아 달라. 이런 의도에서 자신의 혼돈에 찬 내면 풍경이 여기에 잘 나타나고 있습니다.

페트라르카의 『칸초니에레』가 15세기에 필사본으로 유통될 때 라우라에 대한 삽화가 처음으로 그려졌다. 그에 의해, 황금물결의 머리카락과, 인도의 검은 비단 같은 속눈썹과, 우윳빛 목덜미라고 표현된 그 최초의 이미지가 훗날 그녀를 묘사한 모든 이미지의 원형이 되었다.

이 시집의 전부인 365편 전체에 관해 이야기한다면, 이것은 단순한 러브 스토리가 아닙니다. 한 개인의 러브 스토리가 아니라, 장구한 사랑의 히스토리를 보여준 시집이에요. 왜냐구요? 그가 스물세 살 때 라우라를 처음 만나서 정확하게 일흔 살 나이에 세상을 떠났으니까, 도대체 몇 년입니까? 반세기 가까운 시간을 라우라의 늪으로부터 헤어나지 못했다고 볼 수 있기 때문이죠. 더 정확하게 말하자면, 그는 자신의 늪에서 헤어나지 못한 겁니다. 라우라라고 하는 거울을 통해서 자신을 투사한 것이죠. 오늘날 심리학의 관점에서 볼 때 말이죠.

그럼 단테와 페트라르카의 차이점을 말해 볼까요.
첫째는 인간관의 차이입니다.

단테에게 있어서의 인간을 보는 관점은 영원성입니다. 인간은 죽어도 죽지 않는다는 것. 천국으로 가서 영생을 누린다는 것. 그야말로 중세적인 관념을 가지고 있었네요. 그런데 페트라르카는 성직자임에도 불구하고 영원성(영생)을 인정하지만 인간의 유한성도 인식하기에 이릅니다. 인간은 결국 유한한 존재라는 거죠. 인간을 유한한 존재로 본다는 건 그만큼 근대의 관점으로 한 걸음 나아가는 것이라고 볼 수 있어요.

두 번째 세계관의 차이가 있습니다.

단테는 일원론에 가깝다면, 페트라르카는 이원론에 가깝다고 보입니다. 그러니까요, 단테에게 있어서 죽음도 삶의 일부가 되는 것이지만, 우리가 방금 살펴보았던 것처럼 「나는 평화를 얻지 못하였으나」(『칸초니에레·134』)에서 보면 페트라르카는 생과 사가, 삶과 죽음이, 말하자면 세속

라우라와 페트라르카의 모습이 담긴 작가 미상의 상상도이다. 두 사람 사이의 월계수 가지와 페트라르카가 쓴 월계관. 왜 월계수인가? 남유럽 원산지인 월계수는 '라우루스'라고 불린다. 라우라와 라우루스. 라우라가 사랑받는 이라면, 라우루스는 사랑하는 이다. 라우라-라우루스라는 말에는 언어유희(말장난)의 유추관계가 형성되어 있다.

과 천국이 똑같이 기쁘지 아니합니다. 단테와 달리 이원론을 지향하는 거죠. 그의 346번째 시를 보면 자신의 영혼이 방황해서 오랜 세월 동안 높은 곳을 오르지 못했다고 말하고 있습니다. 높은 곳이란 천국을 말하지요. 천국과 단절된 지상의 삶을 살아간다고 스스로 고백하고 있어요. 그가 성직자임에도 불구하고 말예요. 이런 점에서 볼 때 단테는 일원론자이고, 페트라르카는 이원론에 가까운 세계관을 지니고 있었다고 볼 수 있겠죠.

세 번째는 사랑관의 차이입니다.

이 사랑관의 차이를 말하기에 앞서 우리나라 김남조 시인의 「사랑의 말」이라고 하는 시의 일부를 제가 인용할게요.

사랑은 말하지 않는 말,
사랑은 말해버린 잘못조차 아름답구나.

단테의 경우는 '사랑은 말하지 않는 말'에 해당된다고 하겠습니다. 그가 베아트리체에게 사랑한다고 한 번도 고백한 적도, 그녀를 사랑하였다고 한 번도 표현한 적이 없어요. 끝까지 침묵으로 일관해요. 대신에 베아트리체라고 하는 인간됨과 아름다움을 찬양하는 시를 썼지요.

그런데 이에 비하면, 페트라르카는 라우라가 죽은 다음에 라우라를 사랑했다고 고백하면서 살아생전에 사랑을 본인에게 직접 고백했는지, 아니 고백했는지는 알 수 없습니다만, 적어도 작품 속에서는 그녀를 사랑했음을 열렬하게 고백하고 있습니다. 이 열렬한 자기 고백은 근대적 성격을 띠고 있다는 사실입니다. 사랑은 말하지 않는 말이라고 한 것이 단테의 몫으로 돌릴 수 있다면, 사랑은 말해버린 잘못조차 아름답다고 한 것은 페트라르카에게 해당된다고 하겠습니다.

페트라르카의 모든 모습은 월계관을 쓴 모습이다. 그가 계관시인이었기 때문이다. 그의 사후에 필사본에 그려진 최초의 모습이 월계관을 쓴 모습이었다. 이로부터 관례적으로 그는 늘 월계관이 씌어졌다. 왼쪽 그림은 페트라르카의 상상적인 모습. 인터넷 상의 『사이언스 포토라이브러리』에서 따온, 비교적 최근의 일러스트레이션이다. 오른쪽 조각상은 피렌체 우피치 미술관에 소장, 전시되어 있는 입상의 상반신 부분이다.

제가 앞서 말씀드렸습니다만, 라우라는 흑사병, 즉 페스트에 걸려서 죽었습니다. 근데 페트라르카는 이 페스트가 신의 형벌이라고 한 번도 말한 적이 없어요. 우연한 재난으로 본 것 같아요. 이 우연성이야말로 근대적 자각을 앞당기는 계기가 되지 않았겠느냐, 하는 겁니다. 괴질은 이처럼 시대를 각성시키고 또 시대를 앞당기기도 합니다.

지금 우리나라뿐만 아니라 전세계적으로 코로나19가 창궐하고 있지 않습니까? 저는 바로 이것 때문에 후기 근대 사회가 앞당겨지지 않겠느냐, 후기 근대 사회를 우리 스스로 체득하지 않겠느냐, 하는 생각을 합니다. 후기 근대 사회라고 하는 건 포스트모던 사회인데요, 포스트모더니즘에 대한 담론은 수십 년 전, 오래 전부터 있어왔습니다. 그러나 포스트모던한 후기 근대 사회를 몸으로 느끼게 한 계기가 된 것이 바로 이 코로나19가 아닐까요? 포스트모던한 사회는 다름 아니라 제4차 산업사회를 말해요. 대학의 강의는 비대면으로 일상화될 겁니다. 병원에는 직접 가지 않고 원격으로 지원을 받아서 진단도 하고 치유도 하구요. 지폐가 사라지면서 가상화폐가 통용될 거예요. 또 공연도 실시간 가상무대에서 언택트로 이루어질 겁니다.

페스트가 근대를 앞당겼다면 코로나19는 후기 근대 사회를 앞당길지 모른다 하는 게 저의 가설이구요. 페트라르카는 라우라의 흑사병으로 인해 근대성을 인식하게 되었구요.

한 마디로 요약해서 말하자면 단테가 중세의 마지막 인물이요, 이에 비해 페트라르카는 근대의 새벽을 연 최초의 인물이에요. 움베르트 에코라는 철학자는 소위 '근대의 헌신'이란 말을 썼습니다. 이탈리아 사람이니까, 이탈리아어 표현을 사용했지요.

데보띠오 모데르나(devotio moderna).

우리에게는 생소한 용어지요. 제가 생각하기는 근대에의 진보를 위해 최초로 헌신한 사람이 페트라르카가 아닌가 생각하구요. 페트라르카의 불멸의 서정시집 『칸초니에레』는 초월의 미에서 세속의 미로 진일보시켰지요. 이때 세속의 미는 인간의 미로 바꿔도 되겠습니다. 중세로부터 벗어난 근대적 성찰의 서정시를 모은 것이 바로 『칸초니에레』예요. 사랑했음의 고백을 통해 개인적 감정의 자유를 말하구요. 아이디얼 뷰티, 즉 중세적인 이상의 아름다움입니다. 이 아름다움의 관념으로부터 벗어나 자신의 작품에 인간적인 체취를 남겼다는 점에서, 그는 근대적 헌신에 최초로 직면한 사람이었다고 하겠지요.

중세의 미적 관념은 뭡니까? 중세의 미의식은요? 영혼의 심연 속에, 심령(心靈)의 깊이 속에 조화로운 평온을 찾는 것. 이것이 바로 중세의 미의식이 아닐까요? 아무래도 그 중세의 미의식이 우리 인간에는 맞지 않는 옷 같은 느낌이 들거든요. 그 옷을 벗어 버리고 새로운 인간에 맞는 옷을 갈아입은 것이 바로 휴머니즘의 시작, 인문주의의 입문이라고 정리할 수 있습니다.

시인의 사랑을 통해서 우리는 이렇게 인문주의를 한 번 더 성찰해 볼 수 있는 계기를 마련해 보았습니다. 어땠습니까? 너무 이야기가 어렵게 흘러갔나요? 오늘 제 강의를 여기에서 마칠까, 합니다. 경청해 주셔서 감사합니다.

꿈속의 그대여, 깊은 밤도 한낮이어라

—셰익스피어의 『소네트 · 43』

　오늘은 윌리엄 셰익스피어의 소네트 「내 눈을 감을 때」에 관해서 공부를 하겠습니다. 그는 오늘날로 치면 시(서정시), 소설(로맨스), 희곡(극시)을 넘나들었던 소위 다장르 작가입니다. 셰익스피어의 시(문학)가 없는 세상은 생각할 수 없고, 셰익스피어가 없는 런던도 생각할 수 없다는 말이 있습니다. 그가 고향인 '스트랫퍼드-어폰-에이번'에서 나고 자랐지만, 문학인으로서의 활동 기간인 20여 년은 대부분 런던에서 보냈기 때문입니다.

　그러나 그가 죽은 지 4백 년이 지난 지금의 런던에는 그의 흔적이 많이 남아 있지 않습니다. 그의 작품이 상연되던 주무대인 화이트홀 궁전은 사후 85년 만에 화재로 소실되었죠. 「리어왕」을 여러 번 공연했고 「십이야」를 초연한 미들 템플 홀과, 셰익스피어 희곡집 초판본, 즉 퍼스트 폴리오 가운데 한 권이 소장된 길드 홀이 셰익스피어 문학의 런던 장소성을 그런대로 확보하고 있다고 해요.

　저는 2017년 8월 6일에 셰익스피어의 고향인 스트랫퍼드-어폰-에이번으로 향했습니다. 셰익스피어가 마차를 타고 드나들었을 길이 기차의 철로로 바뀌어졌는지도 모릅니다. 엘리자베스 1세의 시대만 해도 그의 고향마을 일대는 인구가 고작 2천 명 정도였다고 해요. 주변의 가까운 농장이나 숲은 모두 한 바퀴 산책하며 들를 만한 거리에 올망졸망 모여 있을 뿐이었지요. 셰익스피어가 태어난 해(1564)의 3년 전의 법적 문서에 의해 의하면, 그의 아버지는 직업이 라틴어로 '아그리콜라(agricola)' 즉 농부라고 기재되어 있어요. 하지만 그의 아버지는 농산물 거래뿐만이 아니라 마을 일대의 경작지를 매매하는 일에도 손을 댔었죠. 나아가 대금업에도 손을 뻗치기도 했지요. 이 때문에 1570년에 두 차례나 법정에 출두해야 했어요. 셰익스피어 부자는 시골의 농경 생활자로 만족하면서 살 사람이 결코 아니었지요. 셰익스피어의 작품 속에는 시골 환경에 대한 지식이 많았을 뿐만 아니라, 아버지의 상거래와 관련된 현실세계의 반영물인 계약서, 매매 증서, 부동산 문서 등의 영향이 남아있습니다.

제가 셰익스피어의 고향 마을을 갔을 때, 좀 한적한 시골 마을인데 관광객들로 붐볐습니다. 기차역에서 그의 생가로 가는 길에는 마을의 중심지에 오래된 듯한 시계탑이 놓여 있고, 길가에는 관광객들을 위한 상점들이 즐비했어요. 저 역시 길가의 카페에서 점심을 먹고, 커피를 마셨지요.

셰익스피어 생가의 앞길에서부터 사람들이 넘쳐났죠. 적잖은 돈을 지불하고 안으로 들어가니 정원이 넓었어요. 관리하는 사람들이 셰익스피어 작품 속에 나오는 갖가지 꽃, 풀, 나무를 선택해 심어 정원을 보기 좋게 단장했구요. 마당 한 모퉁이에는 여배우가 좁디좁은 무대 위에 올라 1인극을 펼치고 있었지요. 여기저기에 놓여 있는 나무벤치에 걸터앉은 여남은 관객들이 진지하게 연극을 관람하고 있었습니다. 퍽 이색적이고 인상적인 풍경이 아닐 수 없었어요. 집 안에는 주방과 침실과 거실과 다락방이 잘 복원되어 있었습니다. 그의 시대를 반영한 옷가지와 먹을거리도 실물처럼 꾸며놓고 있었고요.

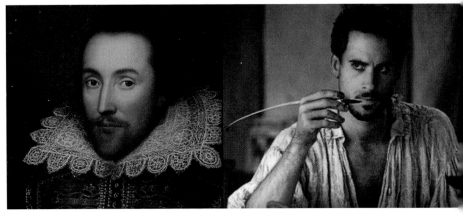

그림 속의 셰익스피어와 영화 속의 셰익스피어. 왼쪽은 미지의 화가 코브(Cobbe)가 그렸다고 하는 셰익스피어 생전의 초상화다. 2009년에 발굴되었다고 하는데, 백 퍼센트 신뢰할 수는 없다. 오른쪽은 영화 「셰익스피어 인 러브」(1999)의 한 장면이다. 배우 조셉 파인즈가 셰익스피어 역을 맡았다.

그럼, 다시 셰익스피어의 문학으로 돌아갈까요. 그의 서정시에 해당하는 소네트는요, 모두 152편입니다. 이것의 첫 편집본이 1609년에 간행되었으니 그의 나이 마흔다섯 살에 이루어진 것이라고 할 수 있겠습니다. 개별적인 작품마다 제목이 없습니다. 일련번호만이 있지요. (일련번호는 유럽 전통 서정시집의 전통입니다.) 한국어로 낭독한 소네트 「내 눈을 감을 때」는 그의 소네트 제43편에 해당됩니다.

제가 임의로 붙인 제목이 '내 눈을 감을 때'인 까닭은, '내가 눈을 감을 때(When most I wink)'로부터 시작되는 데 있습니다. 윙크(wink)라고 하면 요즘 사람들은 눈을 감았다가 뜨는 것을 윙크라고 하지 않습니까? 그 시대 사람들은 눈을 감는 것이 윙크이구요, 아무튼 윙크는 눈을 감는다, 눈을 깜빡인다, 이 두 가지 뜻을 다 가지고 있습니다. 여기에서 '모스트

(most)'로 인해 가장 깊이 잠든다는 의미가 형성되겠지요.

눈을 감으면 더 잘 보인다. 이게 무슨 말입니까? 아주 역설적인 표현 같기도 하지요. 장님이 직관적인 심안이 있다고 하는 것은 그리스 비극 인 『오이디푸스 왕』에도 나오는 이야기이지 않습니까. 영어 속담에 '얼 도우 아이 윙크, 아임 낫 블라인드(Although I wink, I am not blind.)'라고 하는 표현이 있어요. 난 눈 감아도 장님이 아니야. 눈 감아도 더 잘 보이기만 해. 이것과도 관련이 없지 않아요.

소네트는 제가 유튜브 강의를 통해 늘 이야기했습니다만, 전체 14행 으로 이루어져 있습니다. 먼저 오늘 공부할 셰익스피어의 『소네트 · 43』 인 「내 눈을 감을 때」의 전문을 읽어보면서 내용을 살펴볼까요. 한 행 한 행이 원문과 번역문이 같은 건 아닙니다. 영어와 한국어의 구조가 문장 속에서 배치 순서가 전혀 다르기 때문이지요. 그래서 저는 우리말의 운 율감까지 고려하고 배려하면서, 한국어 번역 문장을 적절하게 배치하여 보았습니다.

> 내 눈을 감을 때 가장 뚜렷이 보이노라,
> 낮에 사람들이 하잘것없이 보아둔 것이래도.
> 내 잠이 들 때 눈은 그대를 바라보노라,
> 어둠 속에서 밝고, 또 어둠을 향해서도
> 빛나네. 그대는 밝은 날에 더 밝게 빛나고,
> 그대 그림자마저 그리도 밝게 빛을 내네.
> 보지 못하는 눈으로, 한낮에 내 그대를
> 본다면, 그대의 그림자 형상은 얼마나 행복해
> 보이리오. 한낮에 내 그대를 바라본다면,

내 눈은 얼마나 축복을 받으리오. 모두가

죽은 듯이 잠든 깊은 밤에도, 어둠 속의 눈에

그대의 아름답고 흐릿한 그림자가 머무네.

내 그대를 볼 때까지 낮은 모두가 밤이요,

꿈속에서 그대를 보는 이 밤은 한낮이라.

번역문 제4행을 보면 뭐라고 되어 있습니까? 어둠 속에서 밝고, 또 어둠을 향해서도 빛나네. 어둠 속에서도 빛나고, 어둠을 향해서도 빛난다. 원문에는 'darkly bright'와 'bright in dark directed'로 되어 있습니다. 아주 간단하게 표현이 되어 있지요. 어둠 속에서도 빛의 초점을 볼 수 있다는 데서 착안한 셰익스피어의 시적 재능이 보이는 결과가 아닌가, 하는 생각이 들구요. 전체적으로 보면 대조법으로 이루어져 있습니다. 빛과 어둠으로부터 시작해서 사물과 그림자, 낮과 밤의 이미지로 진행되고 있습니다.

셰익스피어는 이 시를 통해서 볼 수 있듯이 대조법을 역설법으로 만들어 가는 독특한 시적 재능을 유감없이 발휘하고 있습니다. 구체적으로 살펴볼까요? 5행에서 8행은 중간 부분입니다. 실체와 그림자의 관계를 잘 드러내고 있습니다. 실체는 실제의 모습의 말하고 있어요. 원어로는 '폼(form)'이라고 하고, 그림자는 '쉐도우(shadow)'라고 해요. 특히 이 그림자라고 하는 것은 심상, 허상, 이미지 등과 같은 개념입니다. 사물의 모습을 가상으로, 혹은 가상적으로 가상현실로 반영한 것을 두고, 그는 이 시에서 그림자로 본 것입니다.

SHAKE-SPEARES

SONNETS.

Neuer before Imprinted.

AT LONDON
By *G. Eld* for *T. T.* and are
to be folde by *William Afpley.*
1609.

왼쪽 꽃무리 사진은 필자가 셰익스피어 고향마을에서 찍어온 것이다. 오른쪽 이미지는 셰익스피어 『소네트집(Sonnets)』 1609년 초판본 표지이다. 필자는 이것을 가리켜 사랑시편의 정화(精華 : 꽃처럼 빛나듯이 빼어난 부분)로 본다.

　번역 제7행에 보면요, 보지 못하는 눈으로, 내 그대를 본다면, 하는 표현이 있거든요. 이 보지 못하는 눈은 '언씽 아이즈(unseeing eyes)'라고 되어 있는데요. 잠들어서 감긴 눈에도 영상(映像)이 환하게 떠오르기 때문에, 시인은 더 밝은 빛을 받으면 훨씬 더 찬란한 것이 되리라고 예상하고 있기 때문에, 내 그대를 본다, 라는 표현을 사용하고 있지 않나, 생각됩니다.

　이 표현의 아래에 보면 낮이 나오고 밤이 나오는데요. 낮은 대낮입니다. 대낮보다는 한낮이 낫겠지요. 물론 같은 말입니다만. 한낮의 원문은 '리빙 데이(living day)'입니다. 살아있는 낮이네요. 밤은 뭐라고 되어 있느냐 하면, '데드 나이트(dead night)'예요. 그 반대 개념으로, 살아 있지 않고 죽은 밤이에요. 한밤이라고 해도 좋겠구요. 혹은 죽음 같이, 혹은 쥐 죽은 듯이 조용한 밤, 심야……이런 개념이 아닐까요? 셰익스피어는 이처럼 대조적인 표현을 적절하게 이용하고 있네요. 보통 영문학자들의 번역에 의하면, 대낮, 죽음의 밤으로 번역하고 있는데, 그가 생각하는 애인의 모습이 여기에서는 뭐라고 되어 있습니까? 그대의 아름답고 희미한 그림자. 이렇게 표현이 되어 있지 않아요? 이것은 전형적인 모순형용이라고 하겠습니다. 아름답고 희미하다의 원문은 '페어 임퍼펙트(fair imperfect)'. 페어하지만, 온전치 못하다는 것. 온전치 못하게 희미하다, 엷다는 것. 즉, 흐릿한 밝음의 박명(薄明)을 뜻하는 겁니다. 요컨대, 여기에서 그대의 아름답고 희미한 그림자는 모순형용의 표현을 잘 보여준 것이에요.

일반적인 소네트 형식은 4, 4, 6의 구조입니다. 제가 이때까지 강의해 오면서 무수히 말씀 드렸습니다. 근데 셰익스피어 소네트의 구조는 4, 4, 6이 아니라, 좀 더 세분화해서 4, 4, 4, 2로 쪼개집니다. 마지막 2행이 세분화되는 거예요. 그런데 마지막 2행을 형태적으로 뚜렷이 보이게 하기 위해서, 즉 표시가 나게 하기 위해서 몇 칸 뒤로 미뤄 놓습니다. 이것을 두고 '인덴션(indention)'이라고 하는데요, 우리말로는 '들여쓰기'라고 합니다. 이렇게 몇 칸 뒤로 들여쓰기하고 있어서 마지막 2행은 눈에 잘 표시가 납니다. 이 마지막 2행을 셰익스피어 소네트에서는 하나의 결론 부분이다, 주제문이다, 라고 보면 되겠습니다. 이 부분의 표현이 강렬하다든가, 사상의 깊이가 있다든가, 인생관과 세계관을 반영한다든가, 하기 때문에, 예측불허의 표현들이 난무하기도 해요. 특히 기발한 생각을 '기상(奇想 : conceit)'이라고 합니다. 이 기상에는 또 촌철살인의 수사법이 동원되기도 하지요. 이것은 페트라르카에서 시작되었다고 하는데, 셰익스피어를 거쳐서 18세기 영국의 형이상학파 시인들, 존 던과 같은 형이상학파 시인들까지 계승되었습니다. 존 던도 명상적이고 사색적인 내용의 시 외에도 셰익스피어처럼 연애시를 썼습니다.

하여튼 마지막 2행은 경인구(epigram)와 같습니다. 사람을 깜짝 놀래키는 절묘한 표현 말예요. 여러분은 어떻게 놀랄까요? 다음을 보시지요.

내 그대를 볼 때까지 낮은 모두가 밤이요,
꿈속에서 그대 보는 이 밤은 한낮이라.

내 그대를 볼 때까지 낮은 모두가 밤이다. 한마디로 말해, 낮은 밤이요, 꿈속에서 그대 보는 이 밤은 한낮이라. 낮은 밤, 밤은 낮. 이렇게 언어적 표현의 긴장감을 보여주고 있다는 점에서 역설법이에요. 밤과 낮의 시간적 경계를 해체하고 있다는 점에서도, 예사로운 표현이 아닌 거지요.

그대를 볼 수 없는 한낮은 어둡고 음산한 밤에 지나지 않는다. 그러니까 그대를 볼 수 없는 한낮은 밤과 다름없다. 그런데 반대로 꿈에서 그대를 보는 밤은 한낮과 같다. 밤은 한낮과 다름없고, 어두운 밤은 한낮과 같다. 이렇게 지금 얘기하고 있는 겁니다.

셰익스피어 소네트 제26편에도요, 비슷한 표현이 있어요. 내 눈과 마음은 몹시 다툰다, 하는 표현. 눈은 육안을 뜻합니다. 육체적인 눈이지요. 어두운 밤에 그대를 보는 마음은 심안입니다. 육안과 심안의 부조화 상태를 두고 셰익스피어는 낮은 밤, 밤은 낮이라고 말하고 있다고 보이는데, 눈과 마음의 다툼 역시 마찬가지로 보이네요.

셰익스피어 소네트들의 내용은 일관적입니다. 처음부터 끝까지, 셰익스피어 삼각관계와 관련된 연애담의 소산입니다. 우리가 만약 서정시 154편을 써서 시집을 묶어낸다면, 이것저것 이야기기가 많지 않겠습니까? 사랑에 관한 것 외에, 가족 이야기, 인생 이야기, 철학적인 깊이의 담론, 사회에 대한 날선 비판 등 다양한 소재가 다루어질 텐데 그의 소네트 총량인 154편이 그의 삼각관계 연애담 구조를 일관되게 유지하고 있다는 것은 대단한 집념이 아닐 수 없습니다.

그의 삼각관계를 이해하기 위해서는 나머지 두 사람을 알아야 하겠지요. 한 사람은 그의 젊은 미남 친구예요. 34살입니다. 11살 연하의, 미혼의 친구. 소네트 154편 중에서 앞부분은 젊은 미남 친구에 관한 소재가 대부분입니다. 이름은 사우샘프턴(셰익스피어를 후원한 백작)이라고 해요. 그리고 또 한 사람은 셰익스피어의 애인인 젊은 여자. 20대가 아닌가, 하고 추정되는데 정확하게 알 수는 없습니다.

셰익스피어와 젊은 미남 친구인 사우샘프턴과의 관계는 좀 모호합니다. 그의 소네트 154편을 쭉 읽어 보면 동성애적 관계가 암시되어 있는 건 분명합니다. 사우샘프턴은 여자처럼 생긴 꽃미남이었다고 합니다. 셰익스피어가 이 친구에게 애인을 빼앗기기 전에, 젊은 당신, 결혼해라 하는 얘기가 대부분을 차지하는데, 뒤에는 정말 장가갔대요. 그 순서가 셰익스피어의 애인을 빼앗고 난 다음인지, 그 전인지는 확실히 모르겠습니다만. 그 친구는 엘리자베스 여왕의 궁중 시녀와 결혼을 했다는데, 궁중 시녀는 은퇴를 해도 결혼을 못한다고 합니다. 그런데 궁중 시녀가 사우샘프턴과 몰래 결혼까지 했다고 해서 엘리자베스 여왕의 진노를 샀다는 얘기도 있습니다.

셰익스피어는 사우샘프턴이 자신보다 11년이나 어린데도 잘 생긴 미남이라는 이유만으로 호감을 가지고 사귐을 허용한 건 아닙니다. 정략적이기도 하였죠. 우리 조선시대에도 연산군 때 왕을 비판한 공길이 실록에 '배우(俳優)'로 적시되어 있는데요, 배우가 광대, 혹은 천민이었듯이, 셰익스피어 시대에도 연극인들이 부랑자 대우를 받았어요. 그래서 힘 있고 백 있는 후원자가 필요했지요. 이 후원자가 사우샘프턴이었죠.

그런데 문제가 발생하였지요. 그가 자기 애인을 가로챕니다. 그 애인은 루시 니그로라고 하는 고급 매춘부예요. 니그로라고 하는 성을 가진 것으로 보아서 흑백 혼혈 여성이라고 볼 수 있겠습니다.

2004년에 미국 뉴욕에서 셰익스피어 평전이 나왔어요. 저자는 스티븐 그린블렛이라고 하는 셰익스피어 전문학자입니다. '윌 인 더 월드(Will in the World)'. 세계를 향한 의지……라고 하는 제목입니다. 부제가 뭐냐? 하우 셰익스피어 비케임 셰익스피어? 셰익스피어는 어떻게 셰익스피어가 되었나 하는 의문문이에요. 이것이 2016년, 지금으로부터 4년 전에 우리나라 출판사에서 번역되었는데 책의 면수가 700페이지 조금 모자랍니다. 아주 대작이지요. 거기에서 이런 말이 나옵니다. 셰익스피어의 삼각관계를 두고, 단 한 문장으로 지금 소개시켜드리는 겁니다.

시인은 소유할 수 없는 남자를 숭배했고 숭배해서는 안 되는 여자를 욕망했다.

이 시인은 누구입니까? 셰익스피어를 말해요. 소유할 수 없는 남자는 같은 동성인 누구? 사우샘프턴을 가리킵니다. 숭배했다고요? 이때 숭배란 말은 뭘까요? 선망했다는 그 말입니다. 잘 생겼기 때문이지요. 셰익스피어는 그렇게 잘 생긴 얼굴이 아니거든요. 그런데 숭배해서는 안 되는 여자를 욕망했대요. 왜 숭배해선 안 되지요? 루시 니그로가 매춘부이니까요. 그는 이 여자를 욕망했어요. 이 선망과 욕망의 메커니즘 속에서 탄생한 것이 바로 셰익스피어의 특별한 삼각관계라는 겁니다.

셰익스피어는 약간의 양성애 기질이 있었음이 예상되고 있는데 남자친구와는 동성애를 의심 받을 개연성이 높고, 여자와는 이성애자로서 또 열렬히 사랑하는 관계인데, 이 두 사람이 눈이 맞고 배가 맞아서 자

기(셰익스피어)를 배반했다고 하는 것 아닙니까? 셰익스피어 소네트 제42
편에 보면, 이런 표현이 있어요.

> 그대를 잃은 나의 손실은, 애인의 이익이 되었네.
> 내 그녀를 잃음으로써, 내 친구는 그녀를 얻었네.
> 두 사람은 서로를 얻었지만, 나는 모두를 잃었네.

그대는 누구죠? 미남인 남자 친구 사우샘프턴을 말하는 거예요. 애인
은요? 고급 매춘부인 루시 니그로. 그대 잃은 나의 손실은 내 애인의 이
익이 되고, 내 그녀를 잃음으로써, 친구는 그녀를 얻었대요. 그러니 둘은
서로 얻었지만, 자신은 모두를 잃게 된 거죠. 이때 셰익스피어는 엄청난
마음의 고통을 겪게 됩니다. 우주의 부피와 같은 마음의 고뇌라고 할 수

필자가 셰익스피어 생가를 방문했을 때, 넓은 정원 한 귀퉁이에 한 여배우가 1인극을 하고 있었다.
이 작은 무대는 방문객을 위해 서비스 공연을 자주 하곤 한다. 뜻밖의 인상적인 경험이었다. 이 생
가에서 조금 떨어져 있는 곳에 그가 영면하고 있는 교회가 있다. 그의 생과 사의 공간은 걸어서 20
분이 되지 않은 가까운 거리에 놓여 있었다.

있겠지요. 그런데 그는 두 사람에 대한 원한 감정이나 복수 감정은 그렇게 심하지 않았습니다. 이 연놈들 죽어봐라, 하는 이 정도 아니었어요. 스스로 자기를 탓합니다. 소네트 제123편에서는 늙은 셰익스피어의 비애가 나타나고 있어요. 옛날에는 40대 중반이 되어도 스스로 늙었다고 해요.

세월이여, 내가 변한다고 뽐내지 말라.

이런 표현이 있습니다. 참 적절한 표현이 아닙니까? 이번에 가수 나훈아 씨의 언택트 공연이 사람들의 입에 오르내리고 있고, 또 그의 음악이 국회 감사장까지 이끌려 갔습니다. 나훈아 씨 추석 전날의 3시간짜리 공연을 TV를 통해 저도 봤거든요. 나훈아 씨는 노래와 노래 사이에 멘트를 많이 합니다. 그래야 쉬니까요. 판소리 명창들이 중간에 좀 쉬어야 하지 않습니까? 그게 사설, 즉 아니리라고 합니다. 노래만 몇 시간 부르면 목이 가라앉거든요. 제가 강의 조금만 해도 이 목소리 가라앉는데, 소리꾼이나 가수들은 오죽이나 하겠어요? 과거에 나훈아 씨의 멘트는 대체로 너스레 떠는 멘트였는데, 이번에 보니까 인생을 느낄 수 있는 이런저런 발언들을 많이 하네요. 제가 가장 인상 깊게 들었던 멘트는요. 여러분, 세월에 끌려가지 마세요, 자신이 세월의 모가지를 비틀고, 끌고 가세요, 예요. 이제, 인생의 참맛을 느끼게 하는 발언을 하구나 하는 점에서, 역시 관록은 무시할 수 없다는 생각을, 전 해보았습니다.

셰익스피어가 그랬습니다. 세월이여 내가 변한다고 너 뽐내지 말라. 이렇게 이야기하고 있습니다. 셰익스피어 애인인 루시 니그로에 대한 이야기를 마지막으로 덧붙이면서 서서히 셰익스피어 소네트를 갈무리할까, 해요. 셰익스피어 소네트 제127편에 보면, 셰익스피어는 자기 애인의 모습을 이렇게 묘사하고 있습니다.

세익스피어와 관련된 영화는 끊임없이 만들어져 왔다. 1990년대를 대표하는 셰익스피어 관련 영화 두 편. 위는 영화 「로미오와 줄리엣」의 한 장면이요, 아래는 영화 「셰익스피어 인 러브」의 한 장면이다.

제1부_고전의 사랑. 오래된 미래의 사랑

그리하여 애인의 눈빛은 까마귀 같이 가맣고,
슬픔에 알맞게 조상(弔喪)하는 눈처럼 보여라.

이런 표현이 있습니다. 역사적으로 볼 때, 서양 여인의 미적 기준은 고전고대의 시대, 즉 그리스 로마 시대에서 중세에 이르기까지 한결같습니다. 서양 여인의 심미적인 표준은 금발, 푸른 눈, 하얀 살결입니다. 하얗다고 하는 건, 환한 빛입니다. 그런데 이와 반대되는 개념이 흑발, 검은 눈. 어두운 빛 살갗입니다. 셰익스피어 애인의 겉모습은 전통적인 서양 여인의 표준인 전자가 아니라, 까마귀로 비유되는 후자입니다. 처음에 저는 루시 니그로가 라틴계가 아니겠느냐, 아니면 라틴계 아랍계 혼혈이 아니겠느냐고 했어요. 이제 보니, 흑백 혼혈일 가능성을 배제할 수가 없네요. 또 셰익스피어는 이런 말도 했어요. 옛날에 검은 빛을 아름답게 여기지 않았는데 요즘에 와서는 미의 상속자가 되었다고 말예요. 엘리자베스 여왕 시대에는 여인의 미적 기준이 살짝 바뀌어 가고 있었다고 해요. 오로지 이때까지는 금발, 푸른 눈, 흰 피부를 선호했지만, 이때부터는 반드시 그렇지 않았다 하는 걸 보여줍니다.

셰익스피어도 미인의 기준이 자기 시대에 이르러 변화되어 가고 있다는 걸 인식하고 있는데, 이것은 당시의 영국 사회가 변화하고 있다는 것과 상관관계를 맺고 있습니다. 영국 사회는 그동안 낙천주의였는데 셰익스피어가 살던 엘리자베스 여왕 시대부터는 염세주의로 조금 바뀌어 가고 있다고 해요. 왜냐하면 엘리자베스 여왕의 영국인들은 지금의 코로나 19처럼 끊임없는 역병의 고통과 공포 속에서 살았다고 해요. 그래서 극단적인 아름다움과 품위는 점점 사라져 가고 삶의 덧없음에 민감하게 반응하는 그러한 의식구조랄지, 생활 패턴으로 바뀌어 갔다고 해요.

저는 확실히 잘 모르겠습니다만. 아까 두꺼운 책 셰익스피어 평전 같은 걸 보면 그렇게 느껴집니다. 좀 오래 됐네요. 한 20년 됐나요? 셰익스피어에 관한 영화 엄청나게 많습니다. 셰익스피어는 하나의 문화산업이에요. 셰익스피어 작품을 영화로 만들어 상업적으로 성공한 사례가 적지 않았는데, 가장 돈을 많이 벌어들인 것은 레오나르도 디카프리오가 로미오 역으로, 클레어 데인즈가 줄리엣 역으로 출연한 영화「로미오와 줄리엣」(1996)예요. 천문학적인 수익을 거두었지요. 그리고 그 이후에 나온 것이「셰익스피어 인 러브」(1999)라고 하는 영화인데, 이 영화는 그의 작품이 아닌 전기(傳記) 영화입니다. 사랑 속의 셰익스피어라는 제목의 이 영화는 실제의 전기가 아닌, 전기인 것처럼 꾸민 가상 영화입니다. 여기에서는 바이올라라고 하는 셰익스피어 애인이 등장하는데, 인기 여배우 기네스 펠트로가 이 역을 맡았는데요, 그녀가 속물의 귀족과 정략결혼을 하는 그런 이야기에요. 셰익스피어를 배반하고 말예요. 그런데 이 여자 바이올라라고 하는 영화 속의 셰익스피어 애인은 금발이요, 벽안, 즉 푸른 눈에다 백색 살갗을 지닌 전통적인 서양 미인상인데, 이것은 셰익스피어 소네트집의 내용과는 서로 정반대입니다. 어디까지나, 그건 가상현실의 영화라는 겁니다.

이상의 영화가 실제로 있었던 실화가 아니라, 그냥 지어낸 허구라는 점에서, 그의 소네트에서 하나하나 점점이 묘사된 그의 애인의 모습과 이 삼각관계의 구도 속에 짜인 그의 사랑 이야기와 비할 수는 없겠지요. 이 소네트의 전체 구조야말로 셰익스피어의 진짜 삶의 진실이라고 볼 수 있겠습니다. 그의 소네트 154편을 가지고 희곡을 만들 수 있고, 시나리오도 만들 수 있고, 또 소설로 재창작 할 수도 있겠다고 하는 저의 전망을 제시해 드리면서, 오늘 강의는 마치도록 하겠습니다. 감사합니다.

화사한 언어감각의 시에 수놓인 양귀비
—이백의 「청평조사 · 1」

  오늘은 이백의 시 「청평조사」 제1수에 관해서 말씀 드릴까, 합니다.
이 시는 본디 세 수로 이루어져 있습니다. 오늘 공부할 내용은 그 첫 번
째 작품인 제1수입니다. 청평조사가 무슨 말이냐 하면, '청평조'라고 하
는 악곡명이 있습니다. 오랜 세월이 흐른 예전의 일이기 때문에, 정확하
게 우리가 판단하기 힘듭니다만, 아마 글자 그대로 뜻을 새겨보면, 청 자
가 맑을 청(淸) 자 이거든요. 평 자는 평화롭다, 평탄하다, 라고 할 때 그
런 뜻의 평(平)입니다. 맑고 평탄한 소리의 곡조가 청평조(淸平調)가 되겠
네요. 사(詞)는 노랫말을 뜻하지요. 청평조라는 곡조에다 노랫말을 붙였
다는 게 바로 '청평조사'예요.

  이 노랫말을 붙인 이백(李白)이라고 하는 이는 당나라 시대의 시인입니
다. 우리나라에선 보통 "달아, 달아, 밝은 달아, 이태백이 놀던 달아······"
의 이태백이라고 하죠. 우리 인류 역사에서 서정시의 황금시대를 구가
했던 시대가 바로 중국 당나라 시대 때입니다. 특히 이백과 두보가 살았
던 8세기 때를 가장 전성기로 보는데요, 당나라 서정시의 황금시대 중에
서도 또 전성기였기 때문에 왕성할 성 자를 써서 성당(盛唐)이라고도 합
니다. 성당 시기에 가장 높은 경지인 서정시의 수준에 올랐던 두 시인이

있는데 한 사람은 이백이요, 다른 한 사람은 두보인데, 두 사람은 동시대의 사람이며, 삶의 내용이나 작품의 성향은 전혀 다른, 대조적인 특징 및 품격을 유지하고 있었습니다.

시인 이백의 표준적인 이미지이다.

그가 쓴 「청평조사」 3수는 당나라 황제 현종의 명령을 받아서 쓴 시입니다. 누구를 대상으로 썼느냐 하면, 동양 미인의 상징이라고 하는 양귀비를 찬양하기 위해서 쓴 시입니다. 그녀는 황제의 측실 중에서 으뜸이 되는 귀비입니다. 정실 부인인 황후 다음의 지위인 넘버 투 황제의 여자지요. 양귀비의 미모를 찬미하면서, 당 현종과 양귀비의 사랑의 감개를 읊조린 타의(他意)의 즉흥시입니다.

이백은 술을 좋아하지 않았습니까? 그래서 취중에 물속에 비치는 달을 잡으려다 죽었다, 하는 전설이 전해지고 있잖아요. 우리는 한 동안 술 좋아하는 사람의 대명사로 '주(酒)태백'이란 표현을 자주 쓰곤 했습니다. 이백은 전국을 돌아다니다가 수도인 장안(지금의 서안)에서 하지장이라고 하는, 그 사람도 유명한 사람인데요, 사람의 추천을 받아서 황제를 알현하게 됩니다. 바로 황제인 현종입니다. 그가 보니 이백이 정말 시를 창작하는 능력이 천재적이거든요. 그래서 자기 곁에 두고 한림원 벼슬을 줍니다. 그때가 이백의 나이 마흔두 살입니다. 황제의 곁에서 어떠한 시를 쓰라고 명령을 받으면 이백이 시를 쓰곤 했습니다. 근데, 이 시를 쓰기 전날에는 술이 잔뜩 취해 있어서 작취미성이라. 잠에서 깨긴 깼는데 아직 술에서 깨지 않은 상태였지요. 오전 중에 모란꽃이 피었다고 해서 별궁(화청지)의 정원에 황제 현종과 양귀비가 모란꽃 구경을 하는데 이때 시가 필요하다 해서, 환관들이 이백을 찾았는데 어디에 나가 떨어져 있는지 몰라서 환관들이 애를 먹다가 간신히 가마에 태워서옵니다. 현종을 볼 때도 이미 정신이 없는 상태입니다. 그에게 찬물을 끼얹고 한 환관이 명주에 지필묵을 주어서 시를 쓰게 했는데 즉흥적으로 쓴 이 시가 바로 「청평조사」 전 3수인 것입니다. 네가 이러이러한 내용을 가지고 시를 쓰라 하고 명령을 내렸기 때문에, 시의 화자는 시인인 이백이 아니라, 명령한 현종입니다.

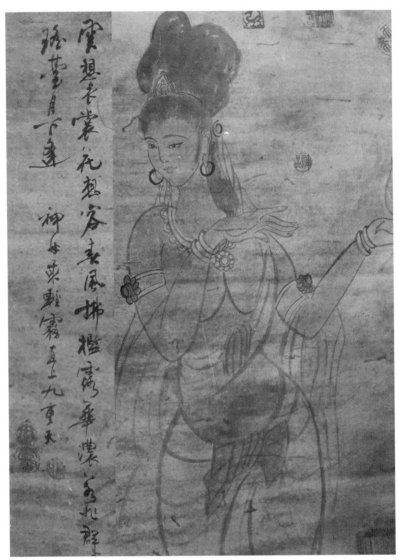

필자가 2002년 여름에 북경 근교에서 구한, 족자 형태의 양귀비 미인도이다. 필자는 이 그림을 걸어놓고 유튜브 강의를 했다. 그림에 대한 가치는 전혀 알 수 없고, 강의 참고용으로 사용했을 뿐이다.

여기에 보이는 미인도는 2002년 한일 월드컵이 끝난 직후에 중국에 갔을 때 구입했습니다. 여백 여기저기에 낙관이 있는 건 감상하던 사람이 찍은 겁니다. 우리나라에는 이런 전통이 없지만 중국에는 이런 전통이 있다고 해요. 그러니까 유명한 사람의 낙관이 찍혀 있으면, 그 작품의 수준이 보장되지요. 이 그림의 작가가 누구인지는 저도 잘 모릅니다. 빛이 바랜 거 보니까 조금 오래된 것 같기도 하구요. 그 당시 북경 근교에서 산 그림인데요. 진품인지 짜가퉁이(짝퉁)인지도 모르겠구요. 그림 왼쪽의 날림 글씨가 이백의 저 유명한 「청평조사 · 1」입니다. 한자는 이렇게 읽습니다.

雲想衣裳花想容(운상의상화상용)
春風拂檻露華濃(춘풍불함로화농)
若非羣玉山頭見(약비군옥산두견)
會向瑤臺月下逢(회향요대월하봉)

양귀비의 모습을 그렸는데 어때요, 모습이? 이 시스루 패션. 몸이 좀 드러나는 패션이네요. 조금 풍만한 모습이죠. 글래머러스합니다. 글래머란 말은 본디 매력이 넘치다, 화사하다. 그런 뜻이거든요. 좀 부(富)티와 귀(貴)티가 있으면서, 매력이 넘쳐나는 것. 부귀영화라고 할 때의 부귀와 관계되는 아름다움을 보통 글래머라고 합니다. 글래머러스한 여인의 모습은 중국에서도 북방계 여인의 모습이구요, 남방계 미인은 아주 슬림한 여인의 모습예요. 남방계는 왜 이렇게 날씬한 미인형을 추구하느냐? 차가 많지 않습니까? 차를 많이 마시면 이렇게 몸에 체지방이 사라진다고 하네요. 따라서 북방계 미인은 약간 풍만하다. 현대 여성의 모델 같은 슬림한 여성관과는 조금 다르다고 할 수 있겠네요. 중국 전통의 미인은 양귀비로 대표되는 풍만한 북방형 미인과, 서시(西施)로 대표되는 날씬한 남방형 미인으로 크게 나눠진다고 하겠습니다.

  이백의 「청평조사 · 1」은 그렇게 길지가 않지요. 한자 스물여덟 자로 이루어져 있습니다. 시의 내용 중에 낯선 고유명사 두 개가 나옵니다. 이걸 알아야 이 시를 정확하게 이해할 수가 있어요. 하나는 군옥산(群玉山)이요. 다른 하나는 요대(瑤臺)입니다. 군옥산이란, 중국의 옛 지지(地誌)의 고전인 『산해경』에서 나오는 말이구요, 요대는 중국 고대문학의 백미인 『초사』에서 나옵니다. 이 두 문헌은 기원전의 유명한 고문헌입니다. 군옥산이란, 구슬이 무리진 산. 그러니까 산이 돌로 된 것이 아니라 구슬로 되어져 있다는 겁니다. 이 군옥산에는 중국의 신화적 인물 내지 여신인 서왕모와, 그를 모시고 있는 수많은 선녀들이 산꼭대기에 산다고 하는 신화적인 전설이 있습니다. 요대는 요 자가 아름다운 구슬 요 자입니다. 이게 왕(王) 자 같지만, 점이 하나 생략되어 있어도 구슬 옥 변이라고 합니다. 군옥산과 마찬가지로 초현실적인 공간입니다. 역시 산이 구슬로 이루어진 산입니다. 이 대(臺) 자는 여러 가지 뜻이 있습니다. 누대, 언덕, 무대, 그리고 받침대 등의 뜻을 가지고 있는데, 누대는 누각을 말하는 것이죠. 또 높직한 건축물을 두고, 누대라고 합니다. 경무대, 청와대, 경포대 할 때의 누대. 건축물로는 누대이고. 지형으로는 높은 지형. 언덕을 말하는 것이죠. 여기에서는 언덕입니다. 아름다운 구슬로 이루어진 높은 언덕. 이것이 요대입니다. 이 두 가지 고유명사를 알아야 이 시를 이해할 수 있기 때문에 제가 먼저 설명을 해 드렸습니다.

  그러면 이백의 시 「청평조사 · 1」을 감상해 보시겠습니다. 제 나름대로 우리말로 옮겨 보았는데, 더 정확하고 아름다운 옮김이 있으면, 좋겠어요.

구름 같은 열두 폭 치마에
꽃다운 얼굴이 그리워,

봄바람이 난간 끝에서 나부끼네.
꽃잎은 이슬 머금어 한창 곱네.

군옥산 머리맡에 가야만이,
그대를 정녕 볼 수 있을까.

이백의 「청평조사 · 1」은 모란의 이미지가 지배적이다. 창작 배경도 모란과 관련된다. 동양권에서의 모란은 부귀의 관습적인 상징으로 쓰였다. 매우 탐미적인 이 그림은 서양화가 김연진이 그린 두 편의 모란도이다.

달빛 아래의 요대에서나,

우리는 또 만나야 할까.

구름 같은 열두 폭 치마, 꽃다운 얼굴이 그립다, 하네요. 누가요? 현종
이 양귀비의 얼굴이 그립다는 겁니다. 이백이 양귀비 얼굴이 그립다면,
큰일이 나겠죠. 감히 황제의 여자를 넘보다니, 하면서 역모에 해당되겠
지요. 제가 조금 의역을 했습니다. 조금 있다가 다시 직역을 해드리겠습
니다. 한자를 집어 가면서요.

봄바람이 난간에서 나부끼네. 난간이라고 하는 것은 건축물이나 다리
의 끄트머리를 말합니다. 봄바람이 난간, 즉 누대의 가장자리에서 나부
끼네. 꽃잎은 이슬 머금어 한창 곱네. 한창 곱다는 것은 아름다움이 가장
무르익었다는 말입니다. 이때 꽃은 모란꽃을 말합니다.

군옥산 머리맡에 가야만이 그대를 볼 수가 있을까?

군옥산 정상에는 누가 살았다구요? 전설상의 여신인 서왕모와 그녀를
모시는 많은 선녀들이 살았던 곳입니다. 군옥산 머리맡에 가야만이 그
대를 본다. 그대가 누구입니까? 양귀비죠. 천하의 절색이 아니면, 갈 수
없는 곳이 군옥산이라는 거예요. 아니면, 달빛 아래의 요대에서나 본다.
자, 구슬로 만든 언덕인 요대에서나 우리는 만날 수 있다는 것. 우리가
누구죠? 황제 현종과 양귀비입니다.

이 시는 굉장히 화사한 언어감각을 보여준 시라고 할 수 있지요. 이백
이 취중에서 쓴 시인데. 제2수, 제3수, 모두 이어가는 시 내용에서 굉장
히 화사한 언어감각을 보여주고 있습니다. 뭐랄까요? 근세 및 현대의 문
예사조에 비한다면, 유미주의라고 할까요? 예술지상주의라고 할까요?
이렇게 매우 화사한 언어감각을 유감없이 발휘한, 그것도 작취미성의
취중에서 발휘한 명시 중의 명시입니다.

양귀비 이야기는 동북아시아의 영화로 적잖이 제작되었다. 왼쪽은 일본의 명감독인 미조구치 겐지의 영화 「양귀비」(1955)의 포스터이며. 오른쪽은 홍콩의 영화 「양귀비」(1962)에 출연한 리리화(이려화)의 양귀비 모습이다.

자, 그러면 원문의 한자를 하나하나 짚어가면서 여러분과 공부해 볼까요? 이 시는 7언으로 되어 있습니다. 글자 하나하나 짚어보겠습니다. 이것, 구름 운(雲) 자예요. 이 문장은 '운상의상화상용(雲想衣裳花想容)'입니다. 의상은 치마 상 자이기 때문에 여성의 옷을 가리킵니다. 남자의 옷도 의상이라고 하는 경우가 없지 않지만, 제가 보기엔 부적절합니다. 이 생각할 상(想) 자는요, 연상하다의 뜻. 그러니까 비유법, 이 중에서도 직유법을 사용할 때 쓰는 글자입니다. 구름과 의상의 유추관계는 꽃인 모란꽃과 양귀비의 얼굴의 유추관계로 이어집니다. 직역하면, 이래요. 구름은 양귀비의 의상과 같고, 모란꽃은 그녀의 예쁜 얼굴을 닮았다.

동서양 할 것 없이, 미인의 아름다움을 비유적으로 표현하는 건 공통적입니다. 하지만 이백은 양귀비의 얼굴과 몸을 전체적이고, 종합적으로 보고 있습니다. 그녀의 얼굴은 모란꽃을 연상케 하고, 몸은 구름 같이 풍성한 의상 속에 숨겨져 있다고 하지 않았어요?

반면에, 페트라르카는 『칸초니에레』에서 마음속의 연인인 라우라의 모습을 조각조각 나누었습니다. 부분적이며, 또한 분석적입니다. 예를 들면, 이래요. 황금의 머리카락, 사파이어 같은 두 눈, 진주 같은 치아, 상아 같은 입과 손, 인도의 흑단 같이 새카만 속눈썹, 젖빛의 하얀 목덜미 등 말예요. 특히 그는 신체 부분마다 대체로 금속이나 광물의 질감을 제시하곤 합니다. 페미니즘 정신분석가인 J. 스키에사리는 『우울증의 젠더링(The Gendering of Melancholia)』(1992)이란 책에서, 페트라르카의 그런 표현을 가리켜 '이탈리아 르네상스의 제도화된 에로스의 원천'이라고 지적한 바 있었어요.

자, 그럼, 그 다음을 볼까요.

요게 봄 춘 자입니다. 이게 초서에 가까운 글자이니까 알아보기가 힘

최근에 제작된 양귀비 영화는 장예모 등이 연출한 「양귀비 : 왕조의 여인」(2015)이다. 양귀비의 역을 맡은 판빙빙의 모습. 마치 「청평조사」의 표현처럼 구름 같은 의상을 잘 보여주고 있어 눈길이 간다.

듭니다. '춘풍불함로화농(春風拂檻露華濃)'. 춘풍은 봄바람이고, 이 불 자는 떨칠 불 자예요. 무슨 의혹을 불식하다, 무슨 편견을 불식하다, 라고 할 때의 불 자입니다. 여기에서는 떨친다기보다는, 사붓이 흔들린다. 함 자가 난간 함 자니까, 누대의 가장자리에서라는 뜻이지요. 이게 로화농예

당 현종과 양귀비의 사랑의 배경지가 되는 장안(시안)의 별궁 화청지. 많은 관광객들이 찾는 곳이다.

요. 이슬 로 자. 화려할 화 자. 그런데 이것은 꽃 화 자의 뜻도 됩니다. 이건 꽃이라고 생각해도 되겠습니다. 농 자가 무르익을 농 자. 무르익은 아름다움, 즉 농염을 뜻하는 겁니다. 어때요? 봄바람이 난간에서 나부끼고, 혹은 난간을 스쳐가고……. 이슬을 머금은 꽃잎을 두고 꽃망울이라고 하면 안 됩니다. 꽃망울은 무르익을 농(濃) 자와 어울리지 않습니다. 꽃망울이라는 건 아직 미성숙한 상태를 말하기 때문에, 여기에선 그냥 꽃잎이라고 하는게 좋겠지요. 이슬 머금은 꽃잎은 한창 곱다, 무르익었다, 농염하다……이런 뜻이 되겠지요.

'약비군옥산두견(若非羣玉山頭見)'이라. 약비는 영어의 이프(if)절에 해당합니다. 만약, 무엇이 아니라면. 이 두 글자도 식별하기가 어려울 만큼 초서에 가깝습니다. 군옥산 머리맡에서, 그대를, 볼 견 자, 보지 않는다면. 그 다음이 '회향요대월하봉(會向瑤臺月下逢)'이네요. 이 회 자가 모일 회 자인데 여기서는 반드시, 필경의 뜻을 가진 말입니다. 이건 날 일 자 같은데, 향할 향 자예요. 구슬로된 언덕인 요대의 달 아래에서 (만날 봉 자, 상봉하다의 봉 자인 까닭에) 만날 것이다. 만약에 그대를 군옥산 정상에서 만나지 않는다면, 요대에서나 우리는 달빛 아래 만날 것이다. 이런 식의 해석이 가능하겠습니다.

어떻습니까? 이해하시겠지요?

그러면 청평조사 제1수에 관한 얘기를 이제 마무리할 단계가 온 것 같습니다. 이 시의 창작 배경이 어떻다고 했지요? 아까 말씀드렸습니다만,

황제 현종과 양귀비가 모란꽃이 정원에 폈다는 얘기를 듣고 꽃구경을 갔는데 걸맞은 시가 필요하다고 해서, 어떤 곡조에 대한 새로운 노랫말이 필요하다고 해서, 급히 궁중시인 이백을 찾아서 시를 쓰게 했다고 하지 않았습니까? 그 시가 바로 저 「청평조사」입니다.

이백은 취중에 이 시를 썼는데 아주 화사한 언어감각으로 이 시를 지었어요. 양귀비의 미모를 찬양함으로써 사랑의 감개를 노래한 건데요,

우리나라 영화 「양귀비」(1962)에서 양귀비 역으로 출연한 김지미. 이 영화에는 그 당시의 명배우들이 대거 출연했다. 특히 김승호(현종)와 최무룡(이백)의 연기가 뛰어났다. 이 영화의 필름이 지금 없어졌지만, 필자는 1970년대 중반에 2본동시상영관에서 본 일이 있다. 이 영화의 필름은 십수 년 간 존재했었다. 이 영화의 서사구조는 현종과 양귀비와 이백의 삼각관계에 초점을 두었다. 이것은 사실과 전혀 다르다.

어찌 보면 권력에 약간 아부하는 듯한 그런 시라고 하겠습니다. 서왕모니 요대니 하는 얘기가 나온 걸 보면, 양귀비의 아름다움이 드러남을 미의 여신이 강림한 것으로 본 것입니다.

이 시를 완성하고 나서 '청평조'라는 곡조에 맞추어서 연주도 하고 노래를 불렀는데, 이때 노래 부른 사람이 아주 유명한 사람입니다. 이구연이라고. 그 당시 최고의 가수였습니다. 두보의 시에도 보면, 「강남봉이구연」이라고 하는 명시가 있습니다. 양자강 이남의 어느 지역에서 이구연을 만났다. 우리가 10대 후반의 소년 시절에 만났다가, 늘그막하게 다시 또 만났구려, 하면서 인생무상을 노래한 시로 유명합니다. 옛날에 이 시가 국어 교과서에 '두시언해'라고 하는 단원에 실리기도 했습니다. 그러니까 이구연이라고 하는 당대 최고의 가수는 보다시피 두보와도 인연이 있고, 그가 「청평조사」를 불렀다고 하는 기록도 있으니 이백과도 인연이 있습니다.

황제인 현종은 이 시가 굉장히 좋은 시라고 보고 채택을 했는데 양귀비는 불만스러웠어요. 이 대목에서 아이러니가 발생합니다. 양귀비의 아름다움을 찬양해도 양귀비는 성에 차지 않았고 오히려 화를 내면서 이백을 궁중에서 내치게 됩니다.

왜냐구요?

문제의 「청평조사」가 양귀비의 미모를 찬미한 시임에도 불구하고, 이백의 운명은 가혹했습니다. 왜 마음에 들지 않았을까요? 제2수. 둘째 수의 시에 보면 조비연이란 미인이 등장합니다. 훨씬 오래전에 한나라 시절에 성제라고 하는 황제의 애첩에 지나지 않았던 그녀, 곧 성이 조씨고 이름이 비연인 조비연이 뒤에 황후가 됩니다만, 천출이었거든요. 양귀비하고는 미모의 성격이 다릅니다. 조비연의 비 자는 날 비(飛) 자. 제비처럼 날렵하다. 그러니까 아까 제가 말씀드렸지만 남방계 미인의 전형적인 모습이라고 할 수 있는 날렵하고 슬림한 모습의 미인입니다. 양귀비는 날씬하지도 않고, 천출도 아닙니다. 부귀스럽고 풍만한 그런 미인형인 그녀가, 흥, 나를, 왜 조비연하고 비교해? 이런 오기가 있었겠죠. 그래서 미움을 받아서 내침을 당했다고 생각하면 되겠습니다.

이때부터 이백은 또 다른 방랑길에 오르게 됩니다. 한 편의 시 속에, 이처럼 시인의 쓰디쓴 인생의 맛, 혹은 가혹한 운명이 투영되어 있군요. 들어주셔서 감사합니다. 다시 또 뵙겠습니다.

바람에 시드는 여인의 한갓된 풀매듭

— 설도의 「춘망사 · 3」

우리가 알고 있는 가곡 「동심초」는 본디 중국 당나라 시대의 한낱 기녀였던 설도(薛濤)의 시입니다. '동심초'의 원래 제목은 한자로 '춘망사'라고 합니다. 춘망(春望)이라고 하면 '봄의 소망'을 뜻합니다. '춘망사'는 봄의 소망을 나타낸 서정시라는 뜻입니다. 이것을 일제강점기 때 안서 김억이 '춘망사' 4수 중에서 제3수를 번역했습니다. 그래서 우리에게는 익숙하게 '동심초'라는 제목으로 전해져 오는 이 시는 애틋한 심사를 자아내는 사랑 시편입니다. 설도가 명기이듯이, 「춘망사」 역시 명시입니다.

그러면 설도가 기생이라고 했는데 어떤 사람인지부터 먼저 살펴볼까요? 그녀는 서기 768년에 태어나서 832년에 죽었습니다. 그러니까 8세기 후반에 태어나서 9세기 전반기까지 살았는데 64세까지 살았으니, 그 시대로 보아서는 천수를 누렸다고 할 수 있겠네요. 본래 그녀는 장안 사람이었습니다. 장안은 당나라의 수도니까, 우리식으로 이야기하면 서울 사람입니다. 장안은 지금의 서안(西安 : 시안)입니다.

어릴 때 하급 관리였던 아버지를 따라 서남쪽의 중심 도시인 성도(成都

설도를 기념하는 망강루 공원이 사천성 성도(청두)에 있다. 이 공원 안의 아치형 다리가 시적으로 운치가 있다.

: 청두)로 이주를 합니다. 삼국지 이야기 잘 아시죠? 유비가 나라를 세웠던, 촉나라의 수도였던 성도 말예요. 이 성도에 와서 그녀의 가족이 사는데, 어릴 때 아버지가 여기에 오자마자 돌아가셨어요. 이 때문에 어머니와 자신만이 남아서 살아가기가 경제적으로 막막하거든요. 그래서 어릴 때부터 참 재주가 많았던 설도는 어쩔 수 없이 기생이 됩니다. 기생 중에서도 악기(樂妓)가 됩니다. 악기는 현악기(줄풍류)를 연주하는 기녀를 말

합니다.

현악기를 연주하는 기녀가 된 설도는 그러다 보니까 노래나 노랫말을 익혀야 하였겠지요. 남의 노랫말이란, 남의 시를 말하죠. 또 그러다 보니까 자신에게 잠재된 재능인 시심이 그녀로 하여금 시인이 되게 했던 겁니다. 마침내, 악기 연주하는 재능보다 시를 쓰는 재능이 더 압도적으로 성장하였겠지요.

그녀는 어릴 때 정착해서 늙어 죽을 때까지 사천성의 성도에서 살았습니다. 성도에 가장 높은 벼슬아치는 사천절도사입니다. 처음 본 사천절도사에게 기녀의 몸으로서 부름을 받습니다. 악기도 연주하고, 시도 짓고 하니까, 너무나 재주가 많거든요. 기녀는 공무원이거든요. 사천절도사가 그녀에게 그랬대요. 너는 재주가 너무 많으니까, 악기 연주, 시 짓는 거 외에도, 벼슬자리를 하나 따로 줄 테니까, 이런 일을 해라. 그것이 교서(校書)입니다. 무슨 일이냐 하면, 공문을 작성하고, 도서를 관리하는 일이에요. 여자가 이런 일을 하지 않았지요. 그래서 계집 녀 자를 붙여서 그녀를 두고 여(女)교서라고 하였지요. 그녀가 죽고 난 다음에도 후세의 사람들이 그녀를 가리켜 '설여교서'라고 불렀답니다. 두보는 공부라고 하는 하급 관리를 했거든요. 그래서 두보를 가리켜 '두(杜)공부'라고 하듯이 말입니다. 두보의 문집은『두공부집』으로 통용되지요.

설도는 사천의 성도에서 11명의 절도사에게 부름을 받고 시를 짓고 연주를 하였지요. 당시 천하의 시인들과 교류하면서 시를 주고받았습니다. 즉, 많은 시인들과 창화(唱和)를 했습니다. 창화의 대상이 된 시인으로는 백거이, 원진, 두목 같은 이들이었지요. 이들은 모두 연하의 남자들이었습니다. 자기는 젊을 때는 악기를 연주하고 조금 나이 들어서 시를 썼으니까 아무래도 시를 쓸 때는 연하의 남자들과 교류할 수밖에 없었던 거겠지요.

백거이는 굉장히 유명한 시인입니다. 당나라 시대 때 이백, 두보 다음 가는 단계가 왕유와 백거이라고 할 수 있습니다. 그는 설도보다 네 살 아래의 남자 시인이고, 또 원진이라고 하는 천재 시인이 있었어요. 열한 살 아래의 남자예요. 그녀의 창화 대상 중에는 두목이라고 하는 또 대단한 시인이 있었는데, 그는 설도에게 손아래 아들뻘 되는 상대였어요.

설도에게 있어서의 원진은 창화의 대상에서 연인의 감정까지 발전한 케이스입니다. 그녀는 그를 알고 난 이후에 관아에 돈(기여금)을 내고 기적(妓籍)으로부터 벗어나, 마침내 자유롭게 생활하기에 이릅니다. 성도의 시냇가 완악이라고 하는 졸졸 흐르는 시냇가 쪽의 가장자리에 집을 짓고, 또 누각을 짓습니다. 시를 읊조리는 누각을 짓고 거기서 사는데 성도를 중심으로 한 사천성은, 그 당시에 종이 문화가 굉장히 발달했어요. 그래서 그녀 자신이 무늬를 새긴 색종이를 많이 제작했어요. 이것이 지금까지 전해져 오고 있습니다. 천 수 백 년이 지났지만. 이것을 '설도전(薛濤箋)'이라고 해요. 그는 평생 시를 지은 편수가 한 오백 편이 된다는데. 지금 전해져 오고 있는 것은 대략 90편이라고 합니다.

저는 중국 사천성을 다녀온 일이 있습니다. 아미산의 겨울 풍경은 평생 잊혀지지 않을 것이고요, 제갈량과 두보와 설도의 자취가 깃든 성도의 여기저기를 돌아보았습니다. 중국 정부는 시인 설도를 기념하기 위해서 공원을 만들었습니다. 이것이 바로 망강루 공원이지요. 진기한 대나무 백 수십 가지 종류가 심어져 있어서 대나무 공원으로 잘 알려져 있습니다. 그 공원 서쪽에 설도의 묘가 지금까지 전해지고 있습니다.

그런데 재미있는 것은요, 현대에 설도라고 하는 여성 시인도 지금 살고 있다고 해요. 누구냐 하면 한자로는 적영명(翟永明). 꿩 적 자, 영원할 영 자, 밝을 명 자. 중국말로 읽으면 '자이융민'이라고 하는 여성 시인이 있는데 지금 나이가 많습니다만, 우리나라 인사동 같은 골목길에서 술

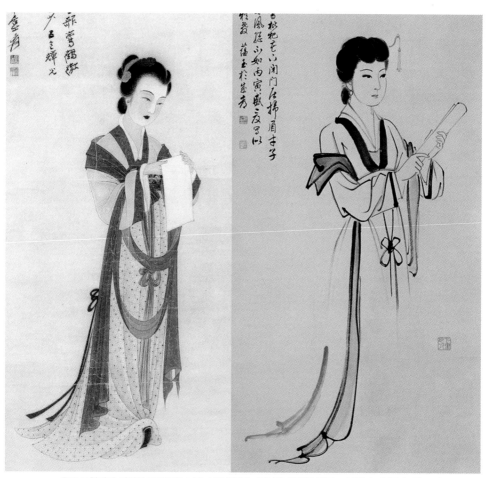

중국 근현대의 저명한 화가들이 그린 설도상이다. 당나라 의상을 입은 그녀의 손에 종이, 즉 그녀
가 창의적으로 만든 종이인 설도전을 들고 있다.

집을 경영하는데 술집 이름이 바이에. 한자로 쓰면 백야(白夜). 적영명은 현존하는 중국 시인 열 명 중의 한 사람으로 손꼽히는 시인이랍니다. 지금 중국이 얼마나 인구가 많습니까? 한국에서 10명 안에 드는 시인하고 중국에서 10명 안에 드는 시인은 차원이 다르지요. 인구수를 대비할 때 말이죠. 그래서 중국의 많은 시인들, 문사들이 이 술집을 찾는다고 합니다. 찾아서 적영명과 대화하고 서로 문인으로서 시인으로서 교류하고 왕래하는 것을 바란다는 얘기가 아주 잘 알려져 있습니다. 현대판 설도의 적영명까지 말씀 드렸으니 이제는 시 「춘망사 · 3」, 우리식 제목으로는 '동심초'를 살펴볼까요.

風花日將老(풍화일장로)
佳期猶渺渺(가기유묘묘)
不結同心人(불결동심인)
空結同心草(공결동심초)

설도의 이미지와, 「춘망사」 제3수의 원문.

시가 아주 간결합니다. 글자의 수가 스무 자밖에 되지 않습니다. 일제 강점기에 중외일보라고 하는 신문이 있었는데요, 안서 김억은 1930년 9월 4일자에 이 '춘망사' 제3수를 처음으로 번역해서 발표합니다. 그리고 또 얼마 후 두 번째 역본을, 또 얼마 후 세 번째 역본을 발표하는데요, 이렇게 일제강점기만 해도 이 역본을 네 차례 발표해요. 이 가운데 세 번째 발표한 역본(1934년)이 우리에게 익히 알려진 역본입니다. 해방 직후 작곡가 김성태 님이 작곡한 동심초 제1절이기도 하구요. 그리고 1943년의 네 번째 역본은 2절이 되었구요. 이 노래는 우리 가곡사에서 불멸의 명곡으로 남아 있습니다. 유명한 소프라노 가수치고, 이 노래를 부르지 아니한 사람이 없을 정도입니다. 유명한 조수미는 말할 것도 없구요.

꽃잎은 하염없이 바람에 지고,
만날 날은 아득타, 기약이 없네.
무어라, 맘과 맘을 맺지 못하고,
한갓되이 풀잎만 맺으려는고.

기가 막힌 번역입니다. 작곡가 김성태 선생은 애초 이 역본을 보고 작곡을 한 겁니다. 여러분 귀에도 익숙하지요. 이 번역시는 한자로 된 원시와 비교할 때 창작성을 유감없이 발휘하고 있습니다. 번역이라기보다, 번안에 가깝지요. 번역자 김억은 그렇잖아도 영문학자 양주동과 의역이냐, 직역이냐를 두고 일제강점기에 논쟁을 하기도 했습니다.

김억의 이 역본에서 가장 의미 있는 표현은 '한갓되이'입니다. 한자 원문을 살펴보자면 이 '한갓되이'는 빌 공(空) 자에 해당합니다. 그러면 이 공 자와 관계가 있는 우리말은 '공연히'입니다. 이를 줄이면, '괜히'가 되겠지요. 그밖에 상응하는 부사(어)로는 헛되이, 쓸데없이, 하릴없이

설도의 시 「춘망사」를 염두에 둔 그림 「춘망도」가 중국의 화단에서 오랫동안 전통으로 이어져 왔다.

등이 있을 수 있겠지요. 물론 뉘앙스는 전혀 다르지만, 매우 적절한 표현이 또 하나 있지요. 덧없이. 저는 '한갓되이' 대신에 '덧없이'로 바꾸어도 나쁘지 않다고 봅니다.

그런데 이 대목에서 유의할 점은 이 표현이 그의 제자 김소월의 발굴(1979) 시편에 등장하는바 "한갓되이 실버들 바람에 늙고" 외에 거의 용례가 없다는 사실에 있습니다.

김억의 고향 말인 서도 방언 같지만, 용례가 별로 보이지 않는다는 점에서 그의 개인 방언이라고 볼 수 있는 '한갓되다'는 무척 희귀하면서도 미묘한 어감의 말이기도 합니다. 이 미묘함이 이 번역시의 가치를 드높여주고 있기도 해요. 지금도 서울사람들이 자주 쓰는 '한갓지다'와는 전혀 뜻이 다른 말입니다.

김억의 절묘한 옮김이 불멸의 가곡으로 이어지고 있지만, 저는 직역에 바탕을 둔 제 나름의, 또 한 편의 역본을 제시해 봅니다. 직역적인 번역이 때로는 각별한 느낌을 자아낼 수 있기 때문이겠지요. 앞과 뒤를 서로 비교해 보는 것도 말맛의 차이가 있으리라고 보입니다. 자, 보세요.

바람 속의 꽃들이 시들겠네.
아름다운 약속은 아득하여라.
그대와 연인으로 맺을 수 없어,
괜히 하릴없이 풀매듭만 하네.

그런데 이 시의 내용처럼 기녀 설도와 열한 살 아래의 남자인 원진 두 사람이 맺어지지 못했습니다. 원시의 표현처럼 '동심인(同心人)'이 되지 못했습니다. 동심인이란, 글자 그대로 끝까지 마음을 함께하는 사람입니다. 즉, 마음이 변치 않은 연인이 되겠지요. 하지만 이런 점에서 둘은 끝까지 연인이 되지 못했습니다. 원진은 누나 같은, 누나도 큰 누나 같은,

아니면 막내 이모와 같은 설도에게 어떤 감정을 가지고 있었는지 잘 알수 없지만, 그냥 갖고 놀았던 것은 사실인 듯해요. 원진은 워낙 바람둥이로 유명했거든요. 잘 생겼고, 천재적이고.

설도는 서른 살 나이에 이 원진을 처음 만났는데 이때는 유부남이었어요. 뭐 계속 그 이후에도 첩들을 들였어요. 어떤 여자와는 약혼 이후에파혼하고. 어떤 기생과 사랑을 나누다가 차 버리니까, 그 기생이 자살한사례도 있고. 부인은 재상의 딸이라고 해요. 애초에 즐기려고 했을 뿐이지 인연을 맺으려고 생각은 아니했던 것 같아요. 시를 함께하는 친구 정도로 설도를 생각했을지도 모릅니다. 그래도 설도의 시적 재능을 인정했습니다. 어떤 시에 보면 이런 게 있어요.

아미산의 빼어남 속에서 설도가 나왔네.

아미산의 빼어난 배경 속에서, 설도라고 하는 대단한 시인이 나왔다고할 정도로, 그는 설도의 시적 재능을 인정했습니다. 그리고 두 사람은 멀리 떨어져 있어도 계속 이런 시를 주고받았다고 해요. 어느 정도 진정성이 있었던 표현인지 모르지만, 설도에 대한 그리움을 나타낸 시구도 있어요.

헤어진 다음의 그리움은 강 건너편의 안개요.
창포가 피운 꽃은 하늘 높은 오색구름이라네.

설도와 원진은 서로 창화했지만, 동심 즉 마음을 함께 하지는 못했지요. 설도는 나이 마흔 줄에 접어든 나이거든요. 신분도 기녀란 말입니다. 원진은 흘러가는 바람의 남자, 그러니까 바람둥이였습니다. 그가 흘러가는 바람 속의 남자라면, 설도는 바람 속에 시드는 꽃잎 같은 여인이었죠.

같은 마음으로 맺어질 가능성이 애쳐 없었던 것은 아니었지만 결국은 그랬지 못했다고 하는 인간관계였다는 게, 사랑하는 마음을 함께 나눌 수 있는 사람이 아니었다는 게 설도의 안타까운 비련(悲戀)이 아니었을까, 해요. 그러니까 인연이 없었다고 할 수밖에 없는 겁니다. 부부는 지지고 볶고 하면서도 끝까지 함께 살 수 있어도, 연인으로서는 사랑이 영원할 리가 거의 없다는 거죠.

어떻습니까? 여러분. 끝내 이루지 못한 사랑에 대한 애달픔을 표현한 설도의 「춘망사·3」과, 이를 우리의 말투와 정서로 수용한 김억의 「동심초」……가곡으로 만들어져서 국민들의 사랑을 한때 오래도록 받아온 국민 가곡, 오랠수록 더 민족적인 정감이 배어있는 것 같은 이 번역시를, 오늘 한 번 다시금 생각해보면서, 그러면 제 강의를 여기에서 마칠까, 합니다.

감사합니다.

제2부

우리나라 시인들, 그리움을 노래하다

마음의 폭설 속에서 떠올린 환상의 사랑

—백석의 「나와 나타샤와 흰 당나귀」

백석의 명시 「나와 나타샤와 흰 당나귀」는 아무리 가난해도 순수한 사랑을 유지하는 것이야말로 삶을 다채롭게 한다는 의미를 잘 함축한 시라고 하겠습니다. 이 시가 쓰인 1930년대는 가난한 시대였지요. 나라를 빼앗기고 민중은 절대 빈곤에 허덕인 시대였어요. 근데 백석은 일본에 유학한 학력으로 공부를 많이 하고, 괜찮은 사회생활을 하면서 살아갔지요. 조선일보 기자와 함경도의 한 고등보통학교에서 영어 교사로 재직한, 그 당시에는 남들이 부러워하는 직업인이었습니다.

방금 제가 가난이란 말을 썼습니다만, 민중의 절대 빈곤이 아니라, 지식인의 상대적 빈곤의 가난이라고 하겠습니다. 시대가 가난하니까 가난한 시대의 사랑을 노래한 명시다. 이렇게 얘기할 수 있겠네요. 또한, 연애시의 백미다. 연애시를 연시라고도 합니다. 우리말로 표현하면 사랑노래. 사랑노래의 정수와 같은 시편이다, 라고도 평가할 수 있겠네요.

백석은 인기가 참 좋았습니다. 수려한 용모, 또 스타일리스트였지요. 머리카락이나 옷도 첨단의 유행을 걷는 그런 장식을 즐겼습니다. 문학적 재능은 말할 것도 없고요, 외국어 능력도 아주 뛰어났습니다. 일본어야 모국어 수준이겠지요. 그리고 일본에서 영문과를 졸업했으니, 영어로 의사소통이 어느 정도 가능했겠고. 러시아어는 독학으로 공부했다는데요. 그 수준이 어느 정도냐? 해방 이후에 소련군이 진주했을 때 일상의 의사소통은 물론 통역까지 했다는 얘기도 있습니다.

근데 이 시가 연애시의 백미라고 했는데, 연애 대상이 실존 인물이거든요. 실존 인물의 연애시라는 점에서 아주 주목을 할 수 있겠습니다. 여기 나오는 연애의 대상은 누구냐? 여러 가지 정황을 살펴보고 분석해보면, '나타샤'는 김영한이라고 하는 여인입니다. 러시아에 대한 문화예술적인 취향을 지니고 있던 백석이 톨스토이의 소설 「전쟁과 평화」의 여주인공인 '나타샤 로스토바'에서 차용한 개연성이 높다고 하겠습니다.

1930년대 중후반에 연인으로 함께 살았던 영생고보 교사였던 백석과, 장안의 명기로 잘 알려진 김영한의 그 당시 모습. 이들이 헤어진 후, 영원히 만나지 못했다. 두 사람은 오래 살았지만, 국토가 분단되어 남과 북에서 각각 떨어져 살았다.

김영한은 누구냐?

그 당시 장안의 명기였습니다. 장안은 원래 당 나라 수도인데 그 당시 서울을 경성이라고 하고, 또 비유적인 표현으로는 장안이란 말을 곧잘 썼습니다. 서울의 이름 있는 기생이었죠. 기명은 진향(眞香)입니다. 참다운 향기란 뜻이지요. 그리고 두 사람이 사실혼 관계의 생활을 몇 년간 했는데요. 백석이 김영한에게 붙여준 별명이 있었는데, 그 이름은 '자야(子夜)' 였어요. 자시의 밤. 그러니까 밤 11시에서 새벽 1시까지를 자시라고 하지요. 자정 무렵의 밤이란 뜻인데. 자야라고 하는 여인은 이백의 시에 등장하는 여성 캐릭터입니다.

김영한은, 그러니까 기명이 진향인 여인은 조선시대의 마지막 가객으로 아주 유명한 하규일 선생의 제자로 기계에 발을 들여놓고 유명한 가기(歌妓)로, 노래하는 기생으로 살아갔습니다. 일제강점기에 노래하는 기생이라고 하면, 주로 판소리를 부르는 기생이었거든요. 그런데 좀 독특하게, 김영한은 시조창이나 가곡 창을 주로 불렀습니다. 판소리가 대중가요라고 한다면, 전통 가곡은, 특히 여창(女唱)은 음악적인 수준이 높은 클래식에 해당된다고 하겠습니다. 김영한, 즉 진향의 가곡 창 소리가 유성기 음반으로 남아 있지 못한 건, 좀 아쉬운 대목이라고 하겠네요. 그 당시 판소리가 워낙 대중적으로 유명했기 때문에, 유성기 음반은 대중에 영합하는 판소리를 담았습니다.

이 시에 등장한 김영한, 나타샤는 가곡뿐만 아니라 춤도 잘 추었어요. 춤추는 모습의 엽서 사진이 지금도 남아있어요. 그러니까 가무에 능한 명기였다. 노래와 춤에 능한 명기였다. 이렇게 보면 되겠네요. 백석은 별명도 여러 가지인 진향, 자야, 나타샤인 김영한과 더불어 몇 년간 연애를 하고 또 동거 생활도 합니다. 굳이 말하자면 사실혼 관계가 되겠네요. 하

일제강점기의 한 기사문. 제목은 '기생의 갸륵한 마음'이다. 미담의 주인공은 조선권번 소속의 기생인 김진향(김영한)이다. 백석을 만나기 몇 달 전으로 추정되는 1935년 연말에, 그녀는 종로경찰서에 찾아가 추위와 주림에 고생하는 사람들을 위해 써 달라고 65원 42전을 내놓았다. 이 돈이 일주일간의 소득이라고 하니, 그녀는 상당한 고소득자인 셈이었다. 일주일 소득이 조선일보 기자와 영생고보 교사를 지낸 백석의 월급보다 더 많은 것 같다.

루는 백석이 자고 일어나서 아침 일찍 함경도 함흥 천리 길에 오릅니다. 재직하는 학교로 가기 위해서겠죠. 그때 미농지(일본 나고야 근교의 특산품 종이) 봉투 속에 한 편의 시를 남기고 떠났다는데요, 이 시의 제목이 바로 '나와 나타샤와 흰 당나귀'입니다. 이 얘기는 어디까지나 김영한의 증언에 의한 것입니다. 물론, 나타샤가 김영한이 아니라, 또 다른 여인이라는 여러 가지의 이설(異說)도 있어요.

　가난한 내가
　아름다운 나타샤를 사랑해서
　오늘밤은 푹푹 눈이 내린다.

나타샤를 사랑은 하고
눈은 푹푹 날리고
나는 혼자 쓸쓸히 앉아 소주를 마신다.
소주를 마시며 생각한다.
나타샤와 나는
눈이 푹푹 쌓이는 밤 흰 당나귀 타고
산골로 가자 출출이 우는 깊은 산골로 가 마가리에 살자.

눈은 푹푹 내리고
나는 나타샤를 생각하고
나타샤가 아니 올 리 없다.
언제 벌써 내 속에 고조곤히 와 이야기한다.
산골로 가는 것은 세상한테 지는 것이 아니다.
세상 같은 건 더러워 버리는 것이다.

눈은 푹푹 내리고
아름다운 나타샤는 나를 사랑하고
어데서 흰 당나귀도 오늘밤이 좋아서 응앙응앙 울을 것이다.

　함경도 변방으로 떠난 백석은 동거하는 여인 김영한을 그리워하면서 술을 마십니다. 혼자 술을 마시니까 요즘말로 하면 혼술이 되겠네요. 시에서 소주를 마셨다고 하는데 이 소주는 지금의 희석식 소주도 아니고, 값비싼 전통 증류주인, 즉 안동 소주와 같은 전통 증류주도 아닙니다. 왜? 가난하니까. 아주 싸게 나온 러시아 소주가 있었어요. 그게 보드카입니다. 도수가 아주 높습니다. 왜냐구요? 러시아 사람들이 추운 곳에 사니까, 추위를 이겨야 하니까요. 도수가 높으면 여러분들도 잘 알고 있듯이 취기가 빨리 찾아오지요. 소주를 마시다 보니까, 생각을 하게 되는 거지요. 이 생각이 하나의 환상의 세계를 만들어갑니다. 이 환상의 세계라는 것은 또 하나의 현실이에요. 현실의 결여된 부분이기 때문에 어떤 의미에서 또 하나의 현실이라고 하겠지요. 환상은 흔히 비현실이나 망상이라고 생각해서 멀리하는 경향이 있지만 환상도 현실의 결여된 부분이요, 또 하나의 현실이기도 합니다. 그래서 심리적 현실이라고 보면 되겠습니다. 술을 통해서 술의 취기를 통해서 현실 속의 대리만족을 일삼는 것. 이것이 환상이에요.

어떠한 내용의 환상이냐?

나와 나타샤, 즉 시인 화자인 백석과 김영한은 눈이 쌓이는 밤에 흰 당나귀를 타고 산골로 들어갑니다. 그 산골의 '마가리'에서 삽니다. 이런 환상의 세계를 지금 만들었습니다. 왜 하필이면, 흰 당나귀냐구요? 그냥 당나귀가 아니라, 흰 당나귀는 좀 희귀하지요. 보통 당나귀에 비해, 흰 당나귀는 폭설인 이 시의 내용과 잘 어울리지요. 또 희다는 것은, 백마처럼 초월적이고 신비적인 느낌과 분위기를 자아내는 데 적합하지요. 신화나 설화에서 백마가 아주 신비적이고 초월적인 분위기를 가져다주는 것과 같습니다.

그리고 '출출이'란 말이 있네요. 새 이름입니다. 작은 새의 일종인데 보통 민간에서는 뱁새, 비비새라고 합니다. 잘 알지요? 속담에 그런 게 있지 않습니까? 뱁새가 황새 따라 가려고 하다가 가랑이가 찢어진다, 라고 하는 그런 뱁새 말입니다. 학명으로는 '붉은머리오목눈이'라고 해요. 여덟 자로 된 좀 긴 이름의 새이네요. 뱁새는 출출이라고 했는데, 이는 소리를 흉내 냈습니다. 출출출출……한다고 해서요. 그러나 잘 들어보면, 출출출출……하는 게 아니라 씨씨씨씨……한다고 해요.

또 '마가리'란 말이 있는데 잘 안 쓰는 말이지요. 오두막집이에요. 정

백석과 김영한의 러브스토리는 뮤지컬로 재구성되기도 했다. 사진은 김영한 역을 맡은 뮤지컬 배우 곽선영의 무대 위 모습이다.

확히 말하면 부잣집에 가까운 위치에 있는 부자 집에 달린 단칸집입니다. 주로 부잣집에서 일하는 노비들이 살아가는, 오막살이 하는 오두막집을 마가리라고 합니다. 이게 정확한 뜻입니다. 그러면 여기 환상 속의 백석과 나타샤는 노비가 아니니까, 그냥 일반적인 오두막집, 혹은 소박한 집이라고 보는 게 좋겠습니다. 부자들이 사는 고대광실이 아닌 집 말예요.

사회학자 송호근은 이 마가리를 가리켜, 누구에게도 침해받지 않는 사랑의 공동체, 항상 자작나무가 둘러친 토방(土房)의 공동체라고 했어요 (『나타샤와 자작나무』, 2005, 66면, 참고.). 사회학자다운 발상이네요. 마가리가 있는 환상의 살림터는 사람 두 명에 짐승 한 마리가 사는 최소한의 사회지요. 온전한 현실도피의 공간, 탈(脫)사회의 공간인 것은 아닐 터이죠.

백석은 이 시에서, 한적한 산골의 오막살이를 동경하고 있습니다. 여기서 중요한 것은 왜 백석이 한적한 산골에서 둘이만 살고 싶다고 했을까, 하는 데 있습니다. 조금 궁금하지 않으세요, 여러분들? 이것도 섬세한 해석이 뒷받침되어야 할 것 같습니다.

단순히 얼굴만 예쁜 소위 화초기생이 아닌, 기예가 출중한 김영한은 그 당시에 아이돌 급의 엔터테이너였습니다. 즉, 일제강점기에는 배우, 가수가 별로 없었기 때문에 기생이 최고의 연예인이라고 할 수 있었죠. 명기들은 인기가 아주 많았어요. 소설가 김유정이 짝사랑하고 쫓아 다녔던 판소리 명창 박녹주와 함께 어깨를 겨루었는지도 모릅니다.

근데 인기가 있으면 있을수록 세상 사람들이 입방아를 찢는 일도 많았겠지요. 실제 그랬을 겁니다. 백석을 두고 세상 사람들은, 저 사람 기생의 기둥서방이래, 하는 말을 했을 테고, 기생 진향을 가리켜 저 여자 백석이라는 시인과 동거생활을 한다더라, 하는 말이 오갔을 겁니다. 그러니까 이런 말이 듣기가 싫어서 둘이가 아무도 없는 산골에 들어가서 둘이만 살고 싶다고 시를 통해 얘기한 것입니다.

깊디깊은 산골에서 사는 우리들만의 사랑과 삶. 백석은 이 시를 통해 흰 당나귀도 좋아서 응앙응앙하면서 울 것이라고 합니다. 보잘것없는 짐승도 좋아서 우리들만의 삶과 사랑을 축복해준답니다. 이런 환상에 사로잡히는 거죠. 사람과 만물의 조화로움 속에서 우주적인 행복감을 노래합니다. 이 시에서 의성어와 의태어를 포함한 상징어의 독특한 표현이 두드러져 있네요. 하나는 눈이 푹푹 내린다. 요즘의 우리의 언어관습으로는 '펑펑'입니다. 당나귀 울음소리도 응앙응앙이라고 하니까, 꼭 애기 울음소리 같지 않아요? 당나귀 울음. 우리의 관념으로는 어떻습니까? 히이힝……히이힝. 이렇게 소리를 적어야 하거든요. 당시 백석의 입장은 어땠는지 정확히 알 수 없지만, 우리의 입장에서 볼 때, 그의 언어는 자동화된 언어 관습으로부터의 낯설게 하기의 미묘함으로 우리를 이끌고 있습니다.

김영한이 함흥에 잠시 머물렀던 1936년 봄에, 두 사람은 만났습니다. 처음 만나 사랑할 때, 취기에 젖은 백석은 그녀에게 '영원한 마누라'라고 했어요, 죽기 전에 이별이 없을 거라고 장담했지요(김자야 에세이, 『내 사랑 백석』, 문학동네, 1995, 41쪽, 참고.). 그러나 현실은 어땠을까요? 두 사람의 사랑은 영원하지 않았습니다. 앞에서 인용한 「나와 나타샤와 흰 당나귀」에서 바랐던 것처럼 사랑의 환상을 성취하지 못합니다.

백석은 기생의 기둥서방이다. 자꾸 이렇게 소문도 나고, 사람들이 입방아도 찧고 하니까, 두 사람은 이 환상의 사랑을 지속하지 못하고 결국에는 현실 속에서 이들의 사랑은 좌절되고 맙니다. 그래서 서울을 벗어나고 싶은 거예요. 그는 그녀에게 우리 만주에 가서 자유롭게 살자고 자

필자가 찍은 사진. 폭설이 쌓인 지붕의 오두막집을 연상시킨다. 간밤의 그리움은 폭설이 되고, 또 이것이 지나간 자리에는 고드름만이 남는다. 밤을 지새워 날이 밝으면, 그리운 마음은 곧은 투명성으로 결빙된다.

주 말했는데, 그녀는 장안의 명기로서 경제적 기반이 탄탄했지요. 서울에 기반을 둔 그녀가 낯선 만주에 가서 가난하게 살 리가 없지요. 거절합니다. 가려면 당신 혼자 가요⋯⋯이렇게 됩니다. 그러면서 또 언젠가는 만주에 혼자 있다가 다시 찾아오겠지, 하고 만주로 보냈는데, 이 헤어짐이 영이별이 되고 맙니다. 영이별이 뭔지 아십니까? 아주 헤어지는 것을 영이별이라고 합니다. 우리의 정서가 녹아있는 한자말이구요. 김소월 시에도 나오는 말입니다.

　김영한의 증언에 의하면, 두 사람이 청진동에서 살 때, 머리맡에 빅터 유성기가 있었대요. 유성기 음반 중에는 임방울이 처연하게 부른 판소리 단가 '아서라, 세상사 쓸데없다'도 있었답니다(앞의 책, 117쪽, 참고.). 두 사람의 사랑도 결국 이 노랫말처럼 덧없는 사랑이 되었지요. 이 노래에 관한 소재는 그가 만주로 떠나기 전에 쓴 시편 「내가 생각하는 것은」에도 반영되어 있어요.

두 사람은 남과 북에서 따로 오랫동안 살았습니다. 김영한은 요정을 경영하면서 엄청나게 돈을 많이 벌었습니다. 반면에 백석은 아주 가난 했지요. 북한에서도 오지 중의 오지라고 하는 삼수군에서 30년 동안 양치기 노인으로 살아갔습니다. 오막살이를 했습니다. 시의 내용처럼. '마가리'에서 살았다구요. 왜? 정치적으로 숙청되고 유배생활을 한 것이지요. 김일성이 해방 이후에 조만식 선생을 숙청하지 않았습니까? 조만식의 제자가 바로 김소월이요, 백석입니다. 옛날 분들은 스승과 제자의 관계가 아주 돈독했어요. 의리도 강했구요. 사제 간에 생사와 운명을 함께 한 조선시대 사림(士林)의 전통인 것 같아요. 김일성에 의해서 조만식이 정치적인 숙청을 당하니까, 백석 역시 마찬가지가 되었지요. 시에서는 환상 속의 오막살이를 했지만, 현실 속에서는 오두막집에서 갇혀 살았던 거예요.

자야 김영한은 훗날 할머니가 되어서 법정 스님에게 많은 재산을 희사하고, 그 재산으로 오늘날 성북구에 있는 길상사라는 사찰을 지었습니다. 저 역시 두 차례 가 본 일이 있는데, 참 잘 지었어요. 김영한이 거액의 재산을, 지금의 가치로는 1조원에 가깝다고 합니다. 그 거액의 재산을 사회에 환원하면서 죽어갈 때 나의 몸을, 죽은 육신을 화장해서 가루를 내었다가 눈이 펑펑 내리는 날에 이 길상사 모퉁이에 뿌려달라는 유언을 남겼다고 합니다. 그 말은 죽을 때까지도 김영한이 백석을 잊지 못했다고 하는 걸 잘 말해 주고 있습니다.

그러면, 갈무리를 해볼까요. 백석과 김영한의 애틋하고 간절한 사랑 이야기는 우리가 살펴본 「나와 나타샤와 흰 당나귀」 시 한 편 속에 잘 나타나 있습니다.

여러분, 어떻습니까?

좋은 감상이 되었는지 모르겠습니다. 끝으로, 제가 언젠가 우연히 찍은 눈 덮인 지붕의 처마 밑에 생긴 고드름 사진을 보여드리면서, 또한 시대를 초월해 이 시에 대해 짐짓 써본 화답시(제목은 그냥 「그리운 마음」으로 해두죠.)를 남겨두면서, 제 말을 마칠까, 합니다. 들어주셔서, 감사합니다.

그리움이 마음을 흔들 때면,
그리움은 이리저리 뒤척이다
꿈길을 걸으며 외출을 한다.
슬픔의 투명한 이슬이 되고,
아픔의 흐릿한 서리가 된다.
천지를 칼바람으로 서성이다
난폭한 눈처럼 밤을 지새운다.
꿈속에서 깨어나면, 그리움은
어둑새벽 가슴앓이로 설레다
처마 밑 고드름으로 남는다.

동(冬) 섣달 꽃 같은 청년 시인의 연심
─윤동주의 「사랑의 전당」

잘 알다시피, 미혼의 윤동주는 해방을 눈앞에 두고 후쿠오카 형무소에서 홀몸으로 순국했습니다. 그가 소학교부터 대학에 이르기까지 평생토록 여덟 군데의 학교를 다니면서 공부만 하다가 결혼도 하지 않은 채 죽었기 때문에, 그의 지인들과 세상의 후인(後人)들은 인간적으로 안타까움을 금할 수 없었습니다. 정말 많은 사람들에게 두고두고 안타까움으로 남아 있는 것은 그가 총각으로 요절했다는 겁니다.

그런데 그의 생애에 있어서 가장 궁금한 것은 그가 정말로 연애한 사실도 없었고, 더욱이 마음속에 연애감정을 품은 상대마저 없었느냐 하는 점입니다. 그의 시편 「바람이 불어」를 보면, 우리는 정말 없을 수도 있었다는 개연성을 충분히 믿을 수 있겠지요.

바람이 부는데
내 괴로움에는 이유가 없다

내 괴로움에는 이유가 없을까

단 한 여자를 사랑한 일도 없다

시대를 슬퍼한 일도 없다

─「바람이 불어」 부분

이 시는 윤동주가 연희전문학교 4학년 1학기에 재학하던 때에 쓴 시입니다. 우리식의 나이라면 스물다섯의 나이에 쓴 시예요. 그는 스물다섯의 나이에 이르기까지, 좀 믿기지 않지만 단 한 여자를 사랑한 일이 없다고 했어요. 윤동주는 거의 대부분 자전적인 경험의 시만을 써 왔기 때문에 곧이곧대로 받아들일 수도 있습니다.

하지만 이 말을 곧이곧대로 믿을 수만은 없는 구석도 있어요. 그 다음의 행에서 진술된 바, '시대를 슬퍼한 일도 없다'라는 시적인 진술은 우리가 믿어야 할 까닭이 전혀 없기 때문이기도 합니다. 그는 시대의 어두움에 관해 상심한 일이 많았기 때문에 후쿠오카 형무소에서 순국자로서 한 목숨 산화(散華)하지 않았던가요? 단 한 여자를 사랑한 일도 없고, 또 시대를 슬퍼한 일도 없다, 라는 시적 진술은 겉말과 속뜻을 달리하는 반어법일 가능성이 높습니다. 아니, 그렇게 볼 수밖에 없는 거죠. 그렇지 않다면, '단 한 여자를 사랑한 일도 없다'라는 진술이야말로 그가 여자 혹은 여자들에게 마음은 두었지만 사랑이 이루어진 일은 단 한 번도 없었다는 자기 고백으로 읽힐 수도 있을 겁니다.

시인 정지용이 윤동주의 유고 시집 간행을 앞두고 기본적인 사생활을 알기 위해 1947년 그의 아우 윤일주와 만납니다. 먼저 묻습니다. 자네 형은 연애 같은 것이라도 했나, 하구요. 아우가 대답합니다. 하도 말이 없어서 잘 모릅니다. 아우가 본 윤동주의 연애 역시 오리무중입니다. 시인 정지용은 윤동주의 유고 시집 『하늘과 바람과 별과 시』(1948)에 대한

목탄화로 그린 윤동주 초상화. 2015년 필자의 요청에 의해, 경북 청도에 거주하고 있는 화가 이일
훈이 그렸다. 이 그림은 지금 필자가 소장하고 있다.

서문을 쓰면서 그를 가리켜 '동(冬)섣달 꽃 같은' 시인이라고 한마디로 비유하기도 했습니다. 우리말로 시를 쓸 수 없었던 엄혹한 일제강점기 말의 매우 희귀한 시인이란 말이 되겠지요.

윤동주와 아주 가까웠던 당숙인 윤영춘(문인, 학자) 역시 그가 한 번도 여자를 거들떠보지도 않았다고 증언한 바 있었습니다. 그래서 그를 연구하는 사람들도 '순, 혹은 순이로 기표화된 일련의 시편'들, 즉 「사랑의 전당」(1938)과 「소년」(1939)과 「눈 오는 지도」(1941)를 가리켜 윤동주의 실제의 삶과 무관한 허구적인 인물의 소산으로 일쑤 보아 왔습니다. 그런데 여기에서도 의문이 남습니다. 그의 시 대부분은 자신의 삶과 밀접하게 관련을 맺고 있거든요. 왜 하필이면 시 속의 여자만이 허구여야 하나, 하는 물음이 따르는 것에 대해선, 대답이 궁색할 수밖에 없군요.

윤동주 시의 사랑과 그리움의 문제는 그의 시 세계 전모를 이해하는 데 있어서 사실상 핵심적인 연결 고리가 되지 못합니다. 그럼에도 불구하고 이것이 주된 화제로부터 좀 비켜선 것 같은 얘깃거리이긴 해도, 독자 대중에게 흥미와 호기심을 불러일으킬 수 있는 통속적인 관심사인 것만은 사실인 듯합니다.

영화 「동주」를 본 사람들이 많겠지요. 이 영화를 본 사람들은 여기에 나오는 윤동주의 여자 친구가 생각나죠. 말쑥한 개량 한복을 입고 나오는 그 여자 친구 말이에요. 이 이미지는 지워져야 합니다. 영화 속에 등장하는 윤동주의 여자는 허구적인 가상의 인물에 지나지 않습니다. 전기적인 사실을 오인할 이 이미지는 윤동주 삶의 진실을 밝히는 데 오히려 방해가 되는 헛된 우상에 지나지 않습니다.

윤동주의 시가 그의 삶에서 비롯된 것이라는 가설을 믿는다면, 윤동주의 사랑 시편에 등장하는 여자 이름이 대체로 순이(順伊) 혹은 순(順)으로 명시되어 있다는 사실과, 앞서 지적한 시의 한 문장인 '단 한 여자를 사

윤동주의 전기 영화인 「동주」의 한 장면. 이 장면의 가운데 인물은 윤동주의 여자 친구로 극화된 이 여진의 모습이다. 이여진은 실제가 아닌 허구의 인물이다.

랑한 일도 없다'의 진술은 서로 모순과 충돌을 일으키는 것이죠.

만약 윤동주가 누군가를 사랑한 바 있었다면, 도대체 그의 시에서 보이는 순이는 누구일까요? 어린 소녀인 듯싶네요. 소학교를 함께 다닌 윤동주의 여자 친구였거나, 아니면 성장기를 함께 보낸 이웃집 소녀이기도 했을까요? 이에 관해 아무런 정보가 없기 때문에 전기적인 사실 여부를 가늠하기가 매우 어렵습니다.

윤동주의 순이를 시적인 허구의 소산으로 봐야 한다면, 이 경우만을 자전적인 경험이 아닌, 예외적으로 극화(劇化)된 것으로 보는 것도 좀 그렇지 않나요. 그렇긴 하지만, 여러 가지의 맥락과 정황을 고려해 볼 때 그에게 있어서의 순이는 허구적으로 내면화된 것, 자신만의 그 '이브의 초상'으로 빚어진 시적인 상상 속의 여인상으로 이해할 수밖에 없을 것 같아요. 다음에 인용된 시편은 「소년」입니다. 산문시 형태로 서술된 이 시는 시적 화자가 순이와 헤어진 이후의 내적 상황에 관한 시입니다. 그녀에 대한 그리움의 시편이라고 할까요.

여기저기서 단풍잎 같은 슬픈 가을이 뚝뚝 떨어진다. 단풍잎 떨어져 나온 자리마다 봄을 마련해 놓고 나뭇가지 위에 하늘이 펼쳐 있다. (……) 손금에는 맑은 강물이 흐르고, 맑은 강물이 흐르고, 강물 속에는 사랑처럼 슬픈 얼굴—아름다운 순이(順伊)의 얼굴이 어린다. 소년은 황홀히 눈을 감아 본다. 그래도 맑은 강물은 흘러 사랑처럼 슬픈 얼굴—아름다운 순이(順伊)의 얼굴은 어린다.

—「소년」 부분

소년 화자가 그리워하는 순이로 인해, 여기저기에서 단풍잎 같은 슬픈 가을이 뚝뚝 떨어진다고 합니다. 매우 서정적이고, 감각적인 표현이네요. 맑은 강물 속에 얼비치는 순이의 모습은 시인 윤동주에게는 그리움

곱게 물든 단풍잎의 이미지. (출처 : 픽사베이) 윤동주의 시편 「소년」을 연상시킨다.

의 심원한 대상입니다. 이를 가리켜 '잃어버린 조국'의 얼굴로 치부해버
린다면, 얼마나 무미건조할지 모르겠습니다.

　윤동주의 중학교 · 전문학교 후배로 장덕순(전 서울대 국문과 교수)이라고
하는 이가 있었습니다. 그는 1941년의 시점에서 3년 전 여름 방학 때 해
란강변의 윤동주를 추억한 적이 있었습니다.
　그가 해란강변의 속칭 '연애 공원'에서 이화여전 학생과 데이트를 했
다는 것을 보았답니다. 이 시점은 연희전문학교 1, 2학년 때였어요. 장덕
순이 5년제 중학 3, 4학년 때의 일이에요. 윤동주와 공원을 함께 거닐던
그 여학생은 누구일까? 궁금하지 않아요?
　장덕순이 말한 이화여전 학생은 그가 1, 2학년 때 해란강변의 소위 연
애 공원을 함께 거닐던 고향 처녀인 것 같습니다. 윤동주가 쓴 사랑 시
편의 주옥같은 명편이라고 평가되는 「사랑의 전당」은 한 여인에 대한
시적인 반응물로 보아야 할 것입니다. 그 해란강변의 여학생은 순(順)이
라는 극화된 기표를 비로소 얻게 된 것 같습니다. 그 여학생의 실제 이
름도 '순 혹은 순이'인지도 모르겠습니다. 순 혹은 순이로 가리키고 있
는 시편들이 펼쳐진 행간의 여백에는 반드시 '고유명사라기보다 일종의
보통명사로 사용되어 있다.'라고만은 볼 수 없는 전기적인 사실의 여지
가 남아있다는 거죠. 현존하는 자료만으로 볼 때, 그 이름은 장덕순이 증
언한 바, 해란강변의 이화여전 학생일 가능성이 가장 높습니다.

　순(順)아 너는 내 전(殿)에 언제 들어왔든 것이냐?"
　내사 언제 네 전(殿)에 들어갔든 것이냐?

　우리들의 전당은
　고풍한 풍습이 어린 사랑의 전당

순아 암사슴처럼 수정 눈을 내리감아라.
난 사자처럼 엉크린 머리를 고루련다.

우리들의 사랑은 한낱 벙어리였다.

청춘!
성스런 촛대에 열(熱)한 불이 꺼지기 전
순아 너는 앞문으로 내달려라.

어둠과 바람이 우리 창에 부닥치기 전
나는 영원한 사랑을 안은 채
뒷문으로 멀리 사라지련다.

이제
네게는 삼림 속의 아늑한 호수가 있고,
내게는 험준한 산맥이 있다.

—「사랑의 전당」전문

　이 시 어때요. 참 좋지요. 윤동주가 남긴 소중한 연시입니다. 이 시의
주제어인 사랑의 전당이란, 다름이 아니라 사랑이 이루어지는 장소를
미화한 표현이에요. 고풍한 풍습이 어린 사랑의 전당은, 예스러운 풍취
와 풍습이 어우러진 그 전당은 현실에서 찾을 수 없는 장소성을 지닌 곳
이에요. 현실적으로 없는 곳이란 말에서 유래된 유토피아를 연상하게
하는 말입니다. 순아, 암사슴처럼 수정 눈을 내리감아라, 난 사자처럼 엉
크린 머리를 고루련다. 청년 화자인 나는 사랑의 대상자 순에게 말합니

다. 너는 암사슴 같이 드맑은 눈을 아래로 감아라고 합니다. 그럼, 자신은 수사자 같이 엉클어진 머리카락을 손질하겠답니다.

우리들의 사랑은 한낱 벙어리였다.

이 한 문장이 시의 전문을 압도합니다. 극히 시적인 아취가 감돌고 광채 있는 문장(紋章)의 경인구처럼 보이네요. 이 시구로 보아 시적 화자는 아직 사랑을 고백할 단계에 이르지 못했나 봅니다. 또한 사랑을 고백한다고 해도, 이루어질 수 없는 비감의 기미를 예언합니다. 서로 마음으로 간직한 채 헤어질 수밖에 없다는 안타까운 마음을 나타내고 있습니다.

세상에는 이루어질 사랑보다 이루어지지 않을 사랑이 훨씬 많습니다. 비교할 정도가 아니지요. 사랑이 이루어지거나 이루어지지 않거나 하는 것에는 이유가 따로 없지요. 사랑이 이루어지지 않은 이유가 무엇이냐고 묻는다면, 그 이유는 수천 가지에 이르겠지요. 나와 순의 사랑이 이루어지지 않은 이유에 대해서는 아예 생각하지 맙시다. 생각사록, 이 시를 음미하는 참맛이 사라질 테니까요.

어느 교수는 1996년 2월, 윤동주의 유족이 보여준 원고, 즉 온몸에 전율이 흐르는 것을 느끼면서, 누렇게 빛이 바랜 윤동주의 수제(手製) 원고를 열람하게 됩니다. 이를 계기로 같은 해 8월 말에 이르기까지 윤동주 시의 원문을 검토하는 작업에 들어가게 되는데요, 그는 윤동주가 원고를 첨삭하고 퇴고하는 과정에서 숨어 있을 시인의 마음을 읽는 것이 매우 중요한 작업임을 감지하게 됩니다.

그는 이 작업에서 시인 윤동주의 마음이 가장 잘 드러나 있는 원고를 「사랑의 전당」으로 꼽습니다. 다시 말하면, 이 원고야말로 시인의 마음이 가장 격동한 드라마틱한 사례로 꼽힐 수 있다는 겁니다.

처녀의 이름인 '순(順)'은 새까맣게 지워져 있었다고 합니다. 지워진 흔적 속에서, 그는 '글씨를 지울 때의 시인의 감정의 흔들림이 얼마나 격렬했는지 마치 어제 지운 것처럼 흔적이 생생하게 남아 있었'(『다시올

왼쪽 위의 사진(부분)은 영어 성경학교 학생들의 모습이다. 뒷줄 오른쪽 첫 번째 사람이 윤동주로 추정된다. 그 아래 하얀 옷의 두 여학생이 앉아있다. 왼쪽 아래의 사진은 오래 전에 폐쇄된 경의선 아현역이다. 역의 흔적은 사람이 접근할 수 없는 곳에 있다. 하지만 윤동주가 통학할 때 열차를 기다렸던 플랫폼은 그대로 남아있다. 오른쪽은 필자의 저서 표지이다. 2018년 필자의 요청에 의해 경남 김해에 거주하는 서양화가 권태수가 그린 이 윤동주 그림은 현재 필자가 소장하고 있다.

문학』, 2013년, 겨울호, 244면.)음을 종이의 배면에 전등불을 비추어 확인해내기에 이르게 됩니다. 시인이 처녀의 이름을 최초의 본디 원고에서 새까맣게 지웠다는 사실은 자신의 비밀스런 사생활을 애써 감추려는 마음의 방증으로 보입니다.

윤동주의 이성관계에 관해서는 또 하나의 증언이 있었습니다. 2년 동안 룸메이트로 지냈던 후배 정병욱(전 서울대 국문과 교수)은 그가 이화여자전문학교 문과에 재학한 한 여학생과 일요일 영어 성경학교에서 함께 공부한 적이 있었는데 그 여학생에 대한 감정이 결코 평범하지 않다는 것만은 피부로 느낄 수 있었다고 해요. 윤동주는 연희전문학교 4학년 때 정병욱과 함께 아현역 근처에서 살았고, 그 여학생 역시 멀지 않은 곳에 거주했다고 하네요.

매일 같은 역에서 차를 기다렸고 같은 차로 통학했으며, 교회와 바이블 클래스에서 서로 건너다보는 정도에서 그쳤지마는 오가는 눈길에서 서로 마음만을 주고받았는지 모를 일이라고 하겠다.

(『나라사랑』, 제23집, 1976, 188면.)

해란강변을 함께 걷던 이화여전 여학생과, 영어 성경학교를 함께 다닌 이화여전 여학생은 서로 다른 사람입니다. 윤동주의 시에 몇 차례 보이는 '순(이)'은 후자보다 전자의 경우일 개연성이 높아 보입니다. 하지만 「사랑의 전당」은 시의 내용을 두고 볼 때, 후자의 경우와 적합성이 더 있어 보입니다.

저는 2015년 이후 강단에서 윤동주에 관한 강의를 드문드문 해 왔습니다. 2017년은 그의 탄생 백주년이 된 해이기도 했구요. 그 관한 열기는 이때 사회적인 분위기에 편승하면서 한껏 고조되었지요. 저는 4년에 걸쳐 해온 그에 관한 강의들을 묶어 단행본으로 간행하기도 했어요. 그 책이 바로 『윤동주를 위한 강의록』입니다. 이 책에도 윤동주의 이성관계에 관해 집중적이고 심층적으로 다룬 강의 내용이 있습니다. 전체 9강 가운데 제3강에 해당하는 '동(冬)섣달 꽃 같은 청년시인, 연심을 품었다'가 바로 그것입니다.

저의 작품론인 '사랑의 전당론'은 이 강의록을 바탕으로 한 것임을 밝히면서, 오늘은 이만 마칠까, 합니다. 들어주셔서, 감사합니다.

만약 사랑이 곡선이라면, 그리움은 직선일까

—정희성의 「한 그리움이 다른 그리움에게」

오늘은 정희성의 시편 「한 그리움이 다른 그리움에게」에 대해서 이야기해볼까, 합니다. 시인 정희성은 서정적인 민중시인이랄까요, 아니면 민중적인 서정시인이랄까요? 주옥같은 서정시를 많이 남긴 시인으로 유명합니다. 대표작으로는 「저문 강에 삽을 씻고」가 잘 알려져 있습니다. 그러나 오늘 저는 「한 그리움이 다른 그리움에게」를 소개하고 해설하고 비평하려고 합니다.

먼저 시인 정희성 선생님께 감사의 말을 전합니다. 이 시를 유튜브 강의로 사용할 수 있도록 저에게 저작권을 허락해 주셨습니다.

이 시는 물론 남녀 간의 사랑을 재료로 삼은 시입니다. 보통 남녀 간의 사랑이라고 하면 화사한 꽃을 피우는 남녀 간의 사랑을 묘사하는 경우가 많지 않습니까? 이 화사한 꽃을 피우는 것 같은 사랑을 낭만주의적 사랑이라고 하는데, 오늘은 그렇지 않습니다. 사회경제적으로 못 가졌거나 못난 사람들의 사랑입니다. 삶의 주류에서 벗어난 익명의 사랑, 집단적 그리움이라고 하겠지요. 화사한 꽃을 피우는 사랑이 아니란 점에서 현실주의적 사랑이라고 할 수 있겠습니다. 낭만주의적 사랑이 아닌 현실주의적 사랑, 다시 말하자면 여기에서의 사랑은 화사한 꽃이 아니라 풀뿌리 같은 사랑이라고 하겠네요. 사회경제적으로 못 가진, 못난 사람을 두고 '그라스루츠(grassroots)'……우리말로 굳이 옮기자면 백성 민자, 풀 초 자 민초라고 하는 '말됨됨이(造語)'가 있기도 합니다. 요컨대 여기에서의 사랑이나 그리움은 사유화되어 있기보다는 사회화되어 있네요.

이 시에서 사랑의 실체는 슬픔과 그리움이에요. 슬픔은 슬픔 그 자체가 아니라 바로 슬픔의 존재를 가리키고 있습니다. 물론 그리움도 마찬가지이지요. 그리움 그 자체가 아니라 그리움의 존재를 가리키고 있습니다. 슬픔은 슬픔의 존재로 언표한 기호물이라고 할 수 있겠네요. 언어로 표현된 기호의 대상. 이것이 언표의 기호물이라고 제가 표현을 했습니다. 그리움도 마찬가지입니다. 그리움 역시 그리움으로 의인화된 것인데요. 그리움은 누군가, 무언가를 그리워하는 존재나 대상을 나타내고 있습니다. 누군가를 그리워할까요? 아직 짝을 찾지 못해 찾는 대상으로서의 그리움을 그리워하고 있습니다. 그리움을 그리워하다. 이렇게 얘기가 되겠네요. 또 무언가를 그리워할까요? 이때 무언가는 사회경제적인 욕구와도 무관치 않는 시적 대상인 것 같네요. 한 슬픔과 한 그리움은 슬픔을 앓고 있는 존재, 그리움을 앓고 있는 존재란 점에서 결여된 존재, 앓는 존재라고 하겠지요.

슬픔은 슬픔을 그리워하고, 그리움은 또 다른 그리움을 찾는다는 것. 어떻게 보면 얼핏 떠오르는 말로 동종요법(homeopathy)이란 말이 있습니다. 의학적인 용어입니다. 옛날 히포크라테스 시대에 고대 그리스 의학이 굉장히 발달했는데요, 그때는 주로 동종요법을 사용했어요. 이것은 현대 의학과는 정반대입니다. 현대 의학은 이종요법이거나 역종요법이거나 한 과학적인 의학을 말합니다. 자가 면역의 체계를 정립하는 게 동종요법, 즉 '호미오퍼시'예요. 슬퍼하는 존재는 슬퍼하는 존재와 만나서 슬픔을 이겨내고, 그리워하는 존재는 그리워하는 존재와 만나서 그리움을 극복해 나간다는 것. 우리 속담에 이런 말이 있죠. 홀아비 마음은 홀어미가 안다, 즉 동병상련이란 말과 비슷한 맥락을 가지고 있는 게 동종요법입니다.

이 시에 등장하는 의인화된 슬픔의 존재, 또 이 시에 드러나 있는 의인화된 그리움의 존재는 같은 감정을 가진 존재들이라고 할 것입니다. 이 시에서는 슬픔이 바로 그리움이요, 그리움이 바로 슬픔입니다. 슬픔과 슬픔이 서로 손을 잡고 그리움과 그리움이 함께 눈을 맞춥니다. 뭐라고 할까요? 공감과 연대의 순간을 이렇게 시인은 잘 묘파해내고 있습니다. 그러면, 시의 전문을 살펴볼까요.

어느 날 당신과 내가
날과 씨로 만나서
하나의 꿈을 엮을 수만 있다면
우리들의 꿈이 만나
한 폭의 비단이 된다면
나는 기다리리, 추운 길목에서
오랜 침묵과 외로움 끝에
한 슬픔이 다른 슬픔에게 손을 주고
한 그리움이 다른 그리움의
그윽한 눈을 들여다 볼 때
어느 겨울인들
우리들의 사랑을 춥게 하리
외롭고 긴 기다림 끝에
어느 날 당신과 내가 만나

자세히 살펴보면, 이 시에는 사랑이 세 단계로 이루어져 있다 하는 걸 은근슬쩍 보여주고 있네요.

첫째는 뭘까요? 만남의 단계입니다. 어느 날 당신과 내가 날과 씨로 만나는 단계예요. 날과 씨니까, 종횡으로 만나는 거죠. 비슷한 처지의 남녀가 기회의 제공을 받는다는 거예요. 이게 바로 사랑의 단초라고 하겠습니다. 참 중요한 대목입니다. 이게 안 되면 더 이상 아무것도 안 되는 거예요. 그래서 20대 초반의 젊은 나이부터 소개팅이니 맞선이니 이런 걸 잘 보지 않습니까? 어떤 사람은 마흔 살이 넘어서도 소개팅이니 맞선이니 하는 걸 보는 사람이 있어요. 사랑의 첫째 단계는 이렇게 만남의 단계이다. 날과 씨로써 만나는 것. 어정쩡하게 만나면 진정한 만남이 아

삽화가 김수진이 정희성의 「한 그리움이 다른 그리움에게」를 그림으로 묘사했다. 하트형의 곡선은 공감과 연대의 의미를 가리키고 있다. 이 시의 서정적 주인공인 '당신과 내' 사이에 엮음과 맺음의 이미지를 다사롭게 제시한다.

닙니다. 날과 씨의 경우처럼 확실하게 만나야 되지요.

둘째 단계는 엮음의 단계입니다. 하나의 꿈을 엮을 수만 있다면……사실은 엮음만 되도 되는 게 아니에요. 엮임까지도 되어야지. 엮음과 엮임의 관계. 그래서 꿈을 엮는다고 해요. 인연이 엉키는 단계라고 하겠네요. 우리는 이것을 사랑의 과정이라고 하겠습니다.

그러면 사랑의 세 번째 단계는 한 폭의 비단이 되는 것이에요. 우리들의 꿈이 만나 한 폭의 비단이 된다면……한 폭의 비단이 되는 단계가 바로 세 번째 단계로서 무언가 되는 단계, 즉 무언가 이루어지는 단계입니다. 제가 여기에서 된다고 했는데, 뭐가 되는 겁니까? 연인이 되든가, 아니면 부부가 되든가 하는 단계이지요. 이것을 우리는 흔히 쓰는 말로 사랑의 결실이라고 하지요. 결실이란 말은 비유적인 표현이고 더 정확한 말은 결과입니다. 사랑의 결과에 해당되겠습니다.

만남의 단계, 엮음의 단계, 결과의 단계. 이 세 가지 단계가 지금 정연하게 펼쳐져 있는데 시인은 이 세 단계를 다 중시하고 있습니다만, 가장 중시하는 단계는 첫 번째, 두 번째, 세 번째. 어느 단계일까요? 두 번째입니다. 즉, 하나의 꿈을 엮는 단계를 가장 중시하고 있네요. 되는 단계가 아니라 되도록 하는 단계가 중요하다. 이루는 단계가 아니라 이루어지게 하는 단계가 중요하다. 그래서 이 시의 사랑관은 결과 중심적이라기보다는 과정 중심적이라고 볼 수가 있겠네요.

이 시의 제목에서는 그리움이란 말이 두 번 반복되고 있는데, 두말할 나위가 없이 그리움을 중시하는 그런 시라고 하겠어요. 뇌과학자 김대식이라고 하는 분이 있습니다. 신문지상에 요즘 자주 오르는 이름입니다. 뇌과학이라고 하는 학문도 최근에 주목의 대상이 되고 있는 학문의 한 분야입니다. 인류의 미래에 뭔가 시사점을 던져줄 것 같은 그런 학문이지요. 앞으로 수십 년 지나면 이 학문이 중요한 실용적인 학문으로 각광을 받을 수 있을 것 같습니다. 저는 이 분야에 관해 전혀 문외한입니다만. 치매를 쉽게 완치할 수 있는 단계에 이르면 뇌과학이 결실을 맺는 단계가 아닌가 하는 우스갯소리도 해봅니다.

김대식은 그리움을 이렇게 최근에 말한 바 있습니다. 인생의 무의미와 무기력에서 해방될 것 같은 감정을 그리움이라고 했어요. 해방될 수 있을 것 같은 감정이라고 했으니까 꼭 집어서 해방된다고 말할 수 없는 감정. 조금 애매모호한 그러한 개념 규정이라고 하겠네요. 그리움이 바로 애매모호하고, 뭐가 뭔지 모르는 구름 같은 그러한 개념의 감정이라고 할 수 있겠습니다. 괴테는 「빌헬름 마이스터의 수업 시대」라고 하는 제목의 소설을 발표한 적 있습니다. 18세기 말이에요. 거기에 이런 말이 있어요.

그리움을 아는 사람만이 내 고통을 알리라.

이런 표현이 있는데요. 이게 무슨 말입니까? 그리움의 괴로움은 이루 말할 수 없다는 내용이라고 하겠습니다. 그리움을 일컬어 독일어로 '젠주흐트(sehnsucht)'라고 해요. 독일어 모국어 그리움은 비교적 일찍 쓰였네요. 우리는 김소월 시에 무척 많은 정서가 엿보일 뿐더러 그리움의 정서도 이 가운데서 압도적입니다만, 그리움이란 명사 그 자체는 눈에 들어오지 않습니다. 김소월 직후에 우후죽순처럼 그리움이란 말이 많이 등장해요. 김소월과 같은 나이이지만 주로 활동한 시기가 김소월보다 훨씬 늦은 정지용의 시에도 그리움이라는 단어는 나옵니다. 물론 이 단어의 제목으로 된 시도 있습니다.

그만큼 그 나라의 모국어인 그리움이 명사화된 것은 얼마 오래되지 않습니다. 우리는 겨우 한 백 년 가까이 된 것 같구요, 독일어 그리움에 해당하는 '젠주흐트'란 단어는 우리보다 백 수십 년 일찍 생겨난 것 같습니다.

필자는 이 글에서 대나무와 고드름의 물성을 통해 그리움의 이미지를 찾을 수 있다는 가설을 제기하고 있다.

　우리나라에서 그리움이란 모국어가 생긴 지가 비록 백 년이 채 되지 못한다고 해도, 그리움의 정서는 이미 오래 전부터 있어 왔다고 봐요. 말이나 글보다는 물성(物性)이나 이미지가 먼저겠지요. 제가 생각키로, 그리움에 기댄 물성 내지 이미지는 대나무와 고드름이었지 않았나, 생각해요. 그리움은 가장 곧은, 정직한, 왜곡되지 아니한 마음 세계일 것입니다.

　그런데 과거의 전통 문학 속에 소재로 이용된 대나무는 지나치게 관습적, 고정적이었어요. 대나무 하면, 모든 게 지조니 절조니 선비 정신이니 해요. 중국과 일본의 경우도 마찬가지예요. 근데 제가 딱 하나 발견했어요. 대나무의 대상성을 사무치는 그리움으로 표현한 경우 말예요. 다음에 인용한 옛시조 중장을 보세요.

젓대는 울고, 살대는 가고,
그리나니 붓대로다.

이 시조는 1732년에 이형상이 편찬한 시조집 『악학습령(樂學拾零)』에 실려 있으며, 지은이는 이름 없는 기생으로 추정됩니다. 대나무로 만든 피리의 구슬픈 소리는 울리고, 소위 전죽(箭竹)인 화살대는 과녁으로 향해 떠나가 돌아오지 않고, 화자인 여인은 대나무로 만든 붓대를 잡고 한자로 시를 적거나, 묵죽도 등의 그림을 그립니다.

이 대목에서 그림을 그린다고 하는 것은 단순한 행위를 넘어서 마음속의 그리움을 표출한다는 게 아닐까요. 여인은 아무 뜻 없이 밑줄이나 동그라미를, 묵매나 묵죽을 치는 게 아닐 테죠. 그리다, 라고 하는 동사는 '서술·묘사하다'의 뜻 외에도 '연모·동경하다'라는 뜻을 가지고 있어서죠. 이 시조 속에 머금고 있는 두 겹의 뜻은, 누군가를 그리워하는 여인의 섬세한 마음씨를 한결 그윽하게 하네요.

또한 이런 유의 그리운 마음은 고드름처럼 곧고 굳고 투명하게 응어리지기도 해요. 제가 앞에서 백석의 시를 강의할 때, 제 나름대로 그리움을 고드름에 비유하기도 했잖아요? 그리움이 고드름과 같은 것이라면, 참으로 느껍지만 결연한 정서가 아닐 수 없습니다. 황진이의 경우를 볼까요? 보내고 그리는 정은 나도 몰라 하노라. 이처럼 그녀의 그리움 속에 우유부단함이 도사리고 있는 것처럼 보이지만, 그리움은 본질적으로 마음이 한쪽으로 향한다는 점에서 마음의 깊이에 감추어진 일종의 결기랄까요? 어쨌거나, 그리움의 물성, 기질에 관한 제 생각은 이 정도로 줄이겠습니다.

모국어 그리움이 없으면 그리움을 모르는 민족이 될 수밖에 없습니다. 그리움의 정서는 오래 전부터 있었습니다만, 그리움이란 단어가 없으면 이 정서를 향유할 수 없습니다. 모국어에 행복이란 단어가 없으면 그 민족은 항상 불행한 민족이 되는 거예요. 행복이란 말이 있기 때문에 행복을 향유하는 민족이 되는 겁니다. 우리는 그리움이라고 하는 모국어를 사용하기 이전에 일본의 영향을 받아서 '동경(憧憬)'이라고 하는 한자어를 사용했습니다. 1920년대의 이장희의 시 가운데 이 단어를 표제로 삼은 시가 있지요. 그것도 그가 일본에서 겪은 한 소녀를 그리워한 내용의 시입니다. 그리곤 왜색 정서처럼 못 견디게 그리워하다가 자살합니다. 이를 두고 소위 '정사(情死)'라고 하지요.

고유한 우리말 그리움이라는 말은 어디에서 왔을까요? 그리움의 감정을 시에 담은 것은 고려시대 초 향가(鄕歌) 11수로 된 「보현십원가」 앞부분에 나옵니다. 우리는 그리움의 실마리를 신앙적 동경의 차원에서 처음으로 찾은 것 같습니다. 붓다에 대한 신앙적 차원의 그리움에서 우리의 그리움이 생겼다고 봐요. 이 그리움이 석굴암 본존상을 조성하고 「보원십원가」 등의 향가를 짓지 않았을까요.

마음의 붓으로 그리는 부처님 앞에…….

마음의 붓으로 그린다고 했으니, 우리말 그리움의 시작은 '그리다'에서 나왔을 겁니다. 한편으로는 '그리다'가 아니라 '그립다'에서 나왔다고 볼 수도 있어요. 전자는 동사이고, 후자는 형용사입니다. 동사나 형용사냐에 따라서 그리움의 정체가 동적이냐 정적이냐 하는 것과 관련이 있습니다. 동사에서 왔으면 동적이요. 형용사에서 왔으면 정적인 거예요.

서양의 그리움은 다 동사로부터 왔으니 동적입니다. 우리는 동적일 수

필자는 지인인 서양화가 권태수의 그림에서, 인간에게 있어서의 그리움의 정서를 감지할 수 있었
다. 하늘로 향해 직선으로 쭉쭉 뻗은 나무줄기와 발레리나의 곧은 몸매는 그리움의 수직적인 이미
지와 무관하지 않다.

도 있고 정적일 수도 있는데 마음속에서 무언가를 누군가를 찾는 게 서양의 그리움, 특히 독일의 그리움 '젠주흐트(sehnsucht)'는 보다, 탐색하다, 라는 말에서 유래됩니다. 이에 비해 우리의 그리움은 누군가를, 혹은 무언가를 그리는 것. 그림을 그리는 것. 그러니까 묘사하는 것입니다. 사실은 탐색하는 것과 묘사하는 것은 오십보백보입니다.

젊은 사람들은 잘 모를 겁니다만, 가수 나훈아의 옛날 노래 중에서 '사랑은 눈물의 씨앗'이란 제목의 노래가 있어요. 사랑은 원인이고, 그 결과가 눈물이다. 눈물이 바로 슬픔 아닙니까? 사람들은 사랑 때문에 눈물이니 슬픔이니 하는 것을 경험한다는 겁니다. 물론 눈물과 슬픔의 원인이 사랑 때문인 것만은 아닐 테죠. 하지만 그 중의 하나인 건 사실입니다.

서양 사람들 역시 이런 관념을 가지고 있어요. 그리움은 바로 사랑의 아들이다. 사랑이 아버지고 그리움이 아들이라고 하는 관념 말예요. 그리스 신화는 서구의 원초적인 지각의 형태를 반영하고 있지 않습니까? 사랑의 신 에로스가 있어요. 에로스의 아들이 포토스(Pothos)인데요, 포토스가 그리움을 만들어 낸다는군요. 그리움은 하나의 이미지를 찍어내고, 이미지를 만들어냅니다. 옛날 우리 원시인들은 어땠습니까? 먹잇감에 대한 그리움으로 가득 찬 존재들입니다. 그러니까 먹잇감에 대한 그리움을 동굴 벽화로 그리는 거예요. 울산에 있는 반구대의 고래 그림이 그 당시 사람들이 그리워한 먹잇감이듯이 말이죠. 이처럼 현실의 결여를 예술로 표현한 것입니다.

사랑이 슬픔을 낳고, 또 그리움을 호명합니다. 현실적 결여감 때문에, 또 없음에 대한 그리움 때문에, 없음에 대한 현실 조건 때문에, 사랑은 슬픔을 낳고 그리움을 호명합니다. 이것을 잘 보여준 시가 정희성의 「한 그리움이 다른 그리움에게」가 아닌가, 생각돼요. 이 시는 음악성이 아주 완벽합니다. 우리는 음악성하면 정형시에서 볼 수 있는 외형률에 두고 음악성, 음악성 하는데요, 진짜 음악성은 정형률이 아니라 내재율입니다. 서정시에서 언어적인 리듬 감각은, 겉으로 드러나 있는 데서 존재하는 게 아니라 숨어 있는 데서 아주 빛을 발합니다. 이 시는요, 내용과 형식이 완벽하게 엮어진 기적 같은 시편이요, 우리말로 이루어진 영원한, 그래서 더 감명이 깊은 사랑의 가편(佳篇)이라고 이렇게 평하고 싶습니다.

뿐만 아니라, 이 시는요, 사회경제적으로 못 가진 자, 못난 사람들의 사랑 이야기입니다. 우리 세상에는 아직도 사회적으로 소외된 사람들이 많습니다. 이들의 사랑 이야기를 잘 반영하고 있는 이 시는 측은지심이니 동병상련이니 하는 감정이 녹아져 있다고 할 수 있겠지요. 개인의 감정에 충실하기보다는 공감과 연대의 사랑을 지향하는 그런 사랑의 가편이라고 할 수가 있겠지요.

마지막에 이르러, 제 생각 하나 밝힐까, 해요. 제 생각에 동의하거나, 동의하지 않거나 하는 것은 여러분의 자유입니다. 이제까지 사랑과 그리움의 인과관계에 관해 말을 했지만 이 두 개념은 서로 나란히 대조되는 관계이기도 하다는 걸 말해 봅니다.

한마디로 말해, 만약 사랑이 곡선에 비유될 수 있다면, 그리움은 직선에 가까운 이미지라고 봐요. 사랑은 두 사람의 관계를 엮거나 맺으려고 하기 때문에, 곡선일 수밖에 없지요. 반면에, 두 사람이 서로 생각해 상사(相思)라고도 하지만, 일반적으로는 일방적인 감정의 지향성이 많지요. 혼자서 상대를 생각해 마음의 치명적인 병을 얻은 경우를 가리켜, 글자 그대로의 뜻과 무관하게 '상사병'이라고 말하지 않아요? 그리움은 에둘러 돌아가지 않아요. 상대방이나 대상물에 대한 탐색이나 묘파(描破)의 마음이 늘 곧이곧대로 향합니다.

사랑은 따뜻하기도 하지만, 때로 뜨겁기도 합니다. 열정이니, 열애니 하는 것이 바로 이 개념이지요. 반면에 그리움은 서늘하거나 차갑다고 봐요. 산문적인 관점이나 관례에서 볼 때, 따뜻한 그리움, 뜨거운 그리움, 불타는 저 그리움이니 하는 표현이나, 서늘한 사랑, 차디찬 사랑, 얼음장 같은 우리 사랑이니 하는 표현은 얼마나 어색합니까?

사랑은 끊임없이 자아를 재편집하려고 합니다. 이에 비해, 그리움은 서로를 비추기보다는 자기를 반조(返照)하는 경향이 강하지요. 사랑은 두 사람이 늘 이리 재고 저리 재고 하다가 티격태격하고, 뜨겁다가도 때로는 시들해지기도 하지요. 사랑은 곡선이기에 왜곡되기도 합니다. 반면에 그리움은 직정적인 면에서 상대적으로 정직하겠지요. 사랑이 빈말이 될 확률과 그리움이 무언의 진실일 가능성은 상대적으로 높을 수밖에 없습니다. 사랑의 경우에 공감 능력을 상실하면 치명적인 결과를 가져옵니다. 반면에, 그리움은 이런 리스크가 덜 하겠지요.

또 하나의 비유가 허용된다면, 저는 사랑과 그리움을 두고 각각 칸딘스키와 몬드리안의 추상화로 비유하겠습니다. 칸딘스키는 원형(圓形)과 열기와 혼돈의 이미지를 통해 화면을 구성함으로써 공감과 연대의 정서를 환기합니다. 이에 반해, 같은 시대에 살았던 몬드리안은 수직과 수평의 조화, 냉철함과 질서의 이미지를 통해 독특한 추상의 조형 감각을 빚어냅니다. 만약 사랑이 칸딘스키의 뜨거움이라면, 그리움은 몬드리안의 차가움이라고 감히 말해 봅니다.

사랑의 힘이 무엇일까요? 연결된 시공간 속에서 안정과 공존을 유지하려고 중심으로 향해 쏠리는 구심력은 아닐까요? 그렇다면 그리움의 힘은요? 이 힘은 단절된 시공간 속에서 불안과 고독으로 인해 중심으로부터 멀어지는 일종의 원심력일 것입니다.

왼쪽은 칸딘스키의, 오른쪽은 몬드리안의 추상화다. 전자가 둥근 열기의 사랑의 이미지와 관련된다면, 후자는 모나고 각진 그리움의 이미지와 관련이 된다. 전자를 통해 온기나 열기를 느낄 수 있다면, 후자를 통해서는 서늘함과 차가움을 느낄 수 있다.

여러분은 정희성의 시 「한 그리움이 다른 그리움에게」를 읽고, 온화함을 느꼈나요, 아니면 서늘함을 감지했나요? 전자의 경우라면, 가난하지만 미더운 남녀의 순수한 사랑에 초점을 두었을 것입니다. 후자의 경우라면, 개인적인 사랑의 차원을 넘어 사회경제적인 냉정의 시선으로써 집단적인 그리움에로까지 세계를 확장했을 터입니다.

여러분, 누가 저에게 해방 이후 명시 다섯 편을 손가락으로 꼽으라고 한다면, 저는 정희성의 「한 그리움이 다른 그리움에게」를 그 하나로 꼽겠습니다. 다시, 이 시를 나직이 읊어가면서 감상해 보는 기회를 가지시기를 바라며, 오늘 제 강의를 마칠까, 합니다.

경청해 주셔서 감사합니다.
안녕히 계십시오.

망각과 기억 사이에 남아 있는 눈동자와 입술

―박인환의 「세월이 가면」

시인 박인환은 여러 가지 얘깃거리가 많은 시인이기도 하지요. 이 분은 강원도 출신이구요. 아버지가 공무원을 했기 때문에 경제적으로 어렵지 않게 성장했어요. 생활은 조금 여유가 있었습니다. 무슨 천석꾼, 만석꾼 아들은 아니지만, 아버지가 그 궁핍한 일제강점기에 관리로서 살아갔기 때문에 살아가는 데는 별 지장이 없었어요. 그는 학교도 서울에서 경기공립중학교를 다니고 평양에서는 평양의전을 다녔습니다. 전국 최고의 명문인 경기공립중학교와 의사 직업이 보장된 평양의전을 졸업하지 못합니다. 중학교 시절에 워낙 영화 보기를 좋아해서 학업 공부에 태만하다가 퇴학을 당하고, 평양의전의 경우는 해방이 된 후에 세상 격변의 위험을 감지하면서 학업을 그만둡니다. 그래서 연 것이 바로 종로에 있는 서점입니다. 마리서사라고 하는 서점을 열었는데요. 그 당시에 우리나라 책들은 별로 없었지요. 일본인들이 버리고 간 서적이 워낙 많았고, 또 미군정 시대이니까 미국에서 들어온 헌 책들이 많았거든요. 그래서 자연스럽게 마리서사는 외국서적 전문점이 됩니다. 그는 마리서사 서점 주인을 하면서 많은 예술가들을 만나게 됩니다. 시인 김수영도 거기에서 만났습니다. 김수영도 책 구경하기 위해서 왔다 갔다 하다가 친

왼쪽 사진은 박인환의 모습이며, 오른쪽 사진은 가요 「세월이 가면」의 작곡자와 작사자인 이진섭
(넥타이)과 박인환(모자)의 모습이다.

해져서 동료 관계가 된 것이지요.

박인환은 식민지와 전쟁으로 폐허화된 한국 땅에서, 돈은 없어도 멋을
내기 위해 치장을 하고, 실직을 당해도 조니 워커 같은 양주를 마셔야
했던, 그 당시로서는 최고급 고급 오락인 영화를 보지 않으면 배겨낼 수
없었던 사람. 그는 이상과 현실의 엄청난 괴리감 속에서 좌절하고 허무
속에서 방황하다가 젊은 나이인 서른 살의 나이에 심장마비로 급사한
젊은 모더니스트였습니다.

그가 남긴 대표적인 시들이 대체로 한자어투가 많았지만요, 그 중에서
도 대표작이라고 지금까지 알려진 작품인 「목마와 숙녀」와 「세월이 가
면」은 우리말스러운 언어의 결과 감각을 재현했기 때문에 지금까지 명
시로 남아 있는 겁니다.

그의 마지막 시편인 「세월이 가면」은 노래를 위해 즉흥적으로 작시한 시로 알려져 있습니다. 이 시를 남기고 노래로 불리고 한 1주일 후에 그는 세상을 떠났습니다. 그때 같이 있던 친구 극작가이면서 언론인인 이진섭이 즉석에서 작곡해서 유명해졌는데요, 이것이 즉흥적으로 만들어진 게 아니라 기획적인 과정을 밟은 끝에 완성된 작품이라는 설도 있습니다.

박인환의 시편 「세월이 가면」은 『주간희망』 12호(1956. 3. 12)에 처음으로 실려 있습니다. 시의 구성은 연 구분이 없이 15행으로 이루어져 있고요, 시인이 죽기 직전에 발표된 작품이란 점에서 원본이라고 할 수 있어요. 이로부터 석 달 후에 발표된 텍스트는 『아리랑』 2-6호(1956. 6. 1)에 실려 있는데요, 이것은 시인이 사망 직전에 수정본(완성본)을 만들어 투고한 것으로 추정되는 작품이에요. 일종의 유고라고 할 수 있죠. 이 텍스트는 이를테면 정본(正本)이라고 할 수 있겠고, 오늘날의 띄어쓰기 규칙을 적용하면, 온전한 정본(定本 : 비평판)이 됩니다. 이 시에 관한 한, 향후 더 이상의 논란이 없을 만큼의 정본 모형을 다음과 같이 제시해 봅니다.

　지금 그 사람 이름은 잊었지만
　그 눈동자 입술은
　내 가슴에 있네

　바람이 불고
　비가 올 때도
　나는
　저 유리창 밖 가로등
　그늘의 밤을 잊지 못하지

사랑은 가고 옛날은 남는 것

여름날의 호숫가 가을의 공원

그 벤치 위에

나뭇잎은 떨어지고

나뭇잎은 흙이 되고

나뭇잎에 덮여서

우리들의 사랑이

사라진다 해도……

지금 그 사람 이름은 잊었지만

그 눈동자 입술은

내 가슴에 있네

내 서늘한 가슴에 있네

  소설가 이봉구가 1960년대 중반 즈음에 10여 년 전을 회고하는 글에서 이 시를 가리켜 '외로운 귀족들을 위한 명동의 상송'이라고 비유한 이래, 근래 2010년대에 이르러서는 평론가 유성호는 '이국취향과 사랑의 감각이 결합하여 이룬 애잔한 비가'라고 표현하기도 했습니다.

  이 시는 보는 바와 같이 5연 20행의 형식으로 이루어져 있습니다. 표기법에 의한 문체적인 특성은 박인환의 시에서 극히 보기 드물게도 한글전용체로 되어 있다는 사실에 있네요. 일상으로 잘 쓰이지 아니한 시어는 단 하나도 없구요. 이 시가 애초 노랫말로 지어진 게 확실하게 증명이 된다면, 상용의 언어, 이 중에서도 온전한 입말로 이룩된 시편이라고 보는 게 맞습니다. 특히 시인의 초고 친필에 적혀 있는 한자어 '과거

(過去)'에서, 시인 자신이 수정한 우리말 '옛날'로 바꾸기까지, 일상어로 된 시어를 쓰기 위해 고심한 흔적의 행간을, 지금의 우리는 충분히 짐작해볼 수가 있습니다.

어쨌든 「세월이 가면」과 관련해 특기할 사실은요, 이것이 기록된 시편으로 남아있다기보다 우리의 기억 속에는 노래로 맴돌고 있다는 것. 물론 독자에 의해 시로 읽히기도 하겠지만, 이것은 대중에게 하나의 가요로 사랑을 받아왔던 사실에 있지요. 대중가요로 성공을 거둔 원작의 시(詩) 가운데 이보다 더 성공적인 사례는 없어요. 시와 대중가요가 만난 가장 모범적인 텍스트야말로 「세월이 가면」이 아닐까, 하고 저는 생각해요.

필자는 시편 「세월이 가면」의 내용에 따라 사진을 구성해 보았다. 이 사진 구성에는 가로등과, 여름날의 호숫가와, 나뭇잎에 뒤덮인 가을 공원의 벤치가 보인다.

이 노래를 작곡한 이진섭은 이름 있는 드라마 작가였습니다. 전문 작곡자가 아니었지요. 이 노래를 작곡한 것을 보면, 그가 무척 다재다능한 사람임을, 우리는 잘 알 수가 있지요. 이 곡을 처음 작곡할 때는 이 노래가 8분의 6박자였습니다. 원창자 나애심(1956)이 애초에 녹음해 부를 때는 전문 작곡자인 그의 오빠 전오승이 원곡을 4분의 4박자로 편곡했다지요. 당시에 유행한 블루스 곡으로 변주하기 위해서일 것입니다. 실제 나애심의 녹음 음반의 라벨에는 '부루스(곡)'임을 명시하고 있어요. 그 이후에도 현인(1959), 현미(1968), 조용필(1972), 박인희(1976) 등의 음반으로 이어져 갑니다. 이 버전들은 대체로 3박자 춤곡으로 가창되었으니, 본래의 박자로 비슷하게 되돌아가게 되었군요. 대중적으로 가장 잘 알려진 버전은 박인희가 부른 것이에요. 이름이 비슷하다는 것 때문에, 한때 가수 박인희가 시인 박인환의 여동생이라는 헛소문이 나돌기도 했지요.

이 시의 내용은 박인환의 전기적인 삶과 무관한 것으로 보입니다. 그에게 그의 서늘한 가슴 속에 남아 있는 여인이 있었는지는 잘 알 수 없으나, 자신의 삶의 경험 속에 존재하는 특정의 여인이라기보다 일반적인 의미의 과거 속 연인상이라고 보는 게 맞을 것 같습니다.

한국전쟁의 폐허가 여전히 남아 있던 서울의 1954년 1월에, 미국 영화 「제니의 초상」이 개봉됩니다. 본디 이 영화는 로버트 네이션의 1930년대 소설을 바탕으로 1948년에 만들어진 영화예요. 내용은 대체로 이렇습니다.

삼류 화가 애덤스는 혹독한 추위의 뉴욕에서 겨울나기를 하고 있는데 그림도 거의 팔리지 않아요. 이럴 때, 그는 공원에서 제니라는 이름의 소녀를 우연찮게 만납니다. 그는 그녀를 만남으로써 그녀의 모습인, 즉 제니의 초상을 그리면서 예술적인 영감을 얻게 되고, 또 작가로서 인정을

시편「세월이 가면」(1956)에 영향을 미친 것은 영화「제니의 초상」(1948)이 아닌가, 하고 짐작된
다. 이 영화는 윌리엄 디터리 감독이 연출했으며, 여배우 제니퍼 존스가 주인공으로 등장한다.

받게 이릅니다. 그런데 알고 보니까, 제니는 이미 오래 전에 죽은 소녀잖
아요? 이때까지의 인간관계니 사랑이니 하는 것은 삶과 죽음, 과거와 현
재, 공간과 공간 등을 초월한 것이었지요. 일종의 판타지 애정 영화라고
하겠네요.

　어릴 때부터 영화광이었던 박인환이 이 영화를 아니 볼 리가 없었겠
지요. 지금은 없어진 태양신문에, 그가 영화 감상문마저 발표합니다. 영
화「제니의 초상」이 그의 마음에 남기거나 새기거나 한 단어가 있다면,
공원·소녀·숙녀·등대 등이 아닐까, 해요. 이 영화가 시편「목마와 숙

녀」에 영향을 미치지 않았다고 보기 어렵겠죠. 이 강의의 대상인 「세월이 가면」도 마찬가지 일 것입니다. 영화 「제니의 초상」과 시편 「세월이 가면」 사이에, 2년이라는 비교적 짧은 시간과, 공원의 벤치라는 공간이 개입되어 있기 때문이지요.

저는 시편 「세월이 가면」의 화자인 나는 박인환 자신이 아니라, 영화 속의 애덤스가 아닌가, 하고 생각합니다. 만나기 전에 이미 죽었던 소녀가 시간을 건너뛰어서 숙녀가 된 제니를 생각하면서 말이지요. 제니는 당시에 최고의 여배우였던 제니퍼 존스입니다. 박인환은 본디 서양 여자에 대한 선망이 많았지요. 예컨대 버지니아 울프, 마리 로랑생, 로렌 바콜, 잔 에뷔테른, 오드리 헵번 등. 그가 제니퍼 존스에게 사로잡히지 말란 법이 없었겠죠.

연애시의 이미지라기보다는 사랑노래의 그것이 더 강하게 새겨진 「세월이 가면」은 우리나라 대중가요사의 명곡 중 명곡입니다. 이 노래가 처음 만들어진 날, 이진섭의 막역한 문우였던 한운사가 회고한 바 있었지요. 이 노래는 순간적으로 만들어졌지만, 영원의 시간 속에서 남아 있다고 말입니다.

빈대떡집에서 박인환이 즉흥시로 읊었다. 진섭이 머릿속을 스쳐가는 번개 같은 인스피레이션은, 어딘가 저 파리한 구석 가로등 아래를 고개 숙이고 지나가는 시인을 연상했는지도 모른다. 그는 즉석에서 멜로디를 붙여 노래를 불렀다. 우레 같은 박수가 빈대떡집 지붕을 뒤흔들었다. 젊음과 낭만과 꿈과 산다는 것의 슬픔을, 그가 타고 난 재간으로 융합시킨 이 순간은, 명동이 기억해둘 영원한 시간이다. (주간조선, 1983. 8. 7.)

떠나가는 여자, 해와 달이 끌어주다

— 이성복의 「남해 금산」

오늘은 이성복의 「남해 금산」에 관해 여러분과 함께 공부하겠습니다. 먼저 이 시를 유튜브 강의 교재로 쓸 수 있도록 저작권을 허락해주신 시인 이성복 님께 감사를 드립니다.

이 시는요 초현실주의 시 같은 난해성과 모호함을 지닌 시인데 그럼에도 불구하고 충분히 이해가 될 수 있다는 점에서 많은 독자로부터 사랑과 관심을 받아온 것 같습니다. 작년, 그러니까 2019년, 4월이었습니다. 남해 화전도서관은 시인 이성복을 청했다고 합니다. 화전. 꽃 화자 밭 전 자. 우리말로 하면 꽃밭인데요. 화전은 경상남도 남해군의 옛 지명이에요. 여기에서 시인 이성복은 독자와의 만남을 가졌었는데, 독자들은 대체로 남해군민들이었다고 해요. 남해군민들은 다른 시인의 이름은 몰라도 이성복 시인의 이름은 잘 알고 있답니다. 왜냐구요? '남해 금산'이란 제목의 시가 워낙 유명하기 때문이지요. 시인 이성복은 21세기 우리나라를 대표하는 시인입니다.

그런데 작년에 화전도서관에서 발표한 내용의 일부가 인터넷상에서 누군가에 의해 올려져 있어서 제가 좀 읽어 봤는데요, 그는 여행하고 별

남해 금산의 경관과, 시인 이성복의 모습.

로 인연이 없다고 합니다. 취미가 아닌가 봐요. 어디선가 언뜻 본 듯한데, 이 시인은 테니스 광(狂)이라고 해요. 좀 젊었을 때였겠죠. 연만한 지금은 잘 모르겠습니다. 그는 남해 금산이 자신의 정신적 지도의 한 거점을 이루는 몇 되지 않은 장소라고 말합니다. 그러니 여행을 많이 하지는 못했지만 여행한 곳 중의 아주 깊게 각인된 장소성의 하나가 바로 남해 금산일 테죠.

1984년이니까, 꽤 시간이 오래 되었지요. 나이가 젊었을 때였다고 해요. 그는 이때 새벽에 남해 금산을 올라갔다고 해요. 그때 별다른 의도가 없이 쓴 시가 바로 이 「남해 금산」이라고 하는데요, 머릿속에서 마치 장난이라도 치듯이(물론 언어적인 장난이겠지요), 시작한 시가 사람들이 이렇게 거창한 의도, 속 깊은 의미가 담긴 시로 알게 될 줄은 꿈에도 몰랐다는 거예요.

이처럼 명작은 우연히 탄생하는 겁니다. 명작을 쓰겠다고 해서 쓴 작품은 명작이 절대 될 수가 없습니다. 평소에 얼마만큼 공력을 깃들었느냐, 또 시인 자신의 내공이 경험처럼 쌓였느냐에 따라서, 명작은 뜻밖에도, 우연찮게도 탄생되는 것이겠지요.

자, 그러면 이 시의 전문을 먼저 살펴볼까요?

한 여자 돌 속에 묻혀 있었네
그 여자 사랑에 나도 돌 속에 들어갔네
어느 여름 비 많이 오고
그 여자 울면서 돌 속에서 떠나갔네
떠나가는 그 여자 해와 달이 끌어 주었네
남해 금산 푸른 하늘가에 나 혼자 있네
남해 금산 푸른 바닷물 속에 나 혼자 잠기네

저는 평소에 이렇게 생각합니다. 이 시의 전문에는 3413의 암호가 담긴 시라는 사실 말예요. 이게 무슨 말일까요? 여러분은 알아듣지 못하겠지요? 3, 삼인칭인 여자가 4, 네 번 나오고, 1, 일인칭인 '나'가, 즉 시적 화자인 나가 3, 세 번 등장한다는 거예요. 이런 뜻입니다. 나와 여자의 관계. 여자가 아까 네 번 나온다고 했지요? 한 여자, 그 여자, 그 여자, 그 여자. 나는 세 번 나오구요. 나와 여자의 관계는 단순한 애인관계를 넘어서 원형적인 상징의 관계로 감지되는 그런 관계입니다.

심리학에 의하면, 대상관계란 말이 있어요. 대상관계는 뭐냐? 인간관계입니다. 그러나 일반적인 의미의 인간관계이기보다는 자아의 정체성과 존재 방식을 변화시킬 만큼 중요한 인간과의 관계를 말합니다. 예컨대, 나의 입장에서 볼 때, 부모라고 할지, 교사라고 할지, 또 선망의 대상이랄지, 또는 어릴 때 마음속의 우상이랄지, 나와 관계를 정립하는 데 있

필자가 파리에서 한 달 동안 머물고 있을 때 국립현대미술관에서 카메라에 담은 그림(추상화)이다. 작가가 기억나지 않지만, 원형적인 천문 이미지에 공감했다. 이 그림은 하늘과 산과 바다, 또한 해와 달과 별을 마치 상형문자나 부적의 부호처럼 묘사하였다. 이성복의 시 「남해 금산」의 이미지와 유사성을 지니고 있다.

어서 중요한 역할을 하고 있는 대상으로서의 인간을 말해요. 이때 대상이 정신분석학적으로 확장이 되면 사물, 또 사물 중에서도 주물(呪物)이라고 있어요. 주술적인 사물이나, 예술 작품 등으로까지 확장이 된다고 해요. 이렇게 사람이나 사물과의 관계에 있어서 분열이나 투사적 동일시를 통해 불러일으키는 갖가지 복잡한 감정이나 의식의 작용 등. 이런 것을 염두에 두고 대상관계라는 용어를 사용합니다.

아무튼 이 시에서 나와 여자의 관계도 대상관계입니다. 단순한 애인이라고 하는 인간관계를 조금 넘어서는 차원 높은 관계를 말해요. 이 시에서 여자는 시적 화자인 내 마음속에 존재하는 어떤 원형이나, 혹은 이른바 '원형심상'을 말하고 있습니다.

모든 언어에는 의미가 담겨있지요. 이 의미는 크게 나누어서 두 가지로 나타나게 됩니다. 하나는 언어적인 표층 구조에 있는 의미와, 또 하나는 언어적인 심층 구조에 있는 의미로 나누어질 수가 있지요. 먼저 표층 구조의 의미에 관해서 말씀을 드릴까, 해요. 이런 것을 두고 축자적 의미라고 해요. 뭔 말인가? 문자 그대로의 의미란 뜻입니다. 문자 그대로의 의미를 살펴보면요, 여기에서 나와 여자는 애인관계임에 틀림없습니다. 애인인 한 여자가 돌 속에 묻혀 있었다. 얼핏 보기에는 화석이 되어 있었다. 이렇게 생각을 할 수가 있겠지요. 이때 화석은 상당히 상징적인 의미를 가진 기호라고 할 수 있겠네요. 여자가 화석이 되었다. 즉, 돌 속에 묻혔다, 라고 하는 것은 여자가 사랑의 감옥에 갇혀 있다는 것. 사랑의 감옥에 갇혀 있는 수인(囚人)으로 묘사되어 있습니다.

그래서 나도 그 여자를 따라서 돌 속에 들어갑니다. 나도 수인이 되는 거지요. 이때 사랑의 감옥이라는 것은 진짜 감옥이라기보다는 마음의 감옥인 거겠지요. 둘이 같이 사랑의 감옥에 갇혀 있는데 어느 여름날 비가 많이 왔어요. 이것을 가리켜 무엇을 의미할까요? 삶의 우여곡절을 겪었다. 혹은 삶이 파란만장했음을 암시해주고 있습니다. 글자 그대로의 의미를 말하면 대체로 그렇다는 얘기가 되겠습니다.

그런데 반전이 생깁니다. 여자가 울면서 떠나갑니다. 여자의 죽음을 생각해볼 수가 있지요. 죽은 여자는 해와 달이 이끌고 갑니다. 해와 달이 떠나가는 여자를 이끌어줍니다. 이제 사랑은 허물을 벗고 화석으로부터 벗어나서 신화가 됩니다. 무엇이 신화의 의미일까요? 이것은 시공간을 초월한 세계를 말합니다. 여기에는 시간도 없고, 또 공간도 없습니다.

시적 화자인 나는 시공간 속에 내재된 세계인 하늘과 바다에 남게 됩니다. 여자는 시공간을 초월한 세계로 떠나갔고, 시적 화자인 나는 시공간에 내재된 세계에 남게 되었죠.

이 시는 신화적 상상력의 초월과 내재를 동시에 보여주고 있는 시라고 할 수 있겠네요. 초월성이라고 하는 것이 집단 무의식이라고 한다면, 내재성은 개인 무의식이라고 할 수 있겠습니다.

그러면 지금부터는 언어적 심층 구조의 의미에 관해서 말씀드릴까, 합니다.

아까도 말씀드렸습니다만, 나와 여자의 관계는 단순한 인간관계, 즉 애인관계라고 한다면, 이것은 언어적 표층구조라고 하겠는데요, 심층구조에서 본다면 또 다른 여러 가지 복잡한 의미가 나타나게 됩니다.

(화면에 책을 보이면서)

이 책은요, 이성복 님의 시론집 『극지의 시』입니다. 지금으로부터 몇 년 전에 발표된 내용들을(아마 대학원생들에게 강의한 내용일 겁니다.) 모아 놓은 책인 것 같은데, 아주 재미가 있습니다. 쉽게 쓰였구요. 이 책에서 제가 주목한 내용들이 적지 않은데, 먼저 하나 말씀 드릴게요.

시를 쓴다는 건 남자 속에 들어있는 여자가 눈을 뜰 때까지 지켜보는 거예요. 억지로 치마를 입히는 게 아니라 스스로 치마를 입을 때까지 기다리라는 거예요.

시인은 이런 말을 남겼어요. 참 재미있지요? 남자 속에 들어있는 여자. 이게 뭘까요? 이른바 '아니마'라고 합니다. 모든 남성은 그 마음의 깊이 속에 여성성을 지니고 있대요. 여성은 또 남성성을 지니고 있고요.

떠나가는 그 여자 해와 달이 끌어주었네. 인간은 원초적으로 해와 달을 신격화해 왔다. 고대이집트의 태양신 라(Ra)와, 중국의 월궁선녀, 곧 달의 여신인 상아(창어 : 嫦娥)의 이미지. 왼쪽의 출처는 픽사베이이며, 오른쪽은 일본 19세기의 목판화 우키요에다.

물론 하나의 심층심리학적인 가설에 지나지 않습니다. 시적 화자인 나는 여자로부터 분리개별화의 과정을 밟게 됩니다. 분리되고 스스로 혼자 존재하는 개별화 과정을 밟게 된다는 것은 심리학이나 정신분석학에서 흔히 얘기되는 대목입니다.

그리고 돌의 이미지가 나오지요. 돌이 세 번 반복되네요.

돌 속에 묻혀 있다. 돌 속에 들어갔다. 돌 속에서 떠나갔다. 이렇게 돌이 세 번 되풀이되는데요.

이성복 시인의 첫 번째 시집의 제목이 '뒹구는 돌은 언제 잠 깨는가'였어요. 시인 누구에게나 첫 번째 시집이 물론 가장 중요합니다만, 그의 첫 번째 시집은 뭐랄까, 가장 개성적이고 돌올한 성격의 시집이라고 할 수 있어요. 뒹구는 돌 할 때의 돌은 아나키즘적인 이미지의 연상이 매우 강합니다. 아나키즘이란 무정부주의를 말하는 것이죠. 아나키스트 시인들이 있고, 또 아나키즘에 친화적 시인들이 있는데요. 이들이 많이 사용하는 대표적인 소재가 몇 가지 있는데, 그것의 하나는 돌이요, 다른 하나는 칼입니다. 칼은 도광(刀狂 : knife-mania) 이미지를 나타내고 있지요. 돌은 누군가에게 던지고, 칼은 누군가를 베어버리는 겁니다. 어떻게 생각하면 일종의 전복이요, 경우에 따라서는 폭력적인 이미지라고 할 수 있겠지요.

그러나 여기 「남해 금산」에서 보여준 돌의 이미지는 이렇게 전복적이고 폭력적인 이미지로서의 돌이 아니라, 소위 원형심상적인 신화적 상상력에 가까운 돌이라고 볼 수가 있겠습니다. 특히 신화나 설화에서 사람이 돌이 되는 소위 화석 모티프가 우리나라에서뿐만 아니라 외국에서도 더러 나타나고 있어요.

돌 속으로 들어가고, 돌로부터 또 떠나갔다. 무엇을 의미할까요? 경계를 자유롭게 넘나들고 있다는 걸 말하고 있음이 분명합니다. 이 대목에

필자는 서울 시내의 거리에서, 돌에 갇힌 이미지를 우연히 포착했다.

서 이 시가 가지고 있는 우주론적 수수께끼, 우주론적 창세신화를 연상하기에 충분합니다. 우주를 창조했다는 게 바로 창세신화이지요. 해와 달은 주역의 부호 같은 이미지로 나타나고 있습니다. 이 시에서 말이죠. 해와 달의 이미지의 통합론적 이미지가 바로 태극(太極)입니다. 우리 국기인 태극기할 때의 태극 말예요.

　시인 이성복에게 있어서 주역과 선(禪)불교 등의 동양사상은 그의 문학사상에 큰 영향을 주게 됩니다. 그가 문학사상적으로 주역이나 선불교에 크게 영향을 받음으로써 그의 시세계가 더욱더 심오하게 되었지요. 이것은 잘 알려진 사실입니다. 주역은 주나라 때 생긴 것이니까, 한 3천 년 정도 됩니다. 공자도 아주 오래된 사람이지 않습니까? 공자도 주역을 여러 번 읽어 책(죽간)을 묶은 가죽 끈이 문드러졌다고 할 정도였고, 우리나라의 이순신 장군도 주역을 읽으면서 전술과 전략을 구상했다고 해요. 역(易)이라고 하는 것은 무역할 때의 역 자. 물건을 서로 바꾸는 것. 역은 그러니까 변화, 개혁, 혁명……이런 뜻이에요. 그러니까 변화의 철학이 역이다. 주나라 때 생겼다고 해서 주역이다. 거기에 이런 뜻이 담겨 있어요.
　세상의 변화는 궁즉통, 통즉변, 변즉구, 라구요.
　궁하면 통하고, 통하면 변하고, 변하면 오래간다.
　저는 이것을 염두에 두고 이 시를 읽어 보니까, 무언가 모르게 희한하게 좀 맞아 떨어진다는 생각이 들어요. 이성복의 「남해 금산」이 7행으로 되어 있는데요. 한 행 한 행 보면요……궁, 변, 변, 통, 통, 구, 구……이렇게 읽힙니다. 제 인상 내지 직관에 지나지 않겠지만요. 이 시를 읽으면 꼭 저는 물론 개인적인 느낌에 지나지 않습니다만, 이것은 주역의 우주적 리듬처럼 읽히는 시다, 라고 감히 말씀을 드려봅니다.

　좀 전에, 제가 말씀을 드렸습니다만, 사람이 돌 속에 들어가고 떠나가고 하는 것을 두고, 경계를 자유롭게 넘나든다고 했습니다. 이런 것을 두고 우리는 무경계니, 탈경계니 하는 말을 씁니다. 경계가 사라졌다, 혹은 경계를 벗어났다. 경계를 자유자재로 사라지게 하거나, 또 벗어나게 하거나 하는 것을 두고 불교에서는 실상이라고 하지요. 이 반대의 개념은 망상입니다. 망상은 지금도 쓰는 말이죠. 망상을 우리는 분별심이라고 하는데요. 분별하는 거. 나누는 거를 말하는데요. 언어는 항상 망상의 조건을 가지고 있습니다. 언어라고 하는 건 항상 논리적인 것이기 때문에, 또 논리적인 것을 지향하니까, 항상 두 가지 상대 개념을 나누어서 보는 것이죠. 삶과 죽음, 자아와 타자, 보수와 진보……. 이렇게 나누는 것을 가리켜, 이렇게 분별하는 마음을 두고, 우리는 망상이라고 해요. 반면에 경계를 짓지 않고 초월하는 것. 언어를 초월하는 것. 논리를 벗어나는 것. 이분법을 극복하는 것. 이것을 일컬어 불교에서는 실상이라고 하는데요, 실상이라고 하면 철학적인 개념으로 형이상학적인 실재나 진리의 세계와 서로 통합니다. 그래서 동양에서는 경계를 넘어서게 하고 경계를 사라지게 하는 것을 두고 아주 중요한 삶의 의의, 혹은 진리를 지향하는 포인트로 여겼습니다.

서정시라고 하는 것은 그야말로 경계를 넘어서서 일원론적인 세계관을 드러내 보이는 것이에요. 시인 이성복 님 역시 젊었을 때 동양사상에 매료되지 않았겠느냐고 추정되고요. 아까 말씀드렸던 이 자그맣게 앙증맞은 시론집인 『극지의 시』라고 하는 책에 보면 이 말이 두 번 나옵니다. 주로 중국 당송 시대의 선객과 일본의 고승들이 이런 어록을 사용했답니다.

신라야반일두명.

일곱 자로 된 이 선어록이 그 책에 두 번 반복되어 나옵니다. 무슨 말이냐? 신라의 야반(夜半). 야반은 한밤중을 가리킵니다. 신라의 한밤중에 일두명. 해 일 자. 머리 두 자. 우리말에 그런 말이 없습니다만, 굳이 조어로 만든다면 사이시옷을 넣어서 '햇머리'라고 해보지요. 물론 사전에도 없는 말이지만. 우리가 바닷가에서 일출을 볼 때 제일 끄트머리에 빨

갛게 떠오르는 해의 윗부분. 이것이 일두(日頭)예요. 즉 햇머리예요.

이렇게 생각하면 되겠습니다. 신라 야반에 햇머리가 밝다. 이게 무슨 말입니까? 이게 전형적인 모순 진술이요. 의사 진술입니다. 수사법으로 말하면 패러독스, 즉 역설입니다. 야반이라고 하면 밤 12시 전후를 말하는 것인데 밤의 중간을 말하는 것인데, 그 깊은 밤에, 한밤중에 어떻게 햇머리가 떠오릅니까? 말이 안 되지 않습니까? 신라 새벽 일두명, 하면 말이 되요. 새벽이 뭔지 아십니까? 새는 동쪽이란 뜻이구요. 벽은 밝다 할 때의 '밝'입니다. 그러니 밝에서 벽으로 바뀝니다. 동쪽이 밝아오는 때를 새벽이라고 하지요. 이 새벽과 낮의 경계선상에 해가 뜨지요. 이때 해의 머리 부분이 살짝 뜨는 건데 새벽에 해가 뜬다는 것은 말이 되지만 신라의 한 밤중에 해가 뜬다는 것은 말이 되지 않지 않습니까? 새빨간 거짓 진술의 대표적인 표현이라고 하겠네요. 선어록이나 선문답에서는 이처럼 곧이곧대로 말하지 않습니다. 엄청난 모순의 진술을 일삼고 있지요.

신라의 한밤중에 햇머리가 뜬다? 시공간의 경계를 벗어나고 있다는 겁니다. 신라는 중국에서 볼 때, 또 일본에서 볼 때 멀리 있는 공간이거든요. 멀리 있는 공간에다 야반(한밤중)이라고 하는 시간 개념을 걸쳐 놓았으니, 공간 착시에다 시간 착오까지 헷갈리게 만들어 놨으니 더 이상의 모순이나 거짓이 있을 리가 없겠지요. 이를 통해 시공간의 경계를 넘어설 수 있다고나 할까요. 이렇게 경계를 넘어서는 이런 이치가 동양사상의 정수라고 하겠습니다. 주역에서도, 노장사상에서도, 선불교에서도 그렇습니다.

이 대목에서, 저는 진리의 상대주의를 생각해 봅니다. 니체의 인식론적 의미 규정에 의하면, 진리는 상대적인 거예요. 니체는 진리란 유동적인 한 무리의 은유, 환유, 의인적(擬人的) 형상들, 즉 이를테면 인간 중심적인 관점에서 모든 사물에 의미와 형상을 부여하는 것이라고 했어요.

사실상 진리라고 하는 것은 아무도 합의 내용을 기억하지 못하는 합의에 지나지 않지요. 그러면, 진리의 절대성은 어디에 있나요? 절대란, 상대의 또 다른 상대가 아닌가요? 말하자면, 진리의 또 다른 진리야말로 절대 진리인 거예요. 사랑의 진리가 애증의 경계를 넘어설 수 있다면, 사랑의 실체, 실상(實相)이야말로 사랑의 절대 진리인 것이 아닐까요.

다시 「남해 금산」 쪽으로 돌아갈까요. 제가 앞에서 시공간에 관해 말을 했는데요, 한자 문화권의 아시아인들은 가장 기본적으로 시공간을 어떻게 보았을까요. 한자문화권의 동아시아인들은 같은 시공간 개념을 가지고 있었습니다. 기본적인 시공간 관념은 천자문 속에 나옵니다.
천자문 첫 머리의 여덟 자. 천지현황, 우주홍황.
하늘 천, 따(땅) 지, 가물(검을) 현, 누릴 황, 집 우, 집 주, 넓을 홍, 거칠 황. 시공간의 기본인 천지는 검고 누르다고 했거든요. 이 개념은 밤낮이라는 개념입니다. 그러니까 시간 개념이지요. 세월이란 말. 옛날에는 잘 안 썼어요. 옛사람들은 세월이란 말 대신에 광음(光陰)이라고 했지요. 빛인 광은 낮이요, 그림자인 음은 밤입니다. 천지는 밝다고 했습니다. 밤과 낮이 서로 갈음하면서 밝음을 이끌어 가고 있다는 거예요. 그런데 우주는 넓고 거칠다고 했죠. 넓을 홍, 거칠 황. 그러니 생물이 못 사는 것이죠. 너무나 거칠기 때문에, 엄청나게 넓기 때문에요. 엄청나게 넓다는 것이 공간이 넓다는 것이 아니라, 아예 공간이 사라졌다는 겁니다. 왜? 생명체가 살지 않으니까요. 그래서 우주는 유. 그윽할 유(幽) 자를 씁니다. 천지는 밝을 명(明) 자를 쓰지요. 그윽하다는 것은 죽음을 말하지요. 또 밝다는 것은 삶의 세계를 말하는 거 아니에요? 사람이 죽으면 유명을 달리했다는 말을 쓰는데 그윽함의 유는 죽음, 저승이요. 밝음의 명은 삶, 이승입니다. 저승과 이승을 달리했다는 말이 유명을 달리했다고 하는 겁니다.

천지는 '일월영측'이라고요, 해와 달이 비추는 곳입니다. 해와 달은 우주에 있지만 천지를 비추기 때문에 시간 개념이지요. 이에 비해, 우주는 '진수열장'이라고 했습니다. 뭇 별과 별자리가 길게 늘어 서 있다. 해는 신화비평에서 세계의 영혼으로 보고 항구불변성으로 보고 있습니다. 달은 음이 아니라 빛의 반영이죠. 라틴어로 달의 여신을 '루나'라고 하는데 이것은 고대그리스어의 '룩스', 즉 빛남이라는 말에서 유래되었다고 볼 수 있어요.

시적 자아인 나와 대상관계를 맺고 있는 여자는 유명을 달리하고 있습니다. 한 사람은 저승에 있고 한 사람은 이승에 있고요. 여자는 우주 속에 있고, 나는 천지 속에 있고, 또한 여자는 신화 속에 존재하고, 나는 역사 속에 존재해요. 역사란 게 뭐 거창한 게 아니라, 이승의 삶이 지닌 하나의 시간적 연속체라고 말할 수 있겠습니다. 나와 여자. 죽음이 둘을 갈라놓았지만 여자는 신화 속에 존재하고, 나는 이승의 삶의 연속체인 역사 속에 내재되어 있다는 걸 보여주고 있는 시가 바로 「남해 금산」인 것입니다. 이 시의 뭐랄까, 심층 구조에 잠재되어 있는 의미를 이와 같이 파악해볼 수 있겠습니다.

이 시가 단순한 연애시로 읽어도 충분히 명시라고 할 수 있겠는데, 수수께끼 같은 우주론, 창세신화의 의미론과 더불어서 읽으면, 이 시가 비록 짧고 평이하지만 얼마나 깊이가 있는 시인가, 하는 걸 잘 감지할 수가 있습니다.

제 생각이 지나치게 왔다 갔다 해서 공감하지 못하는 부분도 없지 않겠지만 비평이란 것은 이처럼 오독입니다. 오독의 역사가 비평의 역사입니다. 오독이 축적하는 가운데 얻을 수 있는 결과가 비평의 이상이자 궁극이라고 하겠지요. 독자 여러분도 비평가입니다. 여러 가지 의미를 생각해보면서 작품 하나하나를 분석하고 평가하기를 바라며, 제 말씀을 여기에서 마치겠습니다.

감사합니다.

제3부

나라 밖 낭만적 연애 시와 러브 스토리

순애보와 부부애의 영원한 상징

―로버트 브라우닝과 엘리자베스 바렛

오늘은 19세기 영국 시인인 엘리자베스 바렛 브라우닝의 「참으로 그러하리까」에 관해서 공부하겠습니다. 19세기의 영국의 여성 시인인 엘리자베스 바렛 브라우닝. 마지막 브라우닝은 브라우닝 집안에 시집을 갔기 때문에 붙여진 성입니다. 본인의 성은 바렛(Barrett)입니다. 발음은 베렛에 가깝습니다만 우리 표기법에 따라서 바렛으로 했습니다. 그러면 엘리자베스 바렛 브라우닝을 알기 전에 그의 남편인 로버트 브라우닝에 관해서 먼저 알아봅시다.

19세기 엘리자베스 여왕 시대를 대표하는 문인이 셰익스피어라면, 19세기 빅토리아 여왕 시대를 대표하는 문인은 알프레드 테니슨과 로버트 브라우닝이라고 할 수 있겠습니다. 로버트 브라우닝은 1812년에 태어나서 77년을 살다가 1889년에 세상을 떠났으니 19세기 사람치고는 상당히 장수했다고 보입니다. 영국 런던 교외에서 출생했구요. 아버지가 은행가였다고 합니다. 부유한 집안의 아들로 태어나서 어릴 때부터 영재 교육을 받았다고 해요. 학교의 제도적 교육에는 적응을 못하고 어릴 때부터 가정교사를 초치해서 문학에 관계되는 영재 교육을 받았다고 하네

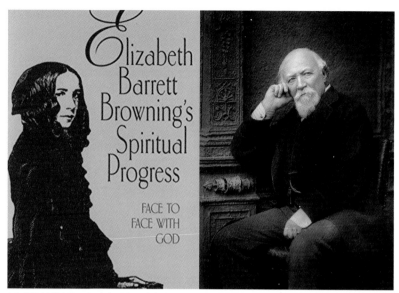

브라우닝 부부의 모습이다. 왼쪽 엘리자베스 바렛의 모습은 본래 판화의 이미지에서 비롯되었다. 죽기 2년 전인 1859년, 53세의 모습이다. 오른쪽 로버트 브라우닝은 죽기 1년 전인 1888년, 76세의 모습(사진)이다.

요. 그는 직장도 거의 가지지 않았구요, 30대 초반까지. 아버지가 너 하고 싶은 대로 하라고 했대요. 당시에 시집을 내려면(그 당시는 시집을 내기가 엄청나게 어려웠습니다.), 돈이 많이 들어갔어요. 요즘 시집 내는 것은 그렇게 경제적으로 크게 돈 들어가는 일이 없습니다만요. 그의 아버지는 이런 저런 경제적인 지원을 흔쾌히 했다고 해요.

　엘리자베스 바렛 브라우닝은 1806년에 태어나서 1861년, 55세까지 살다가 세상을 떠났습니다. 8세 때 고대 그리스어로 호메로스의 서사시를 읽을 정도로 천재적인 재능을 보였다고 합니다. 로버트 브라우닝보다 더 부잣집에서 태어났지요.

알려진 바에 의하면 15세 때 낙마의 사고가 나 상당히 고생을 했고, 그 밖에 또 많은 병이 뒤따라서 병약한 장애인 내지 심지어는 시한부 인생으로 살아갔습니다. 그런데 55년을 살았으니 오래 살았던 거지요.

브라우닝과 바렛은 동시대의 시인으로서 지면을 통해 서로 알게 되었지요. 이들은 20개월 동안 573통의 편지를 주고받았습니다. 놀랍지 않아요? 제가 가지고 있는 오래된 책의 하나인데 제목은 '세기의 연문(戀文)들'입니다. 월간지 『여성중앙』(1975, 10) 부록입니다. 세계적인 연애편지를 모았네요. 가장 앞부분이 바렛이 브라우닝에게 보낸 장문의 편지입니다. 이것을 쓴 날짜는 1845년 1월 11일이구요, 발신처 주소는 '런던 윔폴 가(街) 50번지'네요. 편지 내용의 일부를 볼까요.

겨울은 마치 잠꾸러기 다람쥐의 눈처럼 내 눈을 감게 하고 있습니다. 봄이 오면 우린 다시 만날 수 있겠지요. 그리고 이제 겨우 바깥 세상에 다시 눈을 돌려 두루 살펴볼 수 있겠지요. 그럼, 얼마나 다행한 일일까요? 아울러 당시의 목소리를 당신의 시에서뿐만 아니라, 당신의 친절 속에서도 알아들을 수 있게 되었습니다.

이 편지를 보낼 때 두 사람은 아직 만나지 않았죠. 그해 5월 20일, 봄날에 두 사람은 처음으로 만납니다. 그녀의 방에서요. 그녀의 나이 39세 때인 같은 해에, 두 사람은 결혼하지요. 바로 여섯 살 아래의 연하의 남자인 로버트 브라우닝의 청혼을 받고 결혼했지만, 그녀의 완고한 아버지는 결사적으로 반대했지요.

결국 아버지의 말을 안 듣자, 상속권까지 박탈당할 정도였답니다. 로버트 브라우닝과 엘리자베스 바렛은 비밀 결혼식을 올리고, 이탈리아 피렌체로 도피해 15년 가까이 부부로 살았습니다. 영어사전에 '일로프먼트(elopement)'라는 단어가 있어요. 영한사전에는 가출하거나, 애인과

도망치기 등으로 풀이하고 있어요. 소설 「토지」에서 서희의 생모인 별당 아씨와 집안의 사노인 구천이가 서로 눈이 맞아 남편과 딸을 버리고 깊은 산중으로 도망간 것이나, 부모의 승낙 없이 결혼할 의향으로 몰래 달아나는 것을 두고 사용하는 낱말입니다. 이른바 '사랑의 도피'라고 하겠지요. 브라우닝 부부의 경우는 후자에 해당되어요.

두 사람 사이에는 아들이 태어나요. 참 행복했을 거예요.

로버트 브라우닝과 엘리자베스 바렛의 이야기 가운데 감동적인 부분이 적지 않습니다. 가장 감동적인 부분은 이게 아닐까요? 아내가 새벽에 죽어갈 때, 부부는 침대 위에서 서로 안고 있었죠. 남편이 죽어가는 아내에게 묻고, 아내는 대답합니다.

컴포터블(comfortable)?

뷰티풀(beautiful)!

우리말로 하면, 이렇겠죠. 편안해요? 무척요! 나는 브라우닝 부부의 이 마지막 대화를 떠올릴 때마다, 왠지 모르게 자꾸만 눈물이 나려고 해요. 그래요. 세상에서 이처럼 간결하고, 아름답고, 감동적인 문답의 서정시가 또 어디에 있을까요?

그녀의 사후에, 로버트 브라우닝은 아들을 데리고 자기의 고국인 영국으로 되돌아갑니다. 거기에서 왕성한 문단 생활을 하다가, 세상을 떠났는데요, 아내보다 28년을 더 살았지만, 재혼도 하지 않았구요, 많은 후배 문인들이 그의 인품과 문학성을 존경하면서 추종했대요.

알려진 바에 의하면 19세기 동시대에는 엘리자베스 바렛이 남편보다 더 유명했습니다만, 20세기가 지나면서 오늘날에 이르기까지는 남편 로버트 브라우닝이 아내보다 훨씬 더 유명해졌다고 합니다.

이 두 사람의 시인 부부는 제가 앞에서 이탈리아 피렌체에서 결혼생활을 했다고 말했는데요, 5년 후인 1850년에 엘리자베스 바렛은 『포르투갈인으로부터의 소네트』라고 하는 시집을 간행합니다.

원어의 제목은 '소네트 프롬 더 포르투게즈(Sonnets from the Portuguese)'이지요. 포르투게즈(Portuguese)가 사람인지, 말인지 정확하게 알 수 없고, 번역하는 사람에 따라 왔다 갔다 합니다. 요컨대 이 제목은 포르투갈인이 보낸 소네트인지, 포루투갈어에서 옮긴 소네트인지, 정확하게 알 수 없습니다(이를 두고 이른바 시적 모호성이라고 해요.). 본인만이 알겠지요.

이 제목은 사실 가장한 것입니다. 전자든, 후자든 허구에 지나지 않습니다. 만약 후자라면, 마치 번역한 시집인 것처럼 허구화시켰습니다만, 그 시집은 실제로 엘리자베스 바렛의 온전한 창작 시집입니다.

두 사람의 사랑은 한 마디로 말해서 순애보와 부부애의 상징이라고 말할 수 있겠습니다.

이 시집에는 개별적인 번호인 일련번호가 적혀 있는데 25번으로 특정된 시를 오늘의 공부 제목으로 삼고 있습니다. 인위적인 제목을 '참으로 그러하리까'로 정했습니다. '이즈 잇 인디드 소우(Is it indeed so)?'로 시작되어 있어요. 유럽의 정형시 소네트는 14행시입니다. 연 구분을 없앴습니다. 소네트 형식을 답습하고 있지만, 약간 변형된 느낌을 주기도 합니다.

이 시의 국역된 시 전문을 한번 읽어볼까요. 사람마다 가치관이 따로 있겠습니다만, 저의 눈에 가장 감명 깊게 들어오는 것이 이 시라고 하겠습니다. 제가 고심 끝에 옮겨 보았습니다. 한마디로 말해, 이 시 '참으로 그러하리까'는 참으로 좋습니다.

엘리자베스 바렛의 시집 『포르투갈인으로부터의 소네트』은 다양한 서책 형태로 출판되고 있다. 표지의 이미지를 이어서 붙였다.

참으로 그러하리까, 내 여기 죽어 누워 죽는다면
내 없음으로 인해 당신의 삶이 없어지리까.
무덤의 습기가 내 머리를 적신다고 해도,
햇볕이 당신을 그토록 정녕 차갑게 하리까.
사랑이여, 그렇단 생각의 편지글을 읽었을 때,
나는 놀랐습니다. 나는 당신의 일부랍니다.
하지만요, 당신도 내 일부이리까. 내 떨리는 손
어찌 당신의 술을 따르리까. 하여 내 영혼은
죽음의 꿈 대신에, 삶의 낮은 경지를 찾겠어요.
사랑이여, 사랑하세요. 봐요. 내게 숨결을 줘요.
사랑을 위해서 신분과 재물을 버리는 것을
지혜로운 여자들이 이상하게 여기지 않듯이,
나는 당신을 위해 죽지 않을 것. 내 눈앞

아름다운 하늘, 당신의 땅과 맞바꿀 거예요

엘리자베스 바렛은요, 어려서부터 자기가 곧 죽을 거라고 생각했어요. 연애와 결혼은 언감생심 꿈에도 생각을 하지 못했어요. 그런데 연애도 하게 되고 결혼도 하게 된 것은 그녀에게 정해진 생의 조건을 감안할 때 는 축복과 같은 거예요. 그렇기 때문에 『포르투갈인으로부터의 소네트』 라고 하는 불멸의 시집을 내게 된 것이죠.

나는 놀랐습니다. 나는 당신의 일부랍니다.

보통의 번역은 나는 당신의 것이에요. 이렇게 되어 있거든요. 당신의 것이라고 하면 소유니까, 몰인격적인 느낌이 들지 않아요? 별로 좋은 번 역이 아닌 듯해서 저는 일부랍니다. 라고 옮겼습니다. 하지만요 당신도 내 일부이리까. 이것을 당신도 내 것입니까, 로 옮기면, 이 옮김이 어색 하듯이 말이죠.

내 떨리는 손 어찌하여 당신의 술 따르리까.

결혼하고도 이렇게 손이 떨린다고 했으니 결혼하고도 신체의 움직임 이 자유롭지 못함을 알 수 있습니다. 나머지 후반부 6행은 하나의 주제 단락에 해당된다고 하겠습니다. 전반부 4행, 중반부 4행보다 마지막 후 반부 6행이 더 의미가 많이 촘촘히 짜여 있습니다. 읽어 보겠습니다.

　죽음의 꿈 대신에, 삶의 낮은 경지를 찾겠어요.
　사랑이여, 사랑하세요, 봐요. 내게 숨결을 줘요.

이 두 행이 가장 감정의 정점을 이루는 부분입니다. 특히 가장 고조된 부분은, 뒷부분이라고 하겠는데요, 원어로는 '덴 러브 미, 러브! 룩 온 미—브레스 온 미!(Then love me, love! look on me—breathe on me!). 이렇게 표 현되어 있습니다.

사랑이여……내게 숨결을 불어넣어 주세요.

엘리자베스 바렛은, 사랑의 강한 생명력을 강하게 자신에게 고취해 달라고 말하고 있으니까, 두 사람이 굉장히 사랑했다는 것을 우리는 잘 알수가 있을 것입니다. 사랑을 위해서 신분과 재물을 버리는 것을, 지혜로운 여자들이 이상하게 여기지 않듯이……여기에서 지혜롭다, 하는 말과 현명하다, 라는 말을 두고 제가 여러 번 서로 바꿔가면서 고심한 끝에 전자를 선택했습니다. 왜? 지혜롭다가 조금 더 예스런 표현이라고 할 수 있겠지요. 19세기 때의 일이니 약간 고전적 취향이 맞다 싶어서 현명한, 보다 지혜로운, 을 선택했습니다.

이 시의 제목도 마찬가지입니다. 제목은 이렇거든요. '이즈 잇 인디드 소우(Is it indeed so)?' 가장 오늘날다운 어법으로 만든다고 한다면, '진정입니까?' 로 해야 합니다. 진정입니까? 대중가요 제목으로도 유명해진 제목입니다. 1982년이니까요, 벌써 38년이 됐네요. 가수 김연자가 데뷔 초에 불렀던 노래. 이것이 요즘 미스터 트롯, 미스 트롯이 불러서 대중에게 유명해졌습니다.

(노래를 불러본다)

미련 없다, 그 말이 진정인가요?
냉정했던 그 마음이 진정인가요?

이렇게 부르는 노래 제목이 김연자의 '진정인가요?' 입니다. 애최 '진정인가요?' 로 할까 하다가 좀 대중가요하고 차별을 두자 해서……. 이 시를 최초로 번역한 분이 누구냐, 하면요, 수필가이면서 영문학자로 유명한 피천득 선생이거든요. 선생의 전례를 따라서 제가 '참으로 그러하리까' 로 정한 겁니다.

시상을 마무리하는 부분은 이렇네요. 나는 당신을 위해 죽지 않을 것. 내 눈 앞의 아름다운 하늘을, 당신의 땅과 맞바꿀 거예요.

이 말은 무슨 말이냐? 자기가 먼저 천상과 지상을 서로 교환한다는 말인데요. 원문에 '익스체인지'라는 낱말이 나왔으니까요. 삶과 죽음을 갈라놓지 않고 천상과 지상을 맞바꾸겠다. 다시 말하면 엘리자베스 바렛 브라우닝 여사의 무엇이 담겨 있다고요? 일원론적인 뭐랄까? 우주관이랄까? 사생관(생사관)이 좋겠네요. 아, 그렇네요. 일원론적인 사생관을 반영하고 있네요.

그녀는 자기가 먼저 죽을 것이라고, 결혼 초기부터 알았습니다. 내가 죽더라도 삶과 죽음은 우리를 갈라놓지 않을 것이다. 천상과 지상은 서로 격리되지 않을 것이다. 언제든지 우리의 영혼은 천상과 지상을 오가는 사이가 될 것이다. 이렇게 얘기하고 있습니다.

그래서요, 아름다운 하늘과 당신의 땅을 맞바꿀 수가 있는 겁니다. 교환할 수가 있는 겁니다. 영혼의 소통은 이런 것을 의미해요. 로버트 브라우닝과 엘리자베스 바렛 브라우닝 부부의 사랑은 19세기를 대표하는 사랑이에요. 즉 세기의 사랑이었다고 볼 수 있어요.

영국 20세기 소설가로 유명한 버지니아 울프는 그의 작품 「플러쉬(flush)」에서, 두 사람의 사랑을 소재로 삼았습니다. 그래서 이 때문에 20세기 사람들에게 잘 알려졌습니다. 또 이 소설이 나온 24년 후에 영화로 제작됩니다. 1957년이었죠. 제가 태어난 해이니까, 63년 전의 일입니다. 영화 제목은 '윔폴 가(街)의 바렛가(家)(The Barretts of Wimpole Street)'. 윔폴 가는 런던 거리 번지수 앞의 도로명입니다. 윔폴 가(街)의 바렛 집안이란 뜻입니다. 이 영화의 원전은 본래 1934년에 상연된 브로드웨이 연극이었대요.

어쨌든 영화는 시인 부부의 사랑을 다룬 전기 영화인데, 이 영화를 보면 부잣집 딸 바렛은 늘 침대에 누워서 책을 읽는 장면이 나옵니다. 영화가 시작되고 한참 후에 한 청년이 찾아오죠. 로버트 브라우닝이 등장합니다. 2년간 편지로 우정을 쌓았던 두 사람은 처음 만나는데 그 만나는 장소가 딴 데가 아니라 엘리자베스 바렛의 침실입니다. 그러니까 침대에 누워서 첫 만남을 가지게 되는 거지요.

첫 만남은 청년 로버트 브라우닝이 엘리자베스 바렛에게 시를 읽어 주는 장면으로부터 시작됩니다. 영화를 봐도 남자는 저돌적인 걸 느낄 수 있는데 뭐 여자는 저돌적이란 말을 쓰지 않고, 압도적이시네요, 라는 표현을 씁니다. 압도적이어서, 말합니다. 저는 죽어가고 있는 여자예요. 저

영국 런던 윔폴 가(街)에 있는 한 건물이다. 1층 카페의 상호가 연극 및 영화의 제목인 'The Barretts of Wimpole Street'이다.

에게 관심을 갖지 마세요. 이런 식으로 이야기하니까, 남자는 하는 말이 모든 인간이 죽어가고 있어요……. 이렇게 말하면서 손을 잡습니다. 첫 만남부터 손을 잡으니까, 대단히 저돌적이거나, 압도적이거나, 하네요.

바렛은 사랑이란 자기에게 있어서는 해당이 안 되고, 또 해당이 되어서도 안 되는 일이라고 생각을 하지요. 아무튼 자주 방문합니다. 자주 방문하니까 아래층 응접실까지 제 스스로 내려가게 되는데요, 영화에서는 만나서 몸 상태가 상당히 좋아집니다. 영화의 줄거리는 엘리자베스 바렛의 아버지와 당사자 간의 부녀 갈등에 초점이 맞추어지고 있습니다.

영화 「슬픔아, 영원히(The Barretts of Wimpole Street : 1957)」에 출연한 여배우 제니퍼 존스의 모습. 그런데 이 장면은 제니퍼 존스의 대표작인 「모정(Love Is A Many-Splendored Thing : 1955)」의 한 장면이다. 주인공이 영화 속의 중국계 여의사로 등장하면서 한국전쟁에서 죽은 기자 남편을 잊지 못한다는 내용의 영화다.

로버트 브라우닝이 아니라 그 누구든 사랑을 인정하지 않는 아버지. 그 이유가 영화에서 분명히 나타나지 않는데요, 결국 영화 막바지 부분으로 가면서 대화를 통해서 알 수 있습니다. 너 처지에, 결국은 버림받을 건데 왜 남자를 사랑해야 하나? 이런 뜻이 아닌가, 하고 생각할 수 있는데, 아무튼 아버지는 사랑의 훼방꾼인 악역으로 나오고 있어요. 실제 그랬답니다. 바렛 뿐만 아니라 바렛의 여동생도 어떤 경찰관이 굉장히 사랑한다고 쫓아다니니까 아주 냉담하게 쫓아 보냅니다. 그러니까 아버지는 굉장히 부자이면서도, 또 집안의 폭군 같은 독재자라고 할 수 있겠고, 엄마는 극중에서 이미 세상을 떠났습니다.

　마지막 부분에 이르러, 그 아버지 대사 중에는 이런 말이 나옵니다. 사랑은 환상이야, 타락과 후회를 조장해. 나는 내 가정을 사랑으로부터 지켜내겠다. 인간들끼리의 사랑을 인정하지 않겠다. 남녀의 사랑도 무의미하다. 무의미해서 인정하지 않겠다는 겁니다. 오로지 사랑은 하나님에 대한 사랑 밖에 없다는 것. 그러니까 종교적 이유가 아닌가, 하는 생각이 들어요. 너, 그 꼴로 연애하고, 또 결혼하려고 하면, 끝내는 버림받는다, 라고 말하면, 그런대로 인간적인 아버지라고 할 수 있겠는데, 그것도 아닌 것 같아요. 오로지 하느님의 사랑만이 사랑이라고 하니까, 종교적인 교의의 문제가 아닌가, 해요?

　아무튼 로버트 브라우닝과 엘리자베스 바렛은 비밀 결혼식을 올리고 이탈리아로 도피합니다. 사랑의 자유를 찾아가는 그 길이 이 영화의 끝입니다. 도망갔다는 얘기를 듣고 그 아버지는 아주 격노합니다. 많은 가족들이 있고 주변에 하인들도 여럿 모여 있는 자리에서 격노하면서, 그러면 도망간 딸이 그렇게 애지중지한 애완견 개를 사살하겠다고 하니까, 그 여동생이 말하기를, 개도 데리고 갔어요, 하는 대사가 나옵니다. 두 사람이 이탈리아 해변에서 걸어가고 있는데 개가 꼬리를 치면서 졸

랑졸랑 따라가는 모습이 영화의 마지막 장면입니다.

두 사람의 결혼 생활은 15년간 유지됩니다. 영화는 이 생활을 전혀 담지 않았어요. 영화를 연출한 사람은 그 당시에 유명한 감독인 시드니 프랭클린이구요. 주인공 바렛 역의 배우는 1950년대 최고의 배우인 제니퍼 존스이에요. 상영 시간은 105분이었구요. 우리나라에서는 그 당시 1960년대 초반인 거 같은데, '슬픔아, 영원히'라고 하는 제목으로 개봉되었습니다. 이때 영원히, 라고 하는 것은 굿바이의 개념이지요. 반면에, 프랑스의 유명한 소설이며 영화인 '슬픔이여, 안녕'에서 이 안녕은 굿바이가 아닙니다. '봉주흐(bonjour)'라고 하는 프랑스어입니다. 그러니까 내가 작년에 겪었던 슬픈 여름휴가야, 다시 만나 반가워, 하는 뜻입니다.

마지막으로요. 자료를 찾아보니까, 우연찮게도 엘리자베스 바렛의, 아주 간단한 시 한 편이 있네요. 다우(thou), 아-트(art), 다이(thy)에서 보듯이, 고어(옛말)인 영어로 쓰여 있네요.

당신은 남편이요,
나는 당신의 사랑.
호수 속의 백조요,
계곡의 비둘기죠.

Thou art a man
But I am thy love
For the lake, its swan
For the dell, its dove

이 시는 간단하게 된, 참 좋은 시네요. 표현은 간단해도, 뜻은 심원해요. 오랜 절실한 삶이 반영되어 있어서일 겁니다. 자료를 뒤적거리다 우연히 발견한 이 시를 마지막으로 소개하면서 오늘 19세기 영국 시인 로버트 브라우닝과 그의 부인이면서 시인인 엘리자베스 바렛 브라우닝의 그 기막힌 사랑, 그 절절한 사랑, 그 세기의 사랑을 소개해드렸습니다. 남편의 시보다는 장애인으로서 불우했던, 그러면서도 행복을 스스로 찾았던 아내에게 초점을 두었습니다. 이 대목에서도 휴먼드라마의 인간 승리를 엿볼 수가 있네요.

다음 시간에도, 사랑의 시편 및 이야기는 계속 이어집니다. 경청해 주셔서 대단히 감사합니다. 안녕히 계십시오.

프랑스 낭만주의 시대의 질풍노도 같은 사랑

―알프레드 드 뮈세와 조르주 상드

오늘은 프랑스 낭만주의 시대의 시인인 '알프레드 드 뮈세(Alfred de Musset : 1810~1857)'의 시를 놓고 여러분과 함께 생각을 정리할까, 합니다. 그는 19세기 프랑스 낭만주의 4대 시인 중의 한 사람이에요. 나머지 세 사람은 이래요. 일반적으로 소설가로 잘 알려진 빅토르 위고는 젊었을 때 장엄한 격조의 낭만주의 시를 썼지요. 알퐁스 드 라마르틴은 종교적 감정을 고양하는 낭만적인 시를 쓴 시인입니다. 프랑스 시민혁명 이후의 혼란기에 임시정부 내각수반(국무총리) 겸 임시대통령도 지냈지만, 진짜 대통령이 되려고 선거에 나갔다가 패배했어요. 알프레드 드 비니는 심오한 철학이 담긴 낭만주의 시를 썼던 시인으로 유명해요.

여러분, 어떻습니까?

방금 세 사람 다 비슷하지 않습니까? 장엄한 격조, 종교적 감정, 심오한 철학을 추구한 시인이란 관점에서요. 그런데 마지막 네 번째가 알프레드 드 뮈세입니다. 제가 오늘 말씀 드릴 알프레드 드 뮈세는 앞의 세 사람과 달리 세속적인 사랑의 감정과 그 흔적이 많이 담긴 시를 썼습니다. 세속적인 감정의 흔적이 많다는 것은 연애시를 썼다는 애기가 되겠는데, 실제로 그는 여자들과의 연애 문제로 인생을 탕진한 사람이었다

고 볼 수가 있어요.

금발의 긴 머리칼을 휘날리면서 걷는 모습. 그는 잘생긴 외모의 소유자이기도 했습니다. 그의 화려한 여성 편력은 정평이 나 있습니다. 그의 시집,『신시집』이라는 시집이 있는데요. 여기에 여성에게 바친 헌시들이 많이 있는데 그 헌시의 대상자, 즉 상대자가 20명이 넘는다고 합니다. 이 많은 연애의 상대자 중에서 가장 유명한 여성은 소설가 조르주 상드(George Sand : 1804~1876)였습니다. 조금 뒤에 제가 자세히 조르주 상드에 관해서 말하기로 하고, 먼저 알프레드 드 뮈세의 스무 살 때의 생활을 얘기하지요.

이때가 서기 연도 1830년이었습니다. 그는 「뤼시」라고 하는 시 작품을 발표하는데요, 이 뤼시는 여자 이름입니다. 한 여자의 죽음과 관련된

애도시예요. 금발의 소녀 뤼시가 죽고 나서 그 슬픔에 못 이겨서 쓴 애도의 시편이었습니다. 이것은 지금 박이문 씨의 우리말 역본으로 남아 있습니다(박이문 편역, 『프랑스 낭만주의 시선』, 민음사, 1976, 참고). 스무 살 청년이 열다섯 살 소녀의 죽음을 두고 비탄에 빠진 절절한 장행의 비가(elegie)였지요.

오 나의 순결한 꽃이여,
너는 이렇게 시들어 버렸구나.

이로부터 3년 후, 1833년의 상황을 말씀 드릴게요. 초여름이었습니다. 이때 슬픔에 빠졌던 뮈세에게는 인생의 드라마틱한 반전이 생깁니다. 한 여인을 만납니다. 누군가에 의해서 만찬에 초대를 받았는데요, 그 자리에서 조르주 상드라고 하는 이름의 여섯 살 연상의 여인을 만납니다. 두 사람 다 첫눈에 반했지요.

지금 제가 말씀 드리는 것은 뮈세의 널뛰기 사랑에 관해섭니다. 아마 15세 금발의 소녀 뤼시에게는 플라토닉 사랑을 느꼈을 겁니다. 그러나 여섯 살 많은 조르주 상드와는 아마도 육정적인 사랑으로 발전되어 갔으리라고 보입니다. 처음 만난 조르주 상드는 창백한 갈색 얼굴이었구요, 커다란 눈을 가졌습니다. 노년기에는 사진이 발명되어서 노년기의 모습은 사진에 찍혀 있지만, 젊을 때의 모습이나 중년의 모습은 그림으로 남아있는데, 파리의 미술관 여기저기에 가면 조르주 상드의 모습이 눈에 띄는데 미인입니다. 눈이 크고요. 그 주변 사람 중에 아주 유명한 사람들이 지인이었던 경우가 많습니다. 그래서 사진이 없던 시기여도 그녀의 모습을 우리는 알아볼 수가 있는 겁니다.

프랑스인의 입장에서 보면 좀 이국적인 모습이에요. 약간 가무잡잡한 갈색 얼굴을 하고 있구요. 그래서 인디언 같은 모습이란 얘기도 있습니다. 그리고 어릴 때부터 즐겨 남장을 했다고 해요. 무슨 연유가 있었겠지요. 이름도 남자 식 이름입니다. 상드는 본래 자기 성이 아니라, 한때 애인의 이름이었던 쥘 상도에서 따온 말이래요. 우리 발음으로는 '오'를 뺀. 조르주는 이름인데요, 완전히 남성적인 이름입니다. 우리가 듣는 조르주 상드는 매우 여성적이지만, 프랑스 사람이나 영국 사람에게는 남자 이름으로 들립니다. 조르주의 영어식 이름은 조지입니다. 조지 워싱턴이라고 할 때의 조지 말예요. 요컨대 조르주 상드는 우리의 경우에 김철수, 박철수, 안철수 등과 같이 가장 흔한 남자 이름이에요.

아무튼 뮈세와 조르주 상드는 끼가 있는 남녀예요. 끼가 있는 남녀끼리는 서로 알아본다고 해요. 끼가 뭐냐? 한자말로 하면 기질이요. 연애욕구요, 본능의 추구요. 뭐랄까요, 갈애의 상태를 말하는 겁니다. 갈애

한 화가가 그린 조르주 상드의 초상화이다. 1838년의 작품이라고 하면, 그녀의 나이 34세의 모습이다.

란, 사랑에 대한 목마름, 즉 갈구나 갈증의 상태를 말하는 것이지요.

뮈세는 3년이라는 시차를 두고 널뛰기 사랑을 했네요. 5세 연하의 소녀와 플라토닉 사랑을 나누고, 애 둘 딸린 6세 연상의 이혼녀와 육정적인 사랑을 맺고. 뮈세와 조르주 상드는 사랑이 무르익어 마침내 베네치아(베니스)로 여행을 떠나요. 그런데 거기서 둘 다 똑같이 병을 얻었어요. 두 사람 병을 치료해준 사람은 이탈리아의 젊은 의사예요. 이름은 파젤로. 근데 세상의 이치가 모든 게 그렇겠습니다만, 갑자기 달아오른 사랑은 갑자기 식어질 수밖에 없습니다. 파리에서 온 조르주 상드와 베네치아의 젊은 의사 파젤로는 의사와 환자의 관계를 넘어 또 바람이 납니다. 바람이 났으니 뮈세와 상드가 헤어질 수밖에 없겠죠.

뮈세는 혼자 쓸쓸하게 파리로 되돌아옵니다. 뮈세가 파리로 돌아오면서 쓴 소설이 유명한「세기아(世紀兒)의 고백」입니다. 세기아는 19세기를 상징하는, 뭐랄까 청년……그런 뜻이겠지요. 뮈세가 먼저 돌아온 다음에 이어서 조르주 상드도 새로운 애인인 의사 파젤로와 함께 파리로 돌아오지요.

그녀는 사교계의 워낙 유명한 사람이어서, 많은 예술가들, 특히 문인들을 파젤로에게 소개하기도 하였지요. 파젤로가 문인과 예술가의 풍부한 감성에 미치지 못하니까, 점점 또 매력의 빛을 잃어갈 수밖에 없었겠죠. 이번에는 또 그녀는 파젤로와 결별해요.

그와 결별하면서, 다시 뮈세와 재회하게 되지요. 이 다시 만남의 기쁨을 노래한 시가 바로 알프레드 드 뮈세의「조르주 상드에게」이지요. 프랑스에서는, 아주 유명한 시라고 합니다.

그대는 여기에 돌아왔어라.
별빛이 반짝이는 나의 밤으로
푸른 눈, 베일 같은 눈꺼풀 어여쁜

천사여, 사랑이여, 지고의 여인이여.

그대를 잃었었지만, 나는 믿었었지.

그대 정복할 걸, 그대 저주할 것을.

그대여, 이제 달콤한 미소 머금고,

그대는 돌아와 여기 있어라.

눈물 고인 채, 침대 맡으로.

이 시의 텍스트는 본디, 아주 오래 전에 한 불문학자가 번역한 것을 제가 몇 차례 손질했는데요, 아마 텍스트의 원형을 적잖이 상실하게 했을 것으로 짐작됩니다. 그냥 참고 자료로 읽혔으면 해요. 뮈세는 그렇게 재회의 기쁨을 노래했지요. 하지만요, 재회의 기쁨도 오래가지 못했어요. 둘 다 바람기가 있으니까, 언제든지 헤어질 수 있었던 거지요. 이번에는 뮈세가 또 먼저 헤어지자고 해요.

1982년, 미국에서 간행된 『명사(名士)들의 성생활』이란 책이 있었지요. 이 책에 의하면, 조르주 상드는 상당히 히스테리적인 성격을 가졌다고 해요. 뮈세가 헤어지자고 했을 때, 발작적인 기다림, 두통, 자살충동의 호소 등을 불러일으켰다지요. 비탄에 빠지고, 비굴한 편지글을 쓰고, 편지와 함께 자기가 자른 머리카락을 동봉해 배달하게 하고. 별짓을 다하면서 마음을 돌려보려고 했지만, 잘 안 되었나, 보죠.

낭만주의 시인 알프레드 드 뮈세와, 스탕달, 발자크, 플로베르 같은 동시대 작가보다 오히려 더 인기가 있었다는 여류 소설가 조르주 상드의 사랑과 이별. 여러분은 어떻게 생각합니까? 이들의 사랑과 이별을 세세하게 복원한 것이 영화 「세기아(Les Enfants du Siecle : 1999)」입니다. 여성 감독인 디안느 퀴리(혹은, 다이안 커리스)가 연출한 거구요, 뮈세 역에는 브누아 마지멜, 조르주 상드 역에는 줄리엣 비노쉬입니다. 두 사람 다 프랑스를 대표하는 명배우이지요. 이 두 사람은 여자가 열 살이나 많은 나이 차이임에도 불구하고, 이 영화를 촬영한 게 계기와 인연이 되어 결혼에 이르렀어요. 딸 하나가 있다나요.

뮈세와 상드의 사랑을 제재로 한 전기영화 「세기아」(1999)의 포스터이다. 프랑스의 대표적인 명배우인 브누아 마지멜과 쥘리엣 비노쉬가 함께 출연했다. 이것이 인연이 되어 두 사람은 부부가 되었다.

앞에서 인용한 시가 두 사람의 전기적인 삶에 있어서 날것에 해당한다면, 영화는 날것의 삶이 아닌 가공한 삶이라고 해도, 지금의 자료로 보아서 두 사람의 사랑을 잘 알 수 있게 하는 데는 이 영화밖에 없어요. 더욱이 그녀의 유명한 회고록이요, 또 자전적 기록문학이라고 할 수 있는 『내 삶의 역사(Histoire de ma vie)』가 우리말로 옮겨지지 않은 상태에 있어서는.

영화는 뮈세와 상드가 베네치아로 가서 뜻밖에 삼각관계에 휘말리게 되는 경험을 제재로 삼고 있습니다. 뮈세는 여기에서 도박에 빠지거나, 창녀들과 놀아나고. 상드의 실망이 큰 것은 당연한 일. 두 사람 간에 심각한 위기가 찾아왔어요. 게다가 상드는 두 사람을 치료한 젊은 의사와 사랑에 빠지고요.

이 때문에 뮈세는 혼자서 파리로 되돌아갑니다. 심기일전해 새로운 작품인 소설을 씁니다. 그의 대표적인 소설인 「세기아의 고백」인 것이죠. 여기에 나오는 본문 내용을 영화의 오프닝 진술로 삼고 있어요. 누가 번역했는지 모르지만, 우리말 자막을 그대로 옮기면, 이렇습니다. 읽어볼게요.

우리는 폐허가 된 세상에서 태어났다. 전쟁은 죽을 가치가 있을 만큼의 영광이나 이념을 남기지 않고 끝났다. 절망은 우리의 종교였고, 우리의 유일한 열정(이었지만, 우리는 그것)을 경멸했다. 여자들은 신부처럼 하얀 옷을 입었고, 우리 젊은 남자들은 고아처럼 검은 옷을 입고, 허탈한 마음으로 그들을 바라보며 상스러운 말을 담았다. (괄호 속의 글은 인용자가 보충한 것임.)

시에서는 상드가 뮈세에게로 다시 돌아왔지만, 영화에서는 뮈세가 상드에게로 다시 돌아왔습니다. 누구랄 것도 없이, 서로가 서로를 치열하게 받아들입니다. 특히 영화에선 아무 말이 없이 서로 섹스의 환락을 나누면서 화해하지요. 두 사람의 목숨을 구한 의사 파젤로에 대한 고마움의 표시로 잠시 외도했을 뿐인 듯 말이지요. 바람을 좀 피워도 산들바람에 지나지 않은 것이지, 결코 폭풍이 휘몰아친 건 아니라는 듯이 말이죠.

영화는 그녀의 남성 편력의 이미지를 지우는 데 일조해요. 영화 속의 그녀는, 아이들에게 자애로운 좋은 엄마의 이미지, 때로 순종적이지만 주견이 뚜렷한 연인의 이미지를 빚어내고 있어요. 성적 방종보다 순애보에 초점을 둔 영화랍니다. 이 영화는 우리나라에 상영되지 않은 것으로 알고 있는데, 제가 도움을 받은 이 영화의 자료는 감상과 토론을 동시에 겨냥한 시네마테크용 영상물이 아닌가, 해요.

자막은 영어로 번역된 시나리오를 가지고 국역된 것 같아요. 뮈세와 조르주 상드가 누구인지 정확히 모르니까, 뮈세를 '머세트'로, 조르주 상드를 '조지아 샌드'로 옮겨놓았더라고요.

조르주 상드의 노년기 모습. 할머니에게서 물려받은 노앙 성의 모습. 그녀는 여기에서 조용히 여생을 보냈다.

영화 밖의 조르주 상드의 모습을 제대로 바라봅시다. 그녀는 생애를 통해 많은 어록을 남겼는데요, 모든 게 역사로 수렴되고 모든 게 역사다, 인생을 닮은 소설보다 소설을 닮은 인생이 흔하다, 나에게 사랑 없는 섹스는 죽을죄다 등등의 어록이 유명합니다. 성격과 기질이 강한 만큼, 피아노 연주와 그림 그리기도 애호가로선 수준급이라죠. 다재다능했어요.

우스갯소리 같지만, 그녀가 필생토록 80편의 소설과 35편의 희곡을 남긴 다산성 작가로 잘 알려져 있는데요, 마찬가지로 그녀는 80명의 남자친구와 35명의 애인이 바뀌었을지도 모를 정도로 광범위한 사교 여성이었어요. 그는 남자를 마치 쇼핑하듯이 즐겼지요. 그녀가 드나들던 백화점은 파리의 사교계. 그녀가 쇼핑한 최고급 명품 남자는 음악가인 쇼팽. 그 역시 여섯 살 아래의 연하였죠. 후세의 현대인들은 그녀를 뮈세의 연인으로 기억하는 데 인색했고, 반면에 10년 간 길게 사귄 '쇼팽의 연인'으로 기억하는 데는 열광적이었어요. 그녀에 대한 사후의 평판도 극단적이었죠. 작고한 그녀를 가리켜, 빅토르 위고는 '불멸의 인간'이라고 추켜세웠고, 보들레르는 '잡년'이라고 날을 세웠죠.

그녀는 혼외의 사생아로 태어났어도, 먼 조상은 폴란드 왕가의 핏줄로부터 이어져 왔다고 해요. 프랑스 중부인 시골 노앙에 할머니가 가지고 있던 중세풍 작은 성(채)을 물려받았지요. 박경리의 「토지」에 나오는 여주인공 최서희처럼, 근본 있고 지체 높은 아씨, 즉 '마드무아젤(mademoiselle)'이었지요.

후일담이 궁금하지 않으세요?

뮈세는 이 여자 저 여자 가리지 않고 마구 사귀다가 인생을 탕진하지요. 30세가 되면서 온전히 포에지(시심)도 고갈해 버립니다. 무절제한 이성교제로 인해, 육신이 조로해지고, 정신도 황폐화되어갔지요. 서른 고개 넘어서는, 마치 폐인처럼 살아갑니다. 나이가 들어가면서 문학적 재능이 드러나고 깊어지는 경우도 많은데, 그는 청년 시대에만 반짝 빛을 낸 겁니다. 하지만 다행하게도, 시인으로서 프랑스 아카데미 회원이 되었으니, 동시대로부터 인정을 받았죠.

한편 조르주 상드는 헤어지기 싫은 뮈세와 헤어지고 나서, 뮈세와 동갑인 음악가 쇼팽과 오랜 기간에 걸쳐서 연애합니다. 쇼팽과는 헤어짐 없이 사별합니다. 뮈세보다 쇼팽과의 연애가 훨씬 많은 얘깃거리를 남깁니다.

그녀는 노앙 성 안에 개인 극장을 만들어놓고, 스스로 마음을 위로하면서, 성급히 다가오는 늙음을 조용하게 맞이해요. 노년이 되기 전에, 과거에 사귀었던 애인들이 하나둘씩 죽어갑니다. 그랑사뉴, 쇼팽, 마리 도르발, 뮈세 등. 이 중에서도 동성 애인인 연극배우 마리 도르발은 그녀를 가장 성적으로 만족시킨 애인이었다고 전해지고 있어요. 다들 요절에 가까운, 그래서 아까운 나이였죠. 이와 같이 슬프고 덧없는 인생을 경험하면서, 그녀는 시 같은 메모인지, 메모 같은 시인지를 남깁니다.

본디 4행시였을까요? 한번 들어보실래요.

눈멀고 갈 곳 없는 운명이여,
사랑에 취한 어리석은 아픔이여,
꺼림칙한 추억이여, 사라지거라.
지금도 남은 눈길이여, 사라지거라.

—김화영 옮김

조르주 상드는 늘그막에 손자들과 함께 노앙 성에서 평온하고 행복하게 살아갔다고 합니다. 파리에서 먼 노앙 성에 고티에, 플로베르 같은 문인들이 많이도 찾아왔다고 해요. 심지어는 엄청나게 먼 러시아에서 투르게네프도 방문했다네요. 찾아오는 사람마다 접빈객(接賓客)을 잘 해서, 물론 칭송을 받았겠지요. 당시로선 천수를 누렸다고 할 72세의 나이에 이르러, 갑작스레 일주일 앓고 세상을 떠납니다.

오늘은 금발이 물결치는 청년 시인 알프레드 드 뮈세와, 왕비 앙투아네트의 목마저 잘려나간 여성혐오의 혁명 시대에 문학과 사교로 일세를 풍미한 조르주 상드에 관해서, 또 두 사람 사이에 얽힌 사랑과 인연이 녹아있는 시편과 배경 지식, 그 밖의 얘깃거리에 관해서 살펴봤습니다. 한 편의 시 속에서 이런저런 많은 얘깃거리가 담겨 있다는 것에 대해 새삼스럽게 경탄하면서, 오늘 제 이야기를 줄일까, 합니다. 경청해주신 여러분께, 감사의 말씀을 드립니다.

안녕히 계십시오.

사랑을 잃고, 미라보 다리에서, 노래하다

—기욤 아폴리네르와 마리 로랑생

　지금 보이는 미라보 다리에 대해서 먼저 설명하겠습니다. 이 다리는 1893년 공사를 시작해서 3년 후인 1896년에 공사를 끝내고 사람들이 통행을 하게 되었습니다. 미라보 다리 이름은 프랑스 시민 혁명의 지도 자인 '미라보'라는 사람의 이름에서 시작됩니다.

　이 다리는 시인과 인연이 있네요. 1912년, 이탈리아 출신의 프랑스어 시인 기욤 아폴리네르가 여기서 사랑을 잃고 난간에 기대 쓴 시 「미라보 다리」가 역사적으로 아주 유명한 명시가 되었지요. 또한, 1970년에 루마 니아 출신의 독일어 시인 파울 첼란이 여기서 투신하여 자살한 곳으로 도 유명합니다. 오늘은 전자의 경우를 강의의 소재로 삼겠습니다.

　시인 기욤 아폴리네르에 대해서는 자리를 옮겨서 생제르맹 거리의 그의 흉상 앞에서 제가 자세히 말씀드리도록 하겠습니다만, 이 미라보 다 리는 사랑을 잃고 시를 쓴 곳으로 잘 알려진 곳입니다. 잃어버린 사랑의 대상은 여성 화가로 유명한 마리 로랑생입니다. 아폴리네르는 원래 이 탈리아 출신인데요, 19살 때 프랑스 파리에 와서 거주하게 됩니다. 그때 만난 화가가 한 명 있는데요, 유명한 피카소이지요. 피카소와 만나서 우

필자가 서로 다른 방향에서 찍은 미라보 다리의 두 모습이다. 위의 사진은 여름에, 아래의 사진은
겨울에 찍었다. 아래를 보면, 멀리 에펠탑이 보인다.

정을 나누었고, 또 피카소를 통해서 마리 로랑생을 만나 연인으로 발전이 됩니다. 1907년에서 1912년까지 5년간 아폴리네르와 로랑생은 연인 관계로서 서로 사랑합니다.

마리 로랑생은 화사한 색채 감각이 돋보이는 화가로 유명합니다. 또 섬세한 관능으로 묘사된 여성적 이미지의 창출로도 유명해요. 2년 전에 우리나라에서도 로랑생의 전시가 있었습니다.

이에 비해, 아폴리네르는 주업이 시인이고 부업이 미술평론가였습니다. 로랑생 역시 화가이고 부업이 문필가였습니다. 그녀는 시도 쓰고 수필도 썼습니다. 주업과 부업이 서로 뒤바뀌기는 했지만, 두 사람은 미술에 관해서 서로 동업자 관계를 맺고 있었지요. 그러면서 두 사람은 5년간 연인으로 가까운 거리에서 오고가면서 서로 사랑을 나누었습니다. 아마 이 다리가 두 사람의 데이트 코스였을 것이라고 짐작이 됩니다.

두 사람이 사귀다가 헤어집니다. 그 이유가 루브르 박물관 모나리자 도난 사건이라네요. 아폴리네르가 사실은 이 사건과 아무런 관련이 없었습니다만, 연루의 혐의를 받고 언론에 보도되자, 피카소와 절교를 하게 되고 마리 로랑생과는 사랑이 단절되는 지경에 이릅니다. 아폴리네르의 입장에선 헤어져도 어처구니없는 최악의 상황에 빠진 거죠. 그때, 결별의 통보를 받고 이 다리를 지나오면서 쓴 시가 그의 유명한 「미라보 다리(Le Pont Mirabeau)」입니다. 시의 전문은 다음과 같습니다.

미라보 다리 아래 센 강이 흐르고,
우리의 사랑도 이와 같이 흐르네.
내 마음 속 깊이 되새겨야 하는가,
슬픔에 이어서 기쁨이 오는 것을.

밤이여 오라, 종소리 울려라.

세월이 가고, 내가 남아 있네.

손에 손을 맞잡고 얼굴을 마주보자.
우리들이 엮은 팔의 다리 아래
끝없이 주는 눈길에 지친 물결이
흘러가거나 지나가거나 할 때

밤이여 오라, 종소리 울려라.
세월이 가면, 나만이 남아라.

사랑이 흘러가네, 흐르는 강물처럼
우리의 사랑도 이처럼 흘러가네.
우리의 삶도 이처럼 느릿하고,
희망은 또한 얼마나 격렬한가.

밤이여 오라, 종소리 울려라.
세월은 가고, 내가 머무네.

나날이 지나면 한 주일도 지나가네.
지나간 세월도 강물처럼 흐르네.
우리의 사랑은 다시 오지 않는데
미라보 다리 아래 센 강이 흐르네.

밤이여 오라, 종소리 울려라.
세월이 가면, 나 혼자 남네.

이 그림은 마리 로랑생이 1908년에 그린 「아폴리네르와 그의 친구들」이다. 두 쌍의 커플이 함께 자리한 초상화다. 중앙에 위치한 사람이 아폴리네르이며, 왼쪽에는 피카소의 모습이, 오른쪽에 피카소의 연인인 페르낭드 올리비에가 있다. 뒤에 서 있는 여인이 이 그림을 그린 마리 로랑생. 이 그림은 미국 볼티모어미술관에 소장되어 있다.

모두 8연으로 구성되어 있지만, 큰 의미 단락을 나누면, 네 마디로 구성되어 있다고 볼 수 있겠네요. 한 마디씩마다, 본문과 후렴으로 이루어져 있지 않아요? 후렴은 프랑스 원어로 들으면, 매우 반복적인 운율감이 있습니다. 똑 같은 후렴이 반복되어 있지만, 제가 여기에 역본으로 제시한 것은 약간 윤문의 과정을 거쳐 변화를 주었단 사실을 먼저 말씀 드립니다. 변화를 보인 후렴 부분은 이렇습니다.

세월이 가고 내가 남아 있네.

세월이 가면 나만이 남아라.

세월은 가고 내가 머무네.

세월이 가면 나 혼자 남네.

본문은 '미라보 다리 아래 센 강이 흐르고'라는 어절로 시작하고, 또 끝을 맺고 있습니다. 프랑스어로는 '수르퐁 미라보 꾸레라 센느(Sous le pont Mirabeau coule la Seine)'로 시심의 실마리를 찾고, 마지막에 이르러 끝맺음을 장식하고 있습니다. 그러면 내용을 하나하나 살펴보지요.

프랑스에서는 시인을 '견자(見者 : Le Voyant)'로 보는 전통이 뚜렷합니다. 글자 그대로의 풀이는 '보는 사람'이지요. 시인 보들레르는 시인을 가리켜, 형체를 보면서도 동시에 그 안에 숨겨진 소리를 듣는 사람이며, 풍겨오는 향기 속에서 형체를 보는 사람이며, 힘들지 않게 꽃들과 말없는 사물들의 언어를 깨닫는 사람이라고 했다지요. 잘 보이는 것을 잘 보아서가 아니라, 잘 보이지 않는 것을 잘 보는 사람을 두고 이를테면 견자라고 합니다. 사실은 지혜로운 사람, 사물의 이면을 꿰뚫어 보는 사람이라고 생각하면 되겠습니다. 이 견자를 두고 우리말로 '시인-구도자'라고 하면, 그런대로 무난해 보입니다.

시인 아폴리네르는 이 시에서 인간과 사물의 동태를, 또 인생과 자연의 동정을 살피고 있습니다. 인간과 사물, 인생과 자연을 통해서 사랑과 헤어짐을 노래하고 있네요. 가버린 사랑과 흐르는 강물의 유추관계에 대한 하나의 통찰력을 얻고 있다고나 할까요?

두 번째 의미 단락은 가버린 사랑에 대한 회상과 추억을 서술하고 있지요.

아폴리네르와 로랑생이 데이트 장소로 활용한 이 미라보 다리. 파리에서는 센 강의 흐름을 기준으로 하여 왼쪽을 좌안이라고 하고 오른쪽을 우안이라고 합니다. 지리적으로 본다면 좌안은 우리 서울의 강남이 되겠고 우안은 강북이 되겠습니다. 로랑생은 강북에 살고 있었습니다. 미라보 다리 끝 근처에 살고 있었습니다. 사회경제적 주류를 형성한 사람들이 예나 지금이나 파리에서는 강북에 살지요. 서울의 경우와는 서로 반대입니다.

아폴리네르는 가난한 예술가였습니다. 가난한 예술가나 진보적인 지식인들은 강남에 살았습니다. 미라보 다리 남쪽 끝에 이사를 와서 두 사람은 다리를 사이에 두고 지근의 공간에서 서로 다리를 오가면서 만나곤 했습니다. 손잡고 두 사람이 다리를 오갔기 때문에, 두 사람의 팔이 다리가 되었음을 추억하고 있습니다. 그러면서 시인은 강의 흐름에 대한 동정을 살피고 있어요. 우리가 상대방의 동정을 살핀다……이런 말을 자주 쓰지 않아요? 동(動)은 움직임을 가리키고요, 정(靜)은 멎음을 뜻합니다. 강물의 흐름이니, 사랑의 변화니 하는 것은 움직임이요, 사랑이 변해도 사람은 그대로라는 관념은 멎음이 되겠습니다.

저는 앞서 시인을 두고 견자라고 했는데, 사물의 안 보이는 부분을 꿰뚫어보는 지혜로운 자라고 했지요. 이 시에서 아폴리네르는 무엇을 꿰뚫어보았을까요? 모든 게 변화하고 소멸되는데 한낱 남녀의 사랑이야말로 영원할리 있겠느냐, 하는 그러한 생각에 미치게 된 건 아닐까요?

세 번째 의미 단락을 살펴볼까요?

우리의 삶은 이처럼 느릿하다. 느릿한 삶의 긴 인생에 비하면 사랑은 너무 짧고 순간적이라는 걸 말하고 있네요. 희망은 여기서 무엇을 말할까요? 사랑이 아닐까요? 또 사랑하기 전에 사랑하게 되리라는 예감과 같은 게 아닐까요? 사랑은 순간적으로 타오르는 불꽃과 같습니다. 강물에 비유하자면, 잔잔히 흐르는 강물이 아니라 사랑은 소용돌이치는 난폭한 물결이라고 생각됩니다. 그래서 희망은 또한 얼마나 격렬한가, 하고 시인은 표현하고 있는 것 같아요.

그럼 마지막 의미 단락을 마저 보겠습니다.

나날이 지나면 한 주일도 지나가네. 지나간 세월도 강물처럼 흐르네. 우리의 사랑은 다시 오지 않는데, 미라보 다리 아래 센 강이 흐르네. 어때요? 우리의 사랑은 다시 오지 않는다. 미련은 남지만, 시인은 마음을 정리하고 있네요. 사실 두 사람은 더 이상 만나지 않습니다. 마리 로랑생은 그 뒤에 독일 귀족과 만나서 결혼을 하고 짧은 결혼 생활을 마치고, 또 이혼을 하게 됩니다. 아폴리네르는 프랑스 최초의 여성 비행사를 새 연인으로 만나게 됩니다. 두 사람이 헤어지고 나서 또 다른 이성을 만나게 된 셈이죠.

그런데 아폴리네르는 38세 때 죽고, 그가 죽은 이후에 38년간 마리 로랑생은 더 살았습니다. 아폴리네르는 비교적 이른 나이에 죽었고, 로랑생은 비교적 오래 살았습니다. 그러나 죽을 때까지 그를 늘 잊지 못했어요. 오해로 빚어진 이별이 늘 가슴 아팠겠지요. 평소에 그녀가 원한 바대로 흰옷을 입고 장미꽃과 아폴리네르가 보낸 편지를 가슴에 얹고 죽었다고 하네요.

그러면 자리를 옮겨 생제르맹 거리에 있는 아폴리네르의 흉상을 보고 제가 따로 말씀을 드리겠습니다.

생제르맹 거리의 한 공원에 시인 아폴리네르의 흉상이 있다. 그의 머리 위에 비둘기 한 마리가 평화롭게 앉아 있었다. 이 흉상의 지근거리에 있는 '카페 레 되 마고'는 파리의 명소다. 그는 이곳에 딸린 작은 방에서 숙식하며 원고를 썼다. 필자는 왼쪽 사진을 여름에, 오른쪽 사진을 겨울에 찍었다.

여기는 기욤 아폴리네르의 흉상이 있는 생제르맹 거리입니다. 제가 여기에 작년 한여름에도 왔었는데, 지금은 좀 황량한 한겨울의 풍경을 보여주네요. 그는 이 주변에서 산 바가 있습니다. 여기 보이는 조각상은 파리 도심의 정원에 있습니다. 올해가 2020년인데요, 그의 탄생 140주년이 되는 기념적인 해입니다.

아폴리네르는 1880년 이탈리아, 로마에서 태어났습니다. 그가 1899년 19살의 나이에 파리로 와서 정착을 하게 되는데요. 유학온 게 아니라, 생활을 위해서 온 것 같습니다. 그는 여기에서 정착하면서, 가정교사, 하급은행원, 그리고 출판보조원, 생계형 문필가로 살아갔는데요, 요 앞에 보이는 카페가 있어요, '카페 레 되 마고'라고 하는 상호의, 백년 넘은 카페로 문화예술인으로서 저명한 사람들이 단골집으로 사용한 곳이기도 해요. 그는 이 카페에 딸린 작은 방에 거주하면서 집필하기도 했습니다.

19세기 말부터 파리는 세계 문화예술의 수도로 여겨진 곳이기도 합니다. 여기가 예술의 중심지라는 상징적인 장소성 때문에 많은 이방인들이 파리에 모여서 예술 활동을 했습니다. 화가로는 고흐, 피카소, 달리, 우리나라의 이응로 이런 분들이 파리에서 미술 활동을 했고요, 문인으로서는 아폴리네르, 헤밍웨이, 파울 첼란 등등의 문인들이 이 파리에서 이방인으로 살아갔습니다. 파리에서의 이방인을 두고, 프랑스 말로 이른바 '에트랑제(etranger)'라고 하지요. 이 에트랑제란 낱말은 이방인이니, 부랑자니 하는 등의 뜻으로 쓰이지만, 요즘 식으로는 경계인이 가장 정확한 뜻이 되겠습니다.

아폴리네르 역시 19세 때 이 파리에 와서 시 창작과 미술비평에 관한 글쓰기를 주로 행하면서 아티스트로서 족적을 남겼는데요, 그가 남긴 족적 중에서 두드러진 것은 20세기 초 그 당시 전위예술이라고 할 수 있는 모더니즘의 선구자로 활동했다는 사실. 입체파 화가에 대한 글도 쓰고요. 그가 죽은 1918년의 한 해 전인 1917년에 처음으로 '초현실주의'란 용어를 사용합니다. 그가 초현실주의라는 용어를 사용했다고 해서, 최초의 초현실주의자인 것은 아니에요. 그의 사후, 1920년대 초현실주의자들에게 시사점을 남겼다고 할까요? 일종의 전조 현상이라고 할까요? 아니면 우리가 사극에서 흔히 보는 '기미상궁'이란 말 있지 않아요? 초현실주의라고 하는 것을 먼저 맛보았다가 일찍 세상을 떠난 모더니즘 예술의 기미상궁. 이 사람이 바로 아폴리네르라고 하겠습니다.

초현실주의 예술 기법에는 여러 가지가 있습니다만, 가장 대표적인 것이 자동기술법과 소위 '데페이즈망(depaysement)'이라고 하겠습니다. 데페이즈망은 절연, 격리, 추방을 뜻하는 그런 말입니다. 심할 정도의 '낯설게 하기' 정도라고 생각하면 되겠습니다. 언어의 낯설게 하기. 그의 시를 두고 초현실주의 시라고 단언하거나 성급하게 예단할 순 없지만, 이런 게 있습니다. 그의 시 제목 중의 하나가 '도시와 심장'이란 게 있거든요. '도시와 심장' 얼핏 보기엔 아무런 관계도 없는 낯선 언어라고 할 수 있겠지요. 도시와 심장이라고 하는 전혀 무관한 관계 맺음을 이룬 언어라고 하겠는데요, 이처럼 절연되거나 격리된 관계성의 언어를 두고 우리는 데페이즈망이라고 하겠습니다.

그러면, 시적인 표현에 있어서의 데페이즈망의 사례를 다음과 같이 일목요연하게 정리해 볼까요?

르트레아몽 : 재봉틀과 박쥐우산
아폴리네르 : 도시와 심장
앙드레 브레통 : 백발(白髮)의 권총
김기림 : 바다와 나비
박인환 : 목마와 숙녀

이처럼 전혀 관계가 없는 관계성의 언어를 표출하는 기법이 바로 데페이즈망이라고 할 수 있겠습니다. 우리나라의 시인 중에 김기림의 '바다와 나비'니, 박인환의 '목마와 숙녀' 역시 사물의 속성상 전혀 관계가 없는 소위 관계를 초월한 관계성의 언어입니다. 이로 미루어보아 김기림과 박인환이 초현실주의와 관련이 있느냐 하는 쟁점은 그 다음의 문제입니다.

앞에서 제가 말했습니다만, 1912년 루브르 박물관에 소장된 모나리자 도난 사건이 발생하면서 아폴리네르의 생은 완전히 뒤바뀌고 맙니다. 친구였던 피카소와 절연하고, 연인이었던 마리 로랑생과는 연인 관계를 단절합니다. 그가 전혀 모나리자 도난 사건과 관계가 없음에도 불구하고, 불명예스러운 그의 혐의점이 언론에 보도되자, 그는 제1차 세계대전 때 이 불명예를 만회하고자 이방인(외국인)으로서 아주 희귀하게, 프랑스군에 입대하여 참전하게 되었던 거죠. 사실은요, 그는 소위 '레지옹 에트랑제'라고 이르는 '용병(傭兵)'에 다름없었지요. 전쟁 중에, 그는 머리에 총상을 입고 고생을 하다가 1918년에 전염성이 강한 스페인 독감에 걸려서 죽고 맙니다. 비교적 젊은 나이였죠. 전쟁 속에서 천신만고 끝에 살아남았던 그가 전염병에 의해 허망하게 죽었네요. 그가 죽은 3일 이후에 제1차 세계대전이 종전됩니다. 아폴리네르 장례 행렬과 제1차 대전 종전 축하 행렬이 거리에서 서로 만났다고 하네요. 한 시대의 아이러니적 풍경, 일종의 블랙코미디라고 할까요? 전염병으로 인한, 참으로 허망한 죽음이 아닐 수 없습니다.

한때 아폴리네르의 연인이었던 마리 로랑생은 화사한 색채 감각의 여인상을 잘 그렸는데요, 샤넬의 초상화가 아주 유명해요. 마치 일본의 화가 다케이사 유메지나 우리나라의 천경자처럼 화풍이 좀 비슷하다고 하겠습니다. 마리 로랑생, 다케이사 유메지, 천경자 서로 영향을 주고받은 관계는 아닙니다만, 유사한 화풍을 가졌던 화가라고 할 수 있겠습니다. 세 사람 다 자기 나라의 국민화가였지요. 또 모두 문필가로서도 유명했구요.

어쨌든, 마리 로랑생의 색채 감각은 또 여인상의 이미지 창출은 19세기 일본의 전통 목판화인 우키요에(浮世畵)의 간접적인 영향을 받았다는 게 확실해 보입니다. 인상주의 화가들처럼요. 프랑스 정부는 1937년에 아티스트에게 주는 최고의 훈장을 그녀에게 주었습니다. 그녀는 당대 최고의 국민화가였음에도 불구하고, '나에게 그림 그리는 재능이 좀 더 있었더라면⋯⋯' 하는 어록을 남겼다고 해요. 참으로 겸허한 여인이로군요.

마리 로랑생의 전형적인 파스텔 풍 그림 두 가지. 화려한 색감의 여성적인 분위기가 몽환적이다. 그는 나이가 같은 코코 샤넬과 친교를 맺었는데, 오른쪽 그림의 제목이 '마드무아젤 샤넬의 초상' (1923) 이다. 샤넬의 표정이 20세기를 선도한 패션 디자이너답지 않게 신비감이 없으며, 권태롭고 피곤해 보인다. 이 때문인지 샤넬은 이 초상화의 인수를 거절했다. 필자는 파리에 있는 오랑주리미술관에서, 이 두 그림을 카메라에 담았다.

이상으로 저는 이 생제르맹 거리의 도심 공원에서 아폴리네르의 흉상을 바라보면서 아폴리네르의 생애를 말씀 드렸습니다. 올해가 그의 탄생 140주년이기 때문에 의미 있는 해라고 말할 수 있겠네요. 그의 이별시의 명편인 「미라보 다리」와 짝이 되는 것은 원제목이 '진정제(Les Calmant)'인 마리 로랑생의 시편 「잊힌 여자」(잊혀진 여자는 이중 피동의 잘못된 표기법임.)를 인용하면서 제 말을 마칠까, 합니다. 과문한 탓에 잘은 모르겠습니다만, 시인 아폴리네르와 헤어진 후에 쓴 시라네요. 이 시를 쓴 시점이 저도 궁금해요. 이 시는 수사법 중에서도 연쇄법으로 된 대표적인 예문과도 같습니다.

그럼, 지금까지 들어주셔서, 감사합니다.

한결 더 불쌍한 여자는
싫증난…보다 슬픈 여자.

한결 더 불쌍한 여자는
슬픈…보다 불행한 여자.

한결 더 불쌍한 여자는
불행한…보다 버려진 여자.

한결 더 불쌍한 여자는
버려진…보다 떠도는 여자.

한결 더 불쌍한 여자는
떠도는…보다 쫓겨난 여자.

한결 더 불쌍한 여자는
쫓겨난…보다 죽은 여자.

한결 더 불쌍한 여자는
죽은…보다 잊힌 여자.

연애 감정은 밀고 당기는 미묘한 게임 같다

— 예이츠와 모드 곤

아일랜드의 위대한 민족시인이었던 윌리엄 버틀러 예이츠는 소설가 제임스 조이스와 함께 20세기 아일랜드 문학을 가장 대표하는 문인입니다. 조이스가 무명의 소설가였을 때, 그는 이미 시인으로서 대가의 반열에 올라 있었지요. 그는 아일랜드 근대사의 격동기에 살았습니다. 그의 삶과 문학 조각조각이 아일랜드의 사회 및 역사와 그물망을 형성하고 있다는 점에서 아일랜드를 가장 대표하는 문인이라고 할 수 있었던 것입니다.

예이츠는 열대여섯 살의 나이부터 습작시를 쓰기 시작했구요, 스물한 살의 비교적 이른 나이에 희곡 작품을 공식적으로 발표했다나요. 미술학교를 다니다가 시를 쓰기 위해 자퇴했지요. 그는 스물네 살의 나이에 운명의 여인인 한 살 아래의 모드 곤을 처음 만납니다. 약간의 문명을 얻고 있었던 문학청년 예이츠와, 아일랜드 독립 운동에 전념하고 있었던 애젊은 여(女)전사 모드 곤의 만남은 이렇게 이루어집니다.

예이츠의 미발표 자서전에 의하면, 스토리는 이렇게 시작합니다. 1889년, 예이츠가 스물네 살 때의 일입니다. 어느 봄날에 자기 집 문 앞에 마차 한 대가 멎었답니다. 키가 큰 한 처녀가 변호사인 예이츠 아버지에게 누군가가 써준 문서를 가지고 옵니다. 그녀는 그의 아버지에게 전쟁, 즉 독립무장 투쟁을 찬양하는 말을 해 아버지를 화나게 합니다. 예이츠 자신이 그녀의 말에 편을 들어줌으로써, 그의 아버지는 더 화를 냅니다.

이때 처음 본 모드 곤의 인상은 이렇대요. 빛을 받은 사과나무 꽃의

예이츠의 외가 마을인 슬라이고 중심가에 놓인 예이츠 상 조형물. 고풍스러운 건물을 배경으로 하고 있다.

사진 속의 예이츠와 모드 곤. 두 사람의 모습은 젊은 시절의 모습이다. 이성 관계에 있어서 취향이 각자 달랐다. 예이츠가 일편단심 형이라면, 모드 곤은 자유분방 형이라고 할 수 있다.

윤기처럼 얼굴빛이 빛나는 봄의 인격신 같다. 이때 인격신이란, 아름다운 여인의 모습으로 나타난 여신을 말하겠지요. 비슷한 표현이 있다면, 봄의 화신입니다. 하지만, 인격신의 신 자는 신령 신(神) 자이며, 화신의 신(身) 자는 몸 신 자입니다. 뜻이 비슷해도, 한자 표기는 서로 다릅니다.

예이츠가 섬약한 외모와 외양을 가졌다면, 모드 곤은 아주 큰 키에, 남성적인 골격을 지닌 여장부형 미인이었다고 합니다.

그는 만나자마자 그녀에게 사랑을 느꼈지만 그녀는 그를 친구 이상으로 생각해본 적이 없었다나요. 이 무렵에 그녀는 기자 및 변호사 출신의 정치가인 루시앙 밀레보이와 열애에 빠져 있었다고 해요. 15세 연상의 밀레보이는 아들까지 둔 유부남이었다지요. 이 두 사람은 수년 간 섹스

파트너로 관계를 지속하고 있었고, 그들 사이에 혼외의 자녀 둘을 낳기도 했다고 하는군요. 모드 곤은 예이츠와 첫 만남이 있기 직전에 게일어 학자 더글러스 하이드—훗날 아일랜드 공화국의 초대 대통령이 된—와 만나 아일랜드 토착 언어인 게일어를 배우면서 약간의 미묘한 남녀관계에 빠진 것으로 추정되기도 한답니다. 요컨대 모드 곤은 자유로운 남성 편력의 취향을 가진 여인이라고 생각되네요. 이에 비하면, 예이츠는 한 여자에게 애면글면 모든 걸 집착하는 스타일이라고나 할까요.

모드 곤은 예이츠라는 인간을 좋아했지만 남자로는 별로 생각하지 않았을지 모릅니다. 이러한 생각은 이후 30년 동안에 걸쳐서도 변하지 않았구요. 예이츠는 그녀를 만나면서부터 고통스럽게 짝사랑을 즐겼던 걸까요? 짝사랑이 좀 가혹한 표현이라면, 적어도 이런 정도라고나 할까요.

내 인생은 그때 환난이 시작되었다.

예이츠는 젊어서부터 신비주의에 빠져 있었습니다. 물론 접신술에도 관심이 많았어요. 신비주의는 서양 문화를 관류하는 두 가지 큰 물줄기인 헤브라이즘과 헬레니즘 외에 제3의 흐름으로 지속되어온 것이지요. 그는 사랑 역시 비현실적이요, 신비한 것으로 보았답니다. 실체가 없는 몽상과 같은 것이지요. 예이츠 이전의 낭만주의 시인들의 사랑관이 대체로 이러했지요. 예이츠는 모드 곤을 열렬히 사랑했고, 그녀의 사랑을 구하기 위해, 그녀와 함께 결혼하기 위한 얄팍한 전략으로서 아일랜드 독립을 목표로 한 정치 활동을 하게 됩니다.

그의 두 번째 시집인 『장미』(1893)에서, 장미의 아름다움을 찬미합니다. 시편 「장미」에선 이렇게 노래합니다. 붉은 장미, 자랑스러운 장미, 내 생애의 슬픈 장미여! 그에게 있어서의 장미는 모드 곤에의 사랑과 아일랜드의 민족혼을 상징합니다. 이 얘기는 예이츠 자신도 시집의 편집자에게 얘기한 바 있구요. 정신분석학적으로 보면, 리비도의 역류랄까요? 개인의 리비도가 더 진행되지 않고 무의식의 내재적인 가치를 향해

퇴행하다가, 집단 무의식에 잠재된 종족의 가치와 지혜를 탐색하게 된 게지요.

어쨌든 예이츠는 모드 곤을 만나고 적어도 5년 정도는 이룰 수 없는 사랑에 빠져 그녀를 향해 시를 끈덕지게 씁니다. 예이츠의 눈에 콩깍지가 씌었지요. 그는 시에서 이렇게 말하기도 해요.

Who dreamed that beauty passes like dream?

네, 사랑에 빠지면, 그래요. 아름다움이 꿈처럼 사라진다고, 누가 꿈을 꾸었나? 한번 각인된 것은 쉬 변치 않죠? 우리는 지금 매체를 통해 이미지의 각인 효과로 조작된 것에 길 들여져 있지 않나요? 예이츠는 한 동안 모든 곤의 포로로 마음속에 사로잡혀 있었던 게지요.

시간이 흐를수록 예이츠는 자신을 돌아보게 됩니다. 보통 사람 같으면, 이만 하면 됐다고 하면서 사랑을 포기하고, 새로운 사랑을 찾으려고 할 것입니다. 하지만 예이츠는 쉽사리 집념을 포기하지 않습니다. 모드 곤의 마음을 얻기 위해 자신이 마음에도 없는 정치 활동을 하는 게 자아가 분열된다는 느낌에 사로잡히곤 합니다. 이런 자기 성찰 속에서 그의 생애의 대표적인 시집을 간행하기 이릅니다. 그의 제3시집인 『갈대밭에 부는 바람』(1899)입니다. 이 시집에는 예이츠 자신의 혼란한 감정, 실의 혹은 실연감이 잘 담겨져 있다는 게 대체적인 세평입니다. 시의 제목이 문장으로 된 것이 적지 않네요. 예를 들어 볼까요. 애인은 마음속의 장미를 말한다, 그는 애인에게 노래를 바친다, 그는 하늘나라의 옷감을 원한다. 그는 사초의 울부짖음을 듣는다, 나는 애인이 죽기를 바란다…. 이 모든 게 모드 곤을 특정해 쓴 시들이에요.

근데, 나는 애인이 죽기를 바란다뇨? 이 제목에서의 '애인의 죽음'이란, 다름 아니라 인간화를 부여한 결과입니다. 신비적이고 초자연인 존재와 같은 모드 곤이 자기의 마음속에 인간의 모습으로 드러나기를 바란다는 뜻일 겁니다.

이 시집에 실린 시들 중에서 가장 유명한 시편은 세계적인 명시 중의 명시인 「그는 하늘나라의 옷감을 원한다(He wishes for the cloths of heaven)」 예요. 이 시를 처음으로 번역한 이는 우리 근대 초창기 문단의 번역가이 면서 시인이었던 안서 김억. 백년 남짓한 전의 일이네요. 번역된 시의 제 목은 「꿈」(1918)입니다. 현대어로 조금 고쳐 읽으면 이렇습니다.

내가 만일 광명의
황금 배금으로 짜낸
하늘의 수놓은 옷,
낮과 밤과, 또는 저녁의
푸름, 어스렷함, 그리고 어두움의
물들인 옷을 가졌을지면,
그대의 발아래 펴 놓으련만,
아아 가난하여라, 내 소유란 꿈밖에 없어라.
그대의 발아래 내 꿈을 펴노니,
나의 생각 가득한 꿈 위를
그대여, 가만히 밟고 지내라.

본디 8행시인 것을 11행의 시 형식으로 바꾸었군요. 마지막 행의 원문 인 'Tread softly'를 '가만히 밟고 지내라.'로 옮긴 것이 옥의 티처럼 생 각되네요. 문맥상으로 볼 때, 사뿐히 밟고 내게로 오라는 뜻이거든요. 어 느 영문학자는 그랬대요. 번역된 스승의 역본을 통해 김소월의 「진달래 꽃」이 영향을 받은 거라고요. 이식문화론에 대한 강박관념이라고 생각 할 수밖에 없네요.

두 시인의 시편인 「그는 하늘나라의 옷감을 원한다」와 「진달래꽃」에 공통점이 있다면, '밟다'는 것밖에 없어요. 그것도 하늘의 옷감을 밟는 것과 땅에 뿌려진 꽃을 밟는다는 차이가 있구요, 가만히 밟는다는 것과 즈려밟는다는 것에도 현격한 차이가 드러나 있네요.

저는 스무 살 때 김종길 역본의 이 시를 읽고 감동했습니다. 이 시가 주는 가슴 설렘은 이루 말할 수가 없었지요. 어쨌든, 저는 이 시에 관해 제목부터 바꾸어 봅니다. 즉, 「그는 하늘나라의 옷감을 원한다」를 「바라건대 하늘의 옷감이 내게 있다면」으로 바꾸어봅니다. 시적인 어감을 고려했고요, 제가 옮긴 역본(버전) 역시 이 점을 배려했습니다.

> 금빛 은빛이 날과 씨로 잘 짜여
> 수놓인 하늘의 옷감이 내게 있다면,
> 밤의 어두움이며 낮의 푸름이며, 또
> 해질녘 박명(薄明)이 잘 어울려 뒤섞인
> 그 하늘의 옷감이 내게 정녕 있다면,
> 그대의 발아래 펼쳐나 드릴 것을.
> 하지만 내사 가난하여 꿈밖에 없어라.
> 그대의 발아래 그 꿈을 펼쳐 드리니
> 사뿟이 밟고 오세요, 꿈속의 그대여.
>
> ─「바라건대 하늘의 옷감이 내게 있다면」 전문

인용한 시편인 「바라건대 하늘의 옷감이 내게 있다면」은 연애시로서 주옥의 명편입니다. 아무리 번역을 잘 해도 영어로 읽어야 제 맛을 감지할 수 있습니다. 가난한 청년인 시인 예이츠가 남긴 젊음의 감성이 잘 엿보이네요. 여러분 같으면, 하늘의 옷감이 내게 있다면, 어쩍할 거예요?

이 시의 첫 행에 등장하고 있는 금빛과 은빛은 햇빛과 달빛을 비유한 것. 어디 그뿐이겠어요? 하루의 낮과 해질녘의 저녁과 어두운 밤의 빛깔

예이츠의 외가마을인 슬라이고는 시골 읍내의 규모이다. 중심가를 가로지르면서 냇물이 흐르는 사진 속의 장소는 주택가와 관공서들이 있는 곳이다.

까지 동원되어 사랑의 다채성을 보여줍니다. 다채로운 빛으로 짜내고 수놓인 천국의 옷감을 애인의 발아래 깔아드려 마치 시종들이 여왕을 모시듯이 모시겠다는 그 정성의 마음이란! 사랑에 빠진, 세상의 모든 청년의 마음일 것입니다.

  과거에 예이츠 전문가인 한 영문학자가 있었어요. 이 분은 이 시를 두고, 소박하고 겸허한 시인의 자세가 화려한 이미지와 대조되어 '궁중풍의 사랑'을 노래하던 중세의 연애시를 연상하게 한다고 했어요. 적절한 지적입니다. 이 시는 사랑이 이루어지지 못함에 대한 혼돈의 감정을 노래한 것이 아닐까요? 애인은 극도로 이상화된 존재요, 이에 비해 나는 한없이 보잘것없는 미미한 존재랍니다.

사랑은 '밀고 당김'입니다. 함께 밀거나 당겨야 하는데, 한 사람은 밀고, 한 사람은 당기면, 쉽게 호응되지 않지요. 이게 사랑입니다. 세상 이치가 다 그렇지요. 내가 상대방을 신비화하면 할수록, 상대방은 내게서 신비감이 엷어지게 마련입니다.

이 시에 절절히 드러난 연모의 대상이 모드 곤이라고 생각하니, 그의 인생에 그녀가 얼마나 중요한 인물로 자리를 차지하고 있는가를 잘 알 수 있네요. 예이츠는 모드 곤에게 10년간 청혼하고, 모드 곤은 청혼을 거절합니다. 모드 곤은 예이츠에게 이성적인 호감이 없었던 게 아니지요. 다만 예이츠는 밀접한 생활 속의 사랑을 원했고, 모드 곤은 거리두기의 사랑을 원했던 겁니다.

그녀는 민족주의 선동가였지만 결코 역사적인 인물로 남을 만한 사람이 아니었지요. 다만 그녀가 그에게 단 한 번도 사랑을 수락하지 않고서도 예이츠의 시 세계를 통해 불멸의 명성을 얻을 수 있었던 건 아이러니가 아닐 수 없습니다. 세상의 모든 사랑은 척박한 땅 위에 피어나는 모순과 아이러니의 꽃이 아닐까요? 예이츠가 사초의 울부짖음을 듣듯이 말이죠. 사초(莎草)가 무얼까요? 개울가나 바닷가 모래땅에 피는 풀입니다. 물론 꽃도 피우지요. 척박한 땅에 자라는 생명력이 강한 풀입니다.

예이츠는 1903년 40회 장기 강연을 위해 미국으로 떠납니다. 이때 본국으로부터 편지 한 통을 받습니다. 모드 곤이 보낸 천만 뜻밖의 사연이었죠.

예이츠 씨. 나, 결혼했어요.

그에겐 마른하늘에 날벼락 같은 소식. 이때의 충격은 상상을 초월합니다. 13년간의 구혼이 무산되는 순간이었어요. 그는 훗날에 이 순간을 두고, 잠시 귀가 들리지 않고, 눈도 보이지 않았다고 회상했지요. 그녀는 예이츠가 아닌, 결과적으로 육군 소령 출신의 독립투사인 존 맥브라이

위의 시진은 호반의 섬인 이니스프리. 예이츠의 시로 인해 세계적으로 유명해졌다. 그가 영국에 있을 때 유년 시절을 보낸 외가마을의 이 섬을 그리워했다. 본디 이름 없는 무인도였지만, 그가 이 이름을 붙였다. 아래의 산은 바닷가 쪽의 벤 불벤 산이다. 이 산 기슭의 한 교회에, 그가 묻혀 영면하고 있다.

드의 아람치(우리말로 '내 차지'나 '제 차지'를 뜻함)였지요. 예이츠도 스스로 달랬을 겁니다. 애국적인 동기의 결혼을 누가 말리랴? 하지만 모드 곤의 결혼도 순탄치 않았죠. 두 사람은 아들을 낳은 후에 별거 생활에 들어갑니다. 별거 중인 남편이 1916년 부활절 봉기의 주모자로 처형됩니다. 이때 예이츠는 불멸의 명시 「1916년 부활절」을 씁니다. 이 시의 본문에 있는 네 명의 추모자 명단에, 모드 곤의 남편을 가리키는 성 '맥브라이드'가 적혀져 있습니다.

예이츠는 또 다시 모드 곤에게 청혼을 합니다. 그녀가 있는 파리에 갔지요. 초혼남과 재혼녀. 서로가 조건이 맞지 않았지만, 이건 문제가 되지 않았지요. 정치에서 손을 뗄 것을 요구한 예이츠와, 그가 점점 대중과 멀어지면서 아일랜드 독립을 가볍게 여기는 것을 마뜩치 않게 생각한 모드 곤의 생각 차이가 더 문제가 되었던 거지요. 알려진 바에 의하면, 예이츠는 평생 동안 그녀에게 다섯 번에 걸쳐 청혼을 했고, 모두 거절(退짜)을 당했다고 해요.

인간의 정욕이나 애욕으로 완성될 수 없었던 우정의 파노라마, 사랑을 이루지 못한 그 기나긴 시기는 그에게 위대한 시인으로서 마지막 꽃을 피우기 위한 시련의 시기였을 것입니다. 예이츠는 마지막 오기를 발동합니다. 당신이 끝내 나와 결혼을 하지 않는다면, 당신의 수양딸 이졸트 곤을 내 아내로 삼게 해 달라. 모드 곤은 이마저도 거부해요.

마침내 예이츠는 52세의 나이에 조지 하이드 리즈라는 이름의 처녀와 결혼을 합니다. 아내는 26세. 부녀 같은 나이예요. 이때부터 예이츠는 불안과 혼돈의 삶으로부터 벗어납니다. 심령술을 배운 젊은 아내가 도우미 역할을 한 덕으로, 그는 심령적인 안정을 가지게 됩니다. 늘그막의 결혼에도 아들딸을 낳았지요. 그는 모드 곤의 속박을 벗어남으로써 만년에 오히려 매우 행복해졌습니다. 경제적으로도 윤택해졌고, 노벨문학상도 받고, 신생 자유국 아일랜드의 상원의원도 지냈죠. 생의 아이러니의 개념 말고는 설명할 길이 없어요.

결혼 이후의 예이츠 시에는 모드 곤에 관한 시가 거의 사라집니다. 노파가 된 그녀를 위해, 조국의 독립에 헌신한 영웅정신을 찬양한 것 외에는요. 예이츠는 74세까지 살았고, 모드 곤은 87세까지 살았습니다.

이 두 사람의 우정과 사랑, 밀고 당김의 미묘한 경계에서 청혼과 거절 등으로 점철된 히스토리는 그녀가 세상을 떠난 21년 후인 1974년에까지 이어집니다. 그녀의 아들 숀 맥브라이드는 1904년에 태어난 아일랜드인이지만 줄곧 프랑스에서 살았어요. 비정부기구 활동의 경력과 국제 사면위원회를 창설한 공헌으로 인해 노벨평화상 수상자가 되었죠. 예이츠의 노벨문학상과 모드 곤 아들의 노벨평화상이, 두 사람의 이루지 못한 사랑을 아름답게 수를 놓으면서 갈무리됩니다.

한 마디로 말해, 예이츠에게 있어서 모드 곤은 필생토록 시의 영감을 준 여인이었습니다. 그 스스로 그녀를 두고 '봄의 인격신'이라고 했듯이, 그에겐 그녀야말로 시의 여신이기도 한 뮤즈(Muse)가 아닐 수 없습니다.

부록

나는 2017년에 아일랜드에 간 일이 있었다. 더블린 중심부를 가로지르는 강의 남쪽에 위치한 도심의 거리를 배회하다가 이 나라 국립 도서관을 지나쳤다. 마침 지하 전시관에서 예이츠 유품 전시회를 열고 있었다. 좋은 기회를 우연히 잡은 셈이다. 의미 있는 자료들이 적잖이 진열되어 있었는데 예이츠와 모드 곤의 젊었을 때의 모습을 그린 그림이 있었다. 그림 속의 예이츠의 모습은 말이 없고 섬약하고 내성적인 청년 시절을 빼닮은 듯하고, 모드 곤의 이미지는 정치적인 변설의 선동가로 살아

그림 속의 예이츠와 모드 곤. 필자가 더블린의 국립도서관에서 열린 예이츠 특별전에 예정 없이 들러 이 특별한 그림들을 카메라에 담았다. 국내에는 소개된 적이 없는 두 사람의 모습이 아닌가, 한다. 섬약한 모습의 예이츠와 여장부 기질의 모드 곤 모습이 잘 대조되고 있다.

왔듯이 30대 초반의 여장부 스타일을 제시하고 있는 것 같았다. 모드 곤은 한 살 위의 친구인 예이츠를 가리켜, 자신을 감싸는 연인이 아니라, 늘 자신보다 어린 소년처럼 여겼다고 한다.

내가 아일랜드로 간 3일째 되던 날 예이츠가 묻혀 있는 슬라이고로 떠났다. 더블린에서 기차로 가는 방향은 서향과 남향, 그리고 북서향으로 나 있다. 슬라이고는 북서향의 끝에 놓여 있다. 3시간 정도 시간이 걸렸지만 자연의 풍광이 명미하여 그리 지루한 줄을 몰랐다. 국민 한 사람이 자연을 향유하는 면적이 우리보다 훨씬 넓기 때문인지 풍경은 자연 그대로이고, 영국에서도 그랬지만 시골에는 사람이 거의 보이지 않았다. 나는 열차 안에서 예이츠의 영혼에게 편지글을 적다가 말았다. 아일랜드를 다녀온 1년 수 개월만에 메모된 내용이 발견되었다.

예이츠 선생. 당신은 실로 위대한 시인입니다. 나는 지금 당신의 영혼과 함께 슬라이고를 향해 동행하고 있습니다. 지구 반대편의 먼 동쪽 나라에서 온 이름 없는 나를 이끌고 당신의 정신적 뿌리가 된 외향(外鄕)의 땅 슬라이고를 향해 나를 데려가고 있습니다. 악녀랄 순 없지만 마녀 같은 미인에게 자신의 영혼이 사로잡혀도 끝내 착잡한 감정을 가지지 않았다는 사실이 당신의 냉철함을 비추어 볼 때 쉽게 설명되거나 이해될 수가 없습니다.

서두만이 남아 있는 가상의 서간문이다. 어쨌든 예이츠는 그녀를 자신의 평화를 깨뜨리기 위해 영원히 다시 태어나는 불사조로 여기기도 했다. 슬라이고는 매우 한적한 바닷가 시골 마을이었다. 태평양으로 향한 항구도 있다고 한다. 우리 식으로는 과거 읍 단위의 규모이다. 역 가까운 곳에 예이츠와 모드 곤의 대형 사진을 걸어 놓았다.

두 시간 여정의 마지막에 호수 속의 섬인 이니스피리(Innisfree) 언저리에 이르렀다. 무명의 청년 시인인 그가 영국에 있을 때 무명의 작은 섬에다 이름을 붙여 그리워한 시를 씀으로써 이것은 세계적인 명소가 되었다. 섬 자체는 볼품이 없다. 오히려 여기에 오기까지 호수를 맴돌 때의 경관이 무척 인상적이다. 한 동안 이 시의 제목은 '이니스피리의 호도'로 잘 알려졌었다. 중고등학교 국정 교과서에 오래 실렸기 때문이다.

호도(湖島)는 무언가. 호수 속의 섬을 가리킨다. 이니스피리가 호수 속의 섬인 것은 맞다. 하지만 호수의 한가운데 있는 섬은 아니다. 광활한 호수 중에서도 호수의 언저리에 놓인 섬인 이니스프리를 두고 호수 속

슬라이고 읍내의 중심가에 세워져 있는 예이츠 상 조형물(앞뒤면) 주변에 그의 기념관이 보인다.

의 섬이라고 하기엔 좀 그렇다. 호숫가와 지척지간에 놓여 있지만 호숫가의 섬이라고 하면 땅과 붙은 섬이라고 알기 싶다. 시적인 어감을 좀 살린다면 같은 말이라고 해도 호반(湖畔)의 섬이라고 하는 게 좋을 것 같다.

끝내 죽음이 갈라놓은 인연의 우연성

—서지마와 임휘인

　오늘은 중국 시인들, 서지마(徐志摩)와 임휘인(林徽因)의 시에 관해서 공부하겠습니다. 서지마와 임휘인은 중국 원어음의 발음으로는 '쉬즈모'와 '린후이인'이라고 읽습니다. 이 두 사람은 대체로 지금의 중국. 사회주의 중국인 신중국 건설 이전의 인물이기 때문에, 한자음으로 읽습니다. 필요에 따라서는 제가 우리식 한자음 발음과 원음을 함께 드러낼 것입니다.

　서지마와 임휘인은 실상의 연인 관계를 맺지 못했지만, 적어도 문학적으로 미묘한 가상적인 남녀관계에 놓여 있는 사람들입니다. 두 사람 모두 다 당시 1920년대 최고의 명문가 출신으로서, 처음에는 문학과 아무런 관련이 없던 사람들입니다. 두 사람이 처음 만날 때, 서지마는 미국에서 경제학을 공부했고, 임휘인은 향후 미국에서 건축학을 공부할 사람이었지요.

　1897년 생인 서지마는 절강성에서 태어났습니다. 조금 남쪽 지방이지요. 대부호의 아들입니다. 그의 아버지는 금융업자입니다. 많은 공장들이 있었고, 특히 화력 발전소를 가질 만큼 거부였습니다. 미국을 거쳐서

서지마와 임휘인의 모습. 두 사람은 영국에서 처음 만났다. 두 사람이 연인인가, 아닌가, 하는 문제를 두고 말들이 많았지만, 연인이 아니라고 해도, 두 사람은 상대방을 염두에 두고 쓴 의미 있는 시들이 있다.

영국으로 다시 유학을 떠났는데 영국으로 가서는 러셀의 제자가 되어서 철학을 공부하려고 케임브리지 대학으로 간 것 같은데 러셀은 서지마가 오기 전에 이미 그 대학에서 떠났습니다. 그래서 런던으로 가서 한때 런던에 소재한 무슨 대학에서 공부를 좀 하다가(뭐 요즘 같으면 기초, 기본 과정이겠죠.), 다시 러셀 없는 케임브리지 대학에 가서 공부하는데 거기에서 방향이 틀어집니다. 영국 낭만주의 시인들의 시를 읽으면서 문학에 비로소 눈을 뜨기 시작했지요. 백년이 된 지금, 서지마는 어떤 시인으로 각인되어 있느냐? 한 마디로 말해 중화권에서 국민시인이라고 볼 수 있겠고, 또 이보다는 시 말고도 그가 살아온 것이 로맨티시스트(낭만주의자)의 이미지로 뚜렷이 각인되어 있습니다.

임휘인은 서지마에게 영향을 받아서 시를 쓰기 시작했고, 결국 또 시집도 한 권 냅니다. 중국 최초의 여성 건축학자로서 유명하지만 대중들에게는 이것이 큰 의미가 없죠. 그녀 역시 서지마가 뜻을 이루지 못한 여인이자, 그의 삶의 한 부분을 차지하고 있는 여성 시인으로 잘 알려져 있죠.

그녀는 1920년대 중국 최고의 미인으로 알려져 있습니다. 우리가 미인이라고 하면 평범한 사람 중에 미인이 참 많습니다만, 사회적으로 노출이 안 되기 때문에 대중이 모르고 지나가는 거죠. 그녀가 서지마와의 관계랄지, 또 시를 쓰고 건축학자로 명성이 있었기 때문에, 또 대중에게 어느 정도 노출이 되었기 때문에, 그녀를 가리켜 한 시대를 대표하는 전형적인 중국 미인이라고 생각한 사람들이 적지 않았지요.

그 당시에 영화배우는 사회적 지위나 신분이 아주 낮았습니다. 화초기생 정도로 생각했습니다. 기예는 없고 얼굴만 예쁜 기생을 화초기생이라고 해요. 화초기생 정도로 간주된 것이 그 당시 여배우라고 한다면, 25세에 자살한 완령옥 같은 여배우가 그 시대에 활동한 정도였지요. 완령옥을 그 당시 대중들이 화초기생으로 여겼던 거죠. 또 그녀는 '화초기생'이라고 하는 제목의 영화에 출연도 했구요.

이에 비해서 아주 기품 있고 지적이고 좋은 집안의 임휘인은 1920년대 중국 미인의 상징이었고, 조금 더 과장되게 이야기하면 20세기 중국 미인의 대표적인 한 사람인 것은 사실이라고 말할 수 있겠습니다.

신뢰할 수 없는 인터넷 정보에 따르면, 서지마는 중국의 바람둥이가 아니냐? 이런 얘기가 있는데 그런 것은 아니라고 보입니다. 결혼한 두 사람과 결혼하지 못한 한 사람. 세 사람 정도예요. 이렇게 사회적으로 노출되어 있을 뿐이죠. 아무튼 서지마의 주변에는 서너 명의 여자가 있었는데, 첫째는 본처인 장유의(장요위)입니다. 둘째는 오늘 우리의 주제가 될 수 있는 임휘인(린후이인)인데, 구애와 구혼이 좌절되었기에, 서지마의 마음속의 연인으로만 남아 있었던 여자입니다. 세 번째는 육소만(류샤오만)은 본래 선배 부인이었거든요. 선배가 하얼빈으로 멀리 근무하러 떠난 사이에 불륜관계를 맺고, 이혼한 다음에 인연을 맺은 재혼 부인입니다. 춤과 그림에 아주 뛰어난 재능을 가진 여자로 알려져 있어요. 서지마와 공동 희곡집을 내기도 했으니 문학하고도 전혀 무관한 사람이랄 수 없지요. 네 번째, 능숙화(링수화)는 이성 관계가 아닌 순수한 여자 친구예요. 요즘 말로 하면 속칭 '여사친' 가까운 개념이랄까요? 서지마가 요절한 다음에 비문을 써준 여자로 유명하지요. 평소에 서지마가 고민이 있으면 능숙화와 만나서 고민을 토로할 만큼 굉장히 순수한 여자 친구로 알려져 있습니다.

첫 부인인 장씨 부인 장유의 친정 역시 상해의 거부였습니다. 처남을 통해서 평소 존경해 마지않았던 양계초를 알게 되고, 서지마는 그를 스승으로 모십니다. 그가 케임브리지 대학에 가 있을 때 스승 양계초의 친구 임장민(린창민)과 매우 좋은 관계를 맺습니다. 스승이나 친구의 중간 관계처럼요. 그런데 임장민은 10대 후반의 아직 성장하지 못한 딸과 함께 영국에 와서 생활하고 있었어요. 그 딸이 바로 임휘인입니다. 그러니까 서지마와 임휘인의 나이 차는 7년인데 처음 만났을 때 임휘인은 지금의 여고 2, 3학년 정도 되는 10대 후반의 나이였죠. 보자마자 운명적인 사랑을 느끼게 됩니다. 엄청나게 좋아했어요.

근데, 자기 처지가 어때요? 처자가 있는 몸이지요. 아내도 있고, 아들도 있습니다. 그는 아직 소녀인 임휘인에게 구애를 했나 봐요. 구애한 사실도 그녀 아버지도 알고 있었던 것 같구요. 근데, 이 무렵에 서지마 부인이 둘째 아들을 낳았다 하는 소문을 듣고, 더 이상 이 사람과 관계를 지속해서는 안 되겠다고 생각하기에 이르지요. 물론 아직 연인 관계가 아니지만, 앞으로도 이 관계를 맺어선 안 되겠다. 어쩌면 내가 서지마의 애첩으로 살아가야 할 인생이 될지도 모른다는 생각이 들었겠지요. 관계를 정리하기 위해서 서지마에게 알리지 않고 이 부녀는 서둘러 중국으로 귀국을 해버립니다.

서지마와 세 명의 여자들과의 관계를 다룬 대만의 대하드라마 「인간사월천」(2000)의 홍보 자료. 왼쪽부터 재혼한 육소만, 본처 장유의, 마음속의 연인 임휘인의 모습이 보인다. 이 드라마 제목은 임휘인의 시에서 따왔다.

영국에서 혼자 남게 된 서지마. 이때 아무런 사정도 물색도 모르고 그의 부인이 영국으로 옵니다. 마음속에 임휘인에 대한 미련이 가득 남아 있는 상태에서 그 부인을 보니까 그 부인이 참 보기 싫었겠지요. 말도 안하고 지내다가, 여보 우리 말이야, 이제 이혼해. 이런 말을 하게 됩니다. 내가 좋아하는 사람 생겼어. 그러니까 이 부인도 까무러칠 정도가 되었겠지요. 이 사람 정말 내게서 정말 마음이 떠났구나 하는 생각을 하게 되고, 오빠가 있는 파리로 떠나버립니다.

두 사람은 마침내 정식으로 이혼합니다. 서지마는 이때 '웃으면서 번뇌의 매듭을 풀었다.'라고 했지요. 그는 중국 최초의 이혼남이 됩니다. 그 당시에 중국 사회가 유교적인 사회이기 때문에 첩을 들였으면 들였지, 이혼하고 하는 그런 게 없었거든요. 그러니까 최초의 이혼남이 된 거죠.

그의 아버지는 격노해요. 외아들과 절연합니다. 인연을 끊겠다고 난리를 치면서도, 며느리는 이 집안의 귀신이니 모든 재산을 며느리에게 넘기고, 서지마 아들 두 명을 잘 키우라고 합니다. 훗날에 부인 장유의는 중국 금융업계의 유명한 사람이 됩니다. 세상으로부터 두 아이를 잘 키우고, 또 시부모를 잘 모신 전형적인 유교 여성이었다고 좋은 평판을 듣습니다.

이렇게 되니 서지마는 아버지에게서 경제적인 지원마저 끊기게 되어 살아가기가 막막하게 되었죠. 이런 현실 제약 속에서 그는 시를 씁니다. 뭔가 현실적으로 결여된 측면이 있으면, 시를 쓰게 되고, 문학을 하게 되고, 또 예술을 갈구하게 되는 겁니다. 이때부터 그는 본격적인 시인으로 활동합니다. 그가 시인이 되는 과정이 첫째 케임브리지 대학에서 영국 낭만주의 시인의 영향을 크게 받았다. 그리고 임휘인에 대한 사랑이 좌절될 수밖에 없었던 현실 제약 때문에 시를 쓰게 되었다. 또 세 번째는 아버지로부터 경제적 지원이 끊기니까, 이제는 혼자서 내가 자립해서 살아야겠다. 그때는 시를 쓰면 사회적으로는 인정을 받게 되고, 그나마 원고료도 잘 챙겨주고, 대학에서 강의도 할 수 있었지요. 자립된 삶을 살기 위해서, 그는 시인이 되었다고 봐요. 이 세 가지 이유가 서지마로 하여금 시인이 되게 하고, 또 나아가 그 당시에 이름 있는 시인으로 발돋움한 게 아닐까, 저는 이렇게 생각하고 있습니다.

영국에서 귀국한 서지마가 시인으로 활동하는 공간은 상해입니다. 1920년 무렵에 영국에서 만난 서지마와 임휘인은, 한동안 소원했다가 1923년경에 다시 상해에서 만나서 함께 문학 활동을 합니다. 서지마에게는 임휘인이 문학을 촉발할 수 있는 계기가 되었고, 임휘인은 서지마를 만남으로써 시에 대한 관심을 갖게 됩니다. 서지마는 귀국한 후에 '신월(新月)'이라고 하는 단체를 만듭니다. 여기에서 서점도 운영을 하고요, 우리식으로는 동인(同人) 성격이 강한 문인 단체이면서, 이뿐 아니라 상위 1% 사람들이 모인 사교 단체이기도 해요. 임휘인 아버지인 임장민도 이 단체에 가입합니다.

이런 걸 보아서, 서지마와 임휘인이 정말 연인 관계가 아닌가, 하고 말들이 무성한데요. 우리나라 서지마 최고의 전문가인 이경하 님은 이 두 사람의 관계를 연인 관계로 보고 있습니다. 정확하게 알 수가 없습니다만, 1923년부터는 글벗 관계, 문우 관계인 것은 사실이에요. 정말 연인 관계였다면, 케임브리지 시절에 서로가 호감이 있다고 고백하는 정도였겠고, 조금 가까운 거리에서 그녀의 아버지가 이들을 지켜보면서 서로간에 약간 깊은 관계가 되지 않도록 통제하는 정도의 관계가 아니었을까, 생각돼요.

1924년 임휘인이 양계초의 아들인 양사성과, 그러니까 서지마에게는 스승의 아들인 양사성과 미국으로 함께 유학을 떠납니다. 두 사람이 약혼해 함께 떠나는 동반 유학이지요. 떠나기 전만 해도 서지마와 임휘인

왼쪽은 인도 시인 타고르의 중국 방문(1924, 5)을 기념해 찍은 사진이다. 앞줄에 앉은 이는 타고르이고, 뒤줄 왼쪽 끝에 서지마의 모습이 보인다. 중간 위치의 젊고 아름다운 여자가 임휘인이다. 오른쪽은 타고르와 서지마가 나란히 선 모습이다.

은 신월파 동인으로서 부지런히 활동했어요. 본래 신월은 인도의 시성 타고르의 시집 『초승달』에서 유래된 이름이었지요. 신월파는 아시아인 최초의 노벨문학상을 받은 그를 초청하였죠. 이 일의 주도자가 서지마와 임휘인입니다. 두 사람은 돌아가면서 영어로 통역을 했죠. 서지마는 타고르가 일본으로 행선지를 바꿀 때 함께 가기도 합니다. 두 사람은 일본에서 잠시 체류한 후, 홍콩에서 헤어졌대요.

함께 유학을 간 양사성과 임휘인은 미국으로 가 건축학을 배우고, 그로부터 4년 후에는 두 사람이 결혼해 귀국합니다. 그리고는 심양(선양)에 있는 동북대학에 가서 두 사람이 강의를 해요. 임휘인은 출산 후유증과 심양의 추운 날씨로 고생을 해 병을 얻게 되어 북경으로 돌아옵니다. 북경의 병원에서 요양하고 있을 때, 이 소식을 들은 서지마가 찾아가 병문안을 합니다. 1931년, 그가 죽기 몇 달 전입니다. 두 사람이 반갑게 만나고, 병문안 온 옛날 친구 같은 남자를 만났으니, 그녀는 얼마나 반가웠을까요? 두 사람이 7년만에 다시 만난 게 아닌가, 생각되어요. 두 사람이 병원에서 다시 만난 날, 서지마는 시 두 편을 남깁니다.

또 중요한 이야기가 있습니다. 1924년 임휘인이 약혼자 양사성과 함께 미국으로 유학을 떠났을 때 서지마는 그녀가 이제 더 이상 내 사람이 아니라고 생각했습니다. 이성으로서의 임휘인을 완전 포기한 듯싶습니다. 그 역시 새로운 인연을 갖게 되지요. 같은 해에 그는 선배의 부인인 육소만(류샤오만)과 불륜관계를 맺습니다. 육소만 부부는 참 냉랭한 관계였어요. 애정 관계가 전혀 없는 그런 관계였지요. 서지마가 그랬죠. 당신, 그렇게 살지 말고 나와 사랑을 뜨겁게 불태우자고요. 그 당시 중국 사회에서는 있을 수 없는, 특히 상류 사회에서 있을 수 없는 일이어서 중국 사회를 발칵 뒤집어 놓았어요. 두 사람의 불륜관계는 신문 1면 톱기사로 소개될 정도였습니다. 한 걸음 더 나아가 두 사람은 재혼합니다. 재혼할 때 또 재미있는 일화는 임휘인의 시아버지인 유명한 사상가 양계초, 그의 스승이기도 한 양계초가 주례를 보는데요, 주례사가 이례적이었지요. 주례사는 덕담입니다. 그런데 이 주례사는 독설과 훈계의 주례사로 유명합니다. 너 앞으로 그런 식으로 살지 말라, 라고 하는 등 말예요.

결혼 생활도 평탄치 않았어요. 육소만은 자주 강짜를 부리고. 그리고 굉장히 사치벽이 있었구요. 서지마는 아버지한테서 지원이 끊겼으니까 규모 있는 삶을 살아가야 하는데, 막 이것저것 쇼핑하고, 마작 등의 도박에도 손대고, 결국 아편까지 합니다. 서지마는 이런 고민을 여자 친구인 능숙화에게 토로하면서 이걸 어떻게 해야 하나, 또 이혼해야 하나, 하고 고민을 털어 놓습니다. 그렇다면 사회가 한 번 더 발칵 뒤집어질 텐데. 끝까지 결혼생활을 유지할 뜻을 밝힙니다. 1924년에 재혼해서 1931년 비행기 추락 사고로 죽었으니 7년간 마음에 없는 결혼생활을 한 게 아닌가, 생각돼요.

서지마의 문학 세계가 한참 꽃이 피려고 할 즈음에, 그는 36세의 나이에 남경에서 북경으로 향하는 비행기가 추락해 목숨을 잃습니다. 이 부잣집 아들이 돈 좀 아끼려고 무슨 비행기를 탔느냐? 우편물 배달하는 수송 비행기를 탔어요. 비행기 값이 싸다고 해서 10명 정도 모여서 함께 탑니다. 조그만 경비행기입니다. 북경 가까운 산동반도 인근에서 산과 부딪쳐서, 그만 추락 사고를 일으켰던 겁니다. 임휘인 역시 자기가 오라고 해서 사고로 죽었으니, 얼마나 마음이 아팠고, 죄책감이 컸겠습니까. 서지마는 임휘인의 논문 발표를 들으러 상경한 겁니다. 서지마가 그토록 존경했던 영국 낭만주의 시인 바이런과 셸리처럼, 똑 같은 36세의 나이에 세상을 떠났는데, 이 세상의 일이란 알 수가 없어요.

임휘인에 대한 애정을 이루지 못한 내용이 담긴 애틋하고 안타까운 서지마의 시들이 더러 있는데, 이 중에서 가장 대표적인 것으로 「우연」(1926. 5)이 있답니다. 후술하겠지만, 이것은요, 중화권의 대중가요로도 유명하고요. 자, 그러면, 서지마의 시 「우연」을 살펴볼까요. 길지 아니한 시입니다.

나는 하늘 속의 조각구름 하나예요.
그대 일렁이는 마음에 우연히 비추어도,

임휘인은 시인, 건축학자였다. 민국시대(1911~1949)를 대표하는 최고의 미인이다. 우리나라 과거의 여배우였던 정윤희를 살짝 연상하게 한다.

의아하게 이상하게 생각지 말아요.

게다가 기쁨에 가득찰 것도 없고요.

순식간에 감쪽같이 사라지니까요.

그대와 난 어두운 밤바다 위에서 만났지만,

그대에겐 그대의, 내겐 내 갈 길이 있으니,

그대가 날 기억해도 좋겠지만,

잊어버리는 것이 가장 좋겠지요.

우리가 만날 때 서로 마주한 환한 빛도요.

나는 하늘 속의 조각구름 하나예요.

하늘에는 조각구름이 많이 떠 있지 않습니까? 조각난 구름을 두고 조각구름이라고 하지요. 한자어로는 편운(片雲)이라고 합니다. 그대 일렁이는 마음에 우연히 비추었다. 여기에서 '우연'이란 제목이 생겨납니다. 그대와 난 어두운 밤바다 위에서 만났지만……. 사실은 서지마와 임휘인은 어두운 밤바다에서 만난 것은 아니지요. 영국에서 만났거든요. 밤바다라고 하는 것은 뭡니까? 외국이란 말이겠지요. 자국에서 만난 게 아니고. 또 뭐랄까요. 번뇌에 찬 이승의 고해(苦海)에서 만났다는 거죠. 불교에서는 세상을 고통의 바다로 비유하거든요. 뿐만 아니라, 순식간에 또 사라진다고 했으니까, 남쪽 지방 출신인 서지마가 불교적인 무상관을 보인 듯싶습니다. 중국은 지금도 항주와 소주 같은 남쪽 지방에 불교의 컬러가 아주 짙어요. 앞으로 사회주의 중국이 어떤 변화가 있을까, 하는 걸 염두에 둘 때, 불교의 역할이 아주 클 것이라고 보입니다.

그대와 난 어두운 밤바다 위에서 만났지만, 이 번뇌에 가득 찬 고해의 세상에서 만났지만, 그대에겐 그대의 갈 길이 있고, 나에겐 내가 갈 길이 있다고 합니다. 한자 원문에는 이 갈 길이란 말이 '방향'이라고 쓰이고 있네요.

그대가 날 기억해도 좋겠지만, 잊어버리는 것이 가장 좋겠지요. 헤어지는 남녀에게 있어서 최고의 선물은 망각이에요. 우리가 만날 때 서로 마주한 환한 빛도요. 우리가 처음 만날 때의 빛이라 하는 것은 만남의 순간에 이루어지는 어떤 축복 같은 게 아닐까요? 처음의 만남에서 감지할 수 있는 그런 초심의 기분이 바로 서로 마주치는 빛으로 비유되고 있는데 비유가 아주 적절해 보입니다.

당신과 내가 만난 것은 사실은 인연이 아니며, 우연이다. 서지마는 이렇게 본 것입니다. 그렇다면, 우연은 뭐고, 인연은 뭘까요? 필연성이 있으면 인연입니다. 인과관계가 분명한 것. 한 송이 국화를 피우기 위해 소쩍새가 울었다. 봄의 소쩍새와 가을의 국화가 서로 인과관계를 맺는 것을 두고, 우리는 인연이라고 합니다. 거기에 숨어 있는 진실은 도통하지 않은 사람은 잘 모르는 것이죠.

반면에, 인과관계가 없이 사물과 사물, 사람과 사람이 맺어지는 것은 우연이라고 하지요. 그런데 저도 60년 넘게 세상을 살다보니까, 우연과 인연은 그래요. 한 끗 차이예요. 종이 한 장의 차이예요. 그리고 인연과 우연은 동전의 양면의 관계랍니다.

당신과 내가 만난 것은 시의 제목처럼 우연이지만, 이 우연은 뒤집어 놓고 보면 인연이라는 얘기가 되겠지요. 요즘 이런 조어법이 있습니다. 우연찮다. 우연찮다가 뭐죠. 필연적이란 말이거든요. 우연하지 아니하다니까요. 필연적이라는 말인데, 문맥상으로 필연적이라는 표현에는 거의 쓰이지 않아요, 그 우연찮다가요. 우연하다는 말로 쓰입니다. 그러니까 우연찮다와 우연하다는 뜻은 서로 반대의 뜻이지만 같은 말로 본다는 거예요. 글자의 뜻과 무관한 화용론적인 대화의 상황에서 쓰이는 낱말인 것. 이것을 두고 보더라도 우연과 인연은 한 끗 차이요. 동전 양면의 관계라는 겁니다.

서지마는 이 「우연」이라고 하는 시에서 세상만사와 우주만상은 모두 순간적으로 생겼다가, 순간적으로 사라지는 것에 지나지 않는다고 보고 있어요. 이런 점에서 삶이 생멸무상하다는 불교적인 가르침과 관계가 있어 보이고요. 서양의 뉴턴 역학의 물리학적인 이치에 의하면 만물은 엄격한 물리 법칙의 필연적인 결과물로 보고 있습니다. 근데 우리 세상은 왜 그렇게 예측 불가능한 혼돈과 우연인가 하는 이 물음에 직면하게 되는 경우가 많이 있어요. 우리가 이것을 이해하지 못하면 인간 미지의 영역이라고 말을 하게 되는데요, 인간에게 있어서 인생이나 사랑, 우연히 존재하는 잠깐의 질서 속에서 사람은 살아가면서 누군가를 사랑하게 된다고 하지요.

세상이 아무리 혼돈에 가득 찬 우연투성이의 세상이라고 해도, 우연의 일치라는 놀라운 경험들이 적지 않습니다. 세상의 일들에는, 또 우주만상에는 인간들이 모르는, 또 도저히 알 수 없는 숨겨진 진실들이 있지요. 근데 그 진실은 아무나 아는 것이 아니죠. 숨은, 혹은 숨겨진 진실을 모르면 세상만물은 각자 독립적으로 존재한다는 믿음과 착각에 빠지게 되는 것이죠. 제가 말씀드리고자 하는 요지는 인연이 우연이요, 우연이 인연이다. 그 불이(不二)의 세계관이다. 결코 둘이 아니다. 그런 점에서 이 시는 우연이라고 했지만, 사실은 시인 서지마가 인연을 말하고 있는 거라고, 저는 봅니다.

어쨌든, 임휘인은 서지마의 「우연」에 대한 화답시를 썼다고 해요. 앞서 말한 바 있던, 국내의 전문가인 이경하 님이 쓴 책에 보면 말이죠. 그녀가 이것에 대한 화답시를 썼다고 하면, 화답시를 쓴 시점이 언제냐, 하는 겁니다. 저도 잘 모르겠습니다. 서지마의 살아생전에 썼는지, 아니면 그가 죽은 후에 썼는지, 과문한 탓에 알 수 없어요. 아마 죽은 다음에 쓰지 않았겠느냐, 하는 생각이 드는군요. 그것을 한 번 제가 읽어 드리겠습니다. 시의 전문은 아니고 일부 옮김인 것 같구요. 제목은 한자로 '청원(請願)'. 즉, 이런 뜻입니다. 진심으로 바라나니.

　　이 세상을 잊어버려요, 당신도
　　누군가를 애도하는 것도 사랑했던 것도
　　낙화처럼 다 떨어져버리고 잊어버려요.
　　이 눈물방울 속의 감정은
　　그날이 되면 모두 사라지리니.

한줄기 빛, 스치는 바람보다 더 작은

흔적, 당신도 나를 잊어버려요.

내가 이 세상에서 살아있음을 잊어버려요.

임휘인 역시 화답시로 썼다고 하는 걸 보니까, 서지마의 이룰 수 없는 사랑에 대한 표현이 두 사람의 관계가 인연이었음을 말하고 있는 것 같아서, 또 그의 요절과 관련한 필연적인 결과인 것 같아서 굉장히 슬프게 느껴지는군요.

서지마는 친일파의 부르주아 시인으로 알려져 있습니다. 그 당시에 루쉰이나 유명한 문인들이 사회주의 쪽으로 기울어져 가고 있었습니다. 부정부패와 독재의 장개석 정부에 대한 지식인들의 실망감 때문에, 새로운 사회주의 사상 및 사조가 대두하고 있었지요. 모택동이라는 인물이 지금 서서히 성장하고 있었지요. 싸우면서 지면서도 조금씩 세력의 입지를 옮겨가면서도 대장정을 하고 있을 때, 문인들과 지식인들은 적잖이 사회주의 사상으로 좌경화되었지만, 서지마는 태생 자체가 부르주아이니까 순수문학에만 오로지 매달렸습니다. 그래서 그가 죽고 나서 한 20년 정도 지나면서, 중국의 사회주의 신중국이 탄생합니다. 그때부터는 이미 죽은 서지마에 대한 평판은 저평가로 일관해요. 왜? 부르주아 시인이니까. 순수문학을 지향하는 문인이니까요. 더욱이 1960년대의 문화혁명 때는 그의 무덤마저 파헤쳐지는 등 정치적인 수모를 당하기도 합니다.

1978년, 등소평이 집권하면서 개혁 개방을 부르짖으니까, 그 역시 문학적으로나 정치적으로 복권이 됩니다. 그리고 나서 1980년대는 중국뿐만 아니라 홍콩에서까지 서지마의 인기가 크게 확산되면서 많은 시들이 대중가요로 작곡되어 불리게 되었지요. 그 중의 하나가 바로 싱어송라이터 진추하의 노래인 「우연」이에요. 옛날에는 우리 모두 '진추하'라고 했습니다. 지금은 원음에 가까운 표기인 '천츄샤'라고 하지요.

이 진추하는 저하고 나이가 동갑입니다. 1957년생인데요. 우리 나이로 올해 64세가 되었습니다. 그가 1976년인 19세 때 우리 나이로는 스무 살 때, 「사랑의 스잔나」라고 하는 영화에 출연했습니다. 이 영화, 한홍합작의 영화입니다. 어떻게 생각하면, 위장합작이라고도 하겠어요. 그런데 이 영화가 개봉되어 폭발적인 반응을 얻음으로써 그 시대의 문화 현상이 되었습니다. 아닌 게 아니라, 영화는 별 볼 일 없었어요. 1967년 이청(리칭)이 주인공인 영화 「스잔나」를 모방한 아류 작품에 지나지 않습니다. 이 영화는 1970년에 우리나라에 개봉되어서 엄청난 인기 몰이를 했거든요. 저는 그때 아주 꼬마 나이인 중학교 학생에 지나지 않았는데 무려 제가 2본동시상영관을 전전하면서 여러 차례 이 영화를 봤어요. 그때 나온 영화 노래도 지금까지 다 기억하고 있어요. 제목이 '청춘무곡(靑春舞曲)'이라고 하는 경쾌한 리듬의 노래하며……. 마지막 극중극(劇中劇)의 장면은 백미입니다. 마지막 결말 장면은 극중극(극 속의 극이란 말인데 세익스피어의 극에도 극중극의 장치가 더러 있다)이란 극적 효과의 비극적인 정조를 자극하고 있어요.

이청은 중국의 전통 소설인 「홍루몽」을 극화한 극중극에서 비극적 히로인(여주인공)으로 삶을 마감하는데 꼭 자기가 처한 현실과 일치됩니다. 비극적인 감정을 느낄수록 예술적인 영성과 정념으로 고양되게 마련입니다. 중국 전통 극의 양식으로 극화된 그 '홍루몽' 한 조각에서 부르는 중국 고전 가요가 기억 속에 지금도 그렇게 구슬프게 남아 있습니다. 이런 거 유튜브에서 검색만 잘 하면 지금도 감상할 수 있어요. 지금으로부터 정확히 50년 전의 제 경험입니다. 1970년이니까요.

위의 사진은 서지마가 타서 추락한 우편물 수송 경비행기다. 아래의 사진은 젊은 진추하가 노래하는 모습이다.

이 이청의 「스잔나」가 인기가 있었으니까 6년 후에 우리나라에서 위장합작이라고 할 수 있는 한홍합작 영화인 「사랑의 스잔나」라는 아류작을 만들었는데, 아까도 말했지만 영화는 별 볼 일 없고 인기는 폭발적이었죠. 그럼에도 불구하고 이 영화에 아주 중요하게 남아 있는 게 있어요. 진추하의 노래 세 편이랍니다. 아시아 팝의 고전으로 남아 있지요.

소설가 성석제는 진추하를 일컬어 뭐라고 한 줄 아세요? 그는 1960년 생인가, 그래요. 제보다 바로 아래의 연령대인 그가 그랬어요. 그녀야말로 내 사춘기의 들창이요, 코드다.

가난한 집안의 딸로 태어난 진추하는 어릴 때부터 예능에 천부적인 재능이 있었지만, 돈이 없어서 레슨을 받지 못하였는데, 홍콩에 거주하는 피아니스트 부부가 소녀 진추하의 재능을 알고 공짜로 음악을 가르쳐줍니다. 그 후, 그녀는 싱어송라이터로 성장해요. 그러니까 노랫말을 짓고, 여기에 곡을 붙이고, 또 노래를 직접 부르는 그런 가수로 한 시대를 풍미하게 되는 거죠. 그 당시에 진추하의 청순한 미모는 소년의 마음을 단박에 사로잡는 수준이었고, 그 음악적 재능은 동아시아를 공명했습니다. 그 영화에 삽입된 세 편의 노래. 지금은 아시아 팝의 고전이 되었다고 했지요? 첫 번째는「원 서머 나이트」, 두 번째는「우연」. 세 번째는「졸업의 눈물」. 세 편 다 명곡이에요.

우리나라에서「원 서머 나이트」가 가장 인기가 있었지만, 싱가포르에서는 서지마의 시를 작곡해 부른「우연」이 유달리 인기가 있었대요.

진추하가 한창 인기가 있을 때 싱가포르 화교 재벌과 결혼을 해서 연예계를 온전히 떠나버렸습니다. 요즘 연예인들 같으면, 결혼하고도 충분히 연예활동을 하는데 말이죠. 좀 아쉬웠지요. 그 당시에는 그러하지 못했죠. 그녀는 지금 백화점을 백 개 이상을 가지고 있는 그룹의 주석(회장)으로 일하고 있대요. 유튜브에서 진추하 떠어쓰기 우연, 하면 노래하는 동영상이 우르르 쏟아져 나옵니다. 뭐 하나 선택해 서지마의 시「우연」을 대중가요로 감상해 보시길 바랍니다.

그러면 이제 마무리할 단계가 되었습니다. 잘 알려지지 않은 정보를, 제가 제시할까, 합니다. 한동안 반동 부르주아 시인에 불과했던 서지마가 지금은, 중화권의 국민시인으로 남아 있습니다. 서지마가 비행기 사고로 목숨을 잃은 3년 후인 1934년에 (아마 3주기 때일 것 같은데요.) 임휘인이 시를 한 편 씁니다. 서지마에 대한 일종의 애도시죠. 제목은 '그대는 세상의 사월 하늘이어라'예요. 이 제목으로 대만에선 대하드라마로 만들어지기도 했죠. 시간 관계로 시의 내용은 생략합니다.

왼쪽은 서지마와 임휘인이 영국에서 함께 찍은 사진인 것으로 추정된다. 오른쪽은 케임브리지 대학 교정에 놓여 있는 서지마의 시비이다.

또 서지마의 유명한 시 하나가 있는데요. 제목이 '다시 케임브리지를 떠나며'입니다. 모교인 케임브리지 대학에 대한 시가 두 편 있어요. 케임브리지를 두고 한자로는 '강교(康橋)'라고 표현해요. 아주 재밌네요. 편안할 강 자에, 다리 교 자. 케임을 가리켜 강 자로 표기했는데, 중국말로는 이 강 자가 '케임'에 소리가 가까운가, 봅니다. 브리지는 뭡니까? 다리이지 않습니까? 그러니까 하나는 소리를, 하나는 뜻을 따서 강교라고 했네요. 저도 케임브리지 대학을 가 본 일이 있는데 서지마의 시비가 있는 것을 놓쳐버렸습니다. 시의 첫 행과 마지막 행만 새겨진 앙증맞은 시비래요.

한자로 '재별강교(再別康橋)'로 표기되는 이 시를 우리말로 처음 번역한 이는 누굴까요? 다름 아닌 시인 이육사입니다. 이육사는 중국을 자주 왔다 갔다 하지 않았습니까? 다음은 이육사 역본의 한 부분.

내 가는 이 밤은 강교도 말이 없네.
서럽고 서럽게 나는 가고 말리라.

서지마가 다시 떠나갈 케임브리지도 말이 없습니다. 여름벌레도 나를 위해 침묵하는데, 침묵은 오늘밤의 케임브리지! 모든 사람은 헤어짐 앞에 침묵해야 하는 것을 잘 알고 있습니다. 그는 결코 사랑할 수 없었던 임휘인과 세 차례 헤어져야 했습니다. 그녀의 요청에 의한 북경(北京)행……. 비행기 추락사고로 인한 세 번째 헤어짐은, 차라리 운명적이라고 해야 하겠지요. 가혹한 운명의 헤어짐 말입니다. 이 헤어짐은 영이별이 되고 맙니다. 그의 육신이 케임브리지에서 떠나올 때 구름 한 조각 가져가지 않겠다고 했지만, 그의 영혼은 북경 근처의 상공에 하늘의 한 조각구름으로 남았겠지요.

긴 시간 들어주셔서, 감사합니다.

어떻게 떠오를까, 추억 속의 첫사랑은

—기타하라 하쿠슈의 「첫사랑」

시로 하는 인생 공부, 안녕하십니까? 송희복입니다. 오늘은 일본 시를 공부하겠습니다. 기타하라 하쿠슈의 「첫사랑」입니다. 이 작품은 아마 1909년에 쓰인 작품인 거로 알고 있습니다. 연도가 틀리면 한두 해 정도일 겁니다. 시의 제목이 첫사랑인데요. 한자로 '초련(初戀)'이라고 표기되어 있습니다. 우리나라에서는 이 초련이 '초연'으로 읽히는데요, 사실은 잘못 읽히는 발음이에요. 어쨌든 '초연'은 1960년대 영화 제목으로도 유명했는데, 요즘은 초련이니, 초연이니 하는 말은 거의 쓰이지 않습니다. 일본말의 첫사랑은요, 한자어로 '초련'이라고 쓰고, 또 일본어 발음으론 '하츠코이'라고 읽습니다.

기타하라 하쿠슈의 「첫사랑」은 7·5조로 된 형태의 시입니다. 7·5조는 일본의 19세기 말 메이지 시대에 근대적 율조로 성행했던 일본 시의 형태라고 하겠습니다. 이것은 20세기 초에 일본에 유학을 가서 공부한 최남선(육당), 김억(안서) 등이 영향을 받고 돌아와서 즐겨 사용했던 다소간 정형적인 음수율입니다. 여기에는 역사적인 쟁점이 진지하게 내포되어 있어요.

제4부_갖가지 사랑이여, 다채로운 빛이여

일본의 국민시인 기타하라 하쿠슈의 모습.

　김억은 제자 김소월에게, 또한 김소월 이후에는 전통 서정시를 쓰는 시인들에게 직접적 또는 간접적 영향을 준 율조이기도 한데, 이것을 두고 우리는 한때 '민요조'라고 얘기했거든요. 그런데 문제가 되는 것은 일본의 메이지 시대에 주로 썼던 근대적 율조인 7·5조가 어찌 하여 우리나라의 민요조인가 하는 의문이 개운치 않다는 사실에 있는 거지요.

　아닌 게 아니라, 근대 이전의 우리나라 민요에 7·5조가 더러 쓰인 건 엄연한 사실이에요. 또 7·5조와 유사한 8·5조, 6·5조와 혼용이 되면서 민요에 많이 사용되었던 걸 두고, 7·5와 유사한 율조를 가리켜 민요조라고 칭하는데, 일본의 영향이냐, 아니면 민요로부터 근대적으로 계승해서 변용한 것이냐 하는 걸 두고 수십 년 동안에 걸쳐 쟁점이 되어왔습니다. 근래에는 국문학자뿐만 아니라 한일 비교문학 하는 사람들도 관심을 갖고 논의하고 있습니다만, 정확하게 결론이 날 성질의 것은 아니라고 봅니다.

어쨌든 오늘 일본의 7·5조 시 한 편, 즉 기타하라 하쿠슈의 「첫사랑」에 관해 여러분과 함께 공부를 해볼까 합니다. 먼저 원문의 형태와 같은 우리말 7·5조로 번역된 것을 들어보시겠습니다.

> 희미한 불빛 아래 환하게 밝게
> 춤을 추는 그 애는 오직 한 사람.
> 희미한 불빛 아래 눈물 머금고
> 사라져간 그 애는 오직 한 사람.
> 희미한 불빛 아래 추억 속에서
> 춤추는 그 사람은 그대 한 사람.

기타하라 하쿠슈, 그는 누구일까요? 우리나라에서는 잘 모르지만 일본에서는 엄청나게 유명한 사람입니다. 우리의 표기법에 따라 '하쿠슈'라고 하는데 일본 사람들은 그렇게 발음하지 않습니다. 기타하라 핫슈. 우리말의 ㅅ받침인 '핫슈'에 가까운 발음입니다. 일본에 가서 하쿠슈라고 발음하면 무슨 말인지 잘 알아듣지를 못합니다.

이 시의 일본어 본문에 '타다 히토리.'라는 말이 있어요. 딱 한 사람. 오직 한 사람이란 말입니다. 이 말이 계속 반복되어서 나오는데요, 20세기 일본의 현대시인 중에서 유명한 사람들이 적지 않습니다. 그 중에서 오직 한 사람, 딱 한 사람을 고르라고 하면 기타하라 하쿠슈예요. 기타하라 하쿠슈는 한마디로 말해 일본의 20세기 국민 시인입니다.

그는 우리나라에서 문학을 공부하는 사람 외에는 잘 알려져 있지 아니한 이름입니다만, 자기 나라 일본에서는 유명합니다. 조선에서 온 문학청년인 김소운을 제자로 받아들이고, 동료 문인들에게 '제자를 소개하는 밤'을 열기도 하였죠. 훗날 김소운은 시인이 아닌 수필가로 한일 양국에 유명해졌지요.

그의 고향이 어디냐구요? 후쿠오카 근교에 있습니다. 후쿠오카가 저로선 이런저런 일로 자주 가는 곳인데요, 그의 고향 '야나가와(柳川)'를 겨울과 여름 두 차례 가봤습니다. 후쿠오카에서 교외선을 타고 한 40분 걸리나요? 그 종점에서 내리면 배 타고 들어가는 수로가 있습니다. 그 수로 끝의 종점까지 또 한 3, 40분 걸리나요? 배 타고 들어가서 거기에 닿으면 그의 생가와 기념관이 있습니다. 그 수로에 수양버들이 드리운 나무들이 쫙 있습니다. 꼭 이태리의 베네치아나 중국의 소주를 연상케 하는 물의 마을이에요.

기타하라 하쿠슈의 고향인 야나가와의 여름 풍경. 에도시대에 만든 수로의 마을로 유명하다. 이 수로를 따라 배를 타고 가면 그의 생가(기념관)에 이른다.

희미한 불빛 아래 추억 속에서, 춤추는 그 사람은 그대 한 사람이다. 분명하지 않은 상황 속에서 분명하게 기억하는 것은 보는 바와 같이 소녀의 춤을 추는 모습입니다. 시의 화자는 그 소녀를 두고 오직 한 사람, 사랑했던, 오직 한 사람이었음을, 또 이 한 사람만을 사랑했음을 추억하고 있습니다. 시의 화자는요, 누군지 잘 알 수 없어요. 이 시가 기타하라 하쿠슈의 자전적인 경험과 관련이 있는지는, 과문한 탓에 저도 잘 모르겠습니다만. 아니면 허구적인 화자라고도 볼 수 있겠네요. 문학이란, 본질적으로 허구를 위한 장치가 아니겠어요?

이 시는 계속 반복되는 유사한 음의 반복을 통해서 운율적인 효과를 기대하고 있습니다. 이 효과는 우리가 어렴풋이 느낄 수 있는데 더 분명하게 느낄 수 있는 것은 일본어 원문을 읽어보면 더욱 분명해질 것입니다. 우리가 비록 일본어를 모른다고 해도, 일본어로 이 시를 읽어 본다면 이 효과를 분명하게 감지할 수 있겠습니다.

어때요? 그럼 이 시를 일본어로 한번 읽어 볼까요? 굳이 일본어로 표기할 필요가 없이, 그냥 우리말로 음사(音寫)해 보겠습니다.

　　우스라 아카리니 아카아카토
　　오도루 소노 코와 타다 히토리

　　우스라 아카리니 나미다시테
　　기에루 소노 코모 타다 히토리

　　우스라 아카리니 오모이데니
　　오도루 소노 히토 소노 히토리

하나하나 집어서 제가 설명을 하지요. 우스라, 라고 하는 것은 한자로

엷을 박(薄) 자에 해당합니다. 우리말로는 희미한, 아스라한……이렇게 번역할 수 있겠는데, 여기서는 '희미한'이라고 하는 게 적절해 보입니다. 분명하지 않다는, 그런 뜻이거든요. 근데 '아스라한'이라고 번역된 역본도 있거든요. 이건 분명하지 않음이 아니라, 공간적으로 격리된…… 이라는 것을 뜻하니까, 사실은 '아스라한'보다 '희미한'에 더 가깝다고 할 수 있겠네요. 또 더 좋은 것은요, 아리까리한……이에요. 이를테면, '아리까리한' 아카리 말예요. '아리까리한'이 일본어인줄 아는데 이건 우리말입니다. 또렷이 분간하기 어렵다……의 아리아리하다. 이 낱말에서 약간 변형이 되어 '아리까리하다'로 정착이 됩니다.

아카리(니)……는 또 뭐죠? 빛이에요. 또는 불빛입니다. '니'는 우리말의 '에'에 해당되는 토씨구요. 아카아카토. '붉다'를 일본어로 '아카이'라고 하거든요. 아카아카토, 라고 하는 건 '붉디붉다'를 가리키는 것인데 이것은 '밝고도 밝다'라는 강조의 뜻이 되기도 합니다. 그래서 '아카아카토'는 일반적으로 볼 때 붉고 붉게, 밝고 밝게 등으로 번역되기도 합니다. 그런데 말예요. 이게 4자니까 5자를 맞추어야 하지 않아요? 우리말로 번역할 때, 그래서 환하게 밝게, 이렇게 맞춘 겁니다. 그래서 우리말로, 희미한 불빛 아래 환하게 밝게. 이렇게 우리말 7·5조에 맞추어 번역이 된 것이지요.

오도루 소노 코와 타다 히토리.

일본어 '오도루'는 '춤추다'의 동사입니다. 이것의 명사로는 '오도리'가 되지요. 횟집에 가면 생선회를 먹는 과정의 반이나, 3분의 2 시점이 지나면, 또 나오는 음식이 있습니다. 손가락 보다 큰 새우, 살아 있는 새우를 껍질을 벗겨 꿈틀거리는 것을 주는데. 제일 맛있는 생선회가 이 '오도리 회'라고 해요. 산 새우를 껍질 벗겨 놓은 거. 새우가 고통스러우니까 꿈틀거리죠. 이것을 다들 아주 맛있게 먹는데요, 저는 한 번도 먹은 적이 없습니다. 너무나 끔찍하고 잔인해서요. 그래서 오도리 회는 우리

야나가와 수로의 끝에 닿으면, 기타하라 하쿠슈의 생가가 있다. 지금 그의 기념관으로 이용되고 있다.

말로 '춤 회'가 되는 거예요. 이때 춤은 일종의 비유법인데 생물, 생명체를 두고 고통스럽게 꿈틀거리는 것을 춤으로 비유하다뇨? 굳이 말하자면, 고통의 춤입니다.

오도리는 춤. 오도루는 춤추다. 소노 코와. 그 애는. 코(子)는 아이거든요. 춤추는 그 애는. 타다 히토리. 딱 한 사람. 혹은 오직 한 사람. 이런 뜻이에요. 제가 미리 말하지 않았습니까? 기타하라 하쿠슈는 20세기 일본 시인으로서 딱 한 사람에 해당된다고요. 따라서 그는 자기 나라의 국민 시인이다. 그 사람이야말로, '타다 히토리'입니다. 그가 이 시에서 말한, 그가 사랑한 '오직 한 사람'에 대해서는 우리가 누구인지 알 수 없습니다. 미지의 소녀예요.

우스라 아카리니 나미다시테.

희미한 불빛 아래의 나미다. '나미다'는 눈물이거든요. 나미다스루. 우리말로 직역하면 눈물하다. 우리는 눈물하다, 란 말이 없지 않습니까? 우리는 눈물짓다. 눈물 머금다, 라고 하거든요. 여기에 다섯 자를 맞추려고 하면, '시테'의 '테'는 부사형이거든요. 그러니까 나미다시테, 라고 하면 눈물 머금고. 이렇게 번역하는 게 가장 적절하지요.

기에루. 기타라 하쿠슈는 '기유루'라고 했습니다. 기유루는 백 여 년 전의 일본어입니다. 지금은 기에루예요. 기에루, 는 사라지다. 사라져간. 소노 코모. 그 아이도. 사라져간 그 아이도, 타다 히토리. 즉 오직 한 사람.

그 다음을 봐요. 우스라 아카리니. 희미한 불빛 아래. 오모이데니. '오모이데'는 기억, 추억, 생각……이런 뜻이거든요. 기타라 하쿠슈는 백 여 년 전의 일본어인 '오모히데'라고 적었어요. 요즘말로는 '오모이데'입니다. 그러니까, 희미한 불빛 아래 다섯 자를 만들려면, '추억 속에서'가 되겠지요.

자, 그러면 마지막을 살펴볼까요.

오도루 소노 히토 소노 히토리.

좀 전에 말했듯이, 춤추는 소노 히토. 그 사람은. 소노 히토리. 그(의) 한 사람. 그러니까, 그대 한 사람. 이런 방식으로 우리가 7·5로 번역해서 하나의 모범적인 역본을 완성시킬 수가 있습니다.

이상과 같이, 오늘은 일본의 시 기타라 하쿠슈의 「첫사랑(하츠코이)」에 관한 시를 놓고 여러분께서 제 강의를 들어 보셨습니다. 어떻습니까? 외국의 시도 공감이 되는지요? 누구에게나 첫사랑은 청소년기에 짝사랑으로 끝나지 않아요? 이것은 늘 추억 속에 아련히 존재하지 않는가요? 그래서 오늘 강의 제목도 '어떻게 떠오를까, 추억 속의 첫사랑은' 하고 미리 정해 보았습니다.

다음에 여러분을 다시 찾아뵙겠습니다. 안녕히 계십시오.

벗의 서러운 사연이 붉게 승화하는 사랑

—박재삼의 「울음이 타는 가을 강」

젊은 사람일수록, 사랑에 실패하면, 인생이 실패한 것으로 생각하기 싶습니다. 이것은 참으로 착각입니다. 저도 주변에 젊어서 사랑에 실패해 폐인처럼 살아가는 경우를 보기도 했습니다. 사랑의 실패는 끝장이나 막장에 이른 게 아닙니다. 인생의 긴 맥락에서 볼 때, 끝장난 러브 스토리는 연속극처럼 이어지게 마련입니다. 아무리 막장에 이르렀다고 생각해도 어둠의 터널을 지나가야 할 혼자만의 시간이 당분간 필요하지요. 이걸 지나면 새로운 사랑의 빛이 거짓말처럼 다시 나타나지요.

사실은요, 사랑뿐 아니라, 세상일 모든 게 그렇지요.

사랑에 실패해도 좌절하지 말라는 가르침을 담은 좋은 시를 우선 소개할까, 해요. 초유의 불전인 『숫타니파타』에 나오는 율문(시나 노래와 같이 운율이 있는 글)이지요. 사랑에 실패한 사람은 당분간 무소의 뿔처럼 혼자서 가야 합니다.

> 서로 사랑하는 사람에게는
> 사랑하고 그리워하는 마음이 생긴다.
> 사랑과 그리움에는 괴로움이 따른다.

사랑과 그리움에는 괴로움이 생기는 줄 알고,
무소의 뿔처럼 혼자서 가라.

시인 박재삼은 전통 서정시의 계보에 속하는 사람입니다. 모더니즘이 판을 치던 전후의 황량한 시단에서 고집스럽게 서정적인 언어의 광맥을 찾고자 한 희귀한 시인이었지요. 저는 아주 오래 전에 시인 박재삼과 만난 적이 있습니다. 그때 저는 본격적으로 비평 활동을 시작한 비교적 젊은 나이였고, 시인은 지금의 제 나이에 해당하는 노년기에 이르렀습니다. 1990년대 초반이니까 벌써 30년 다 되어가는 일이었습니다. 시인 정진규 선생이 운영하는 시 월간지 『현대시학』에서 대담을 한 적이 있었지요.

그때 대담 중에 이런 말씀을 하더군요, 지금도 기억이 납니다만.

"우리 어머니는 일자 무식꾼인데 늘 이런 속담을 썼지요. 이야기는 거짓말이고 노래는 참말이다. 그게 저한테는 아주 절실하게 와 닿았어요."

필자는 혼자 가는 길의 이미지를 구성해 보았다.

이야기가 거짓말이라고 하는 것은 요즘 말하는 가짜 뉴스가 아니고요, 허구의 장치가 전제되어 있다는 원초적인 장르 인식을 드러낸 것이고, 반면에 노래가 참말이라고 하는 것은 노래에 시 정신의 진실함이 담겨 있음을 말하는 것이지요. 시 정신에 이야기를 노래로 정화하고 승화하는 진실한 언어의 정신이 깃들어 있어요. 속담 속에 반영된 뜻이 그게 아닐까요.

그의 대표작의 하나인 「울음이 타는 가을 강」은 친구의 실패한 사랑 이야기에서 비롯된 것입니다. 시심의 단초는 친구로부터 전해들은 실연에 관한 이야기에 있습니다. 아주 기막힌 사연이 있으니까, 시인은 동정하고, 공감했을 겁니다. 우리는 그 내용을 잘 모르지만요.

이처럼 내용을 잘 모르는 상태에서 시가 되는 법입니다. 만일 그 내용을 알면 시가 아니지요. 그냥 이야기입니다. 친구에게 들을 때는 이야기이지만, 시인이 그 이야기를 함축하니까, 이야기가 숨어버리게 되는 것이지요. 이런 점에서 시는 이야기가 숨어버린 이야기, 또 다른 질감의, 극적으로 줄인 이야기죠.

두루 알다시피, 시의 제목인 '울음이 타는 가을 강'은 사뭇 독특한 표현입니다. 울음이 타는 가을 강이라는 것은요, 노을빛이 비치는, 저녁노을이 반사되는 가을 강이란 뜻입니다. 이 시는 세 연으로 구성되어 있습니다. 첫 번째 연은 4행이구요. 두 번째 연은 2행이고, 마지막 세 번째 연은 6행으로 되어 있습니다. 4-2-6행으로 된 3연의 시편이로군요.

이 시는 시인 박재삼이 『사상계』(1959. 2)에 발표한 꽤 오래된 시입니다. 시인의 대표작의 하나인 이 시는 서울대학교 교수를 지낸 권영민 선생의 말마따나, 노을이 붉게 타는 가을 강의 숨 막히는 아름다움을 통해, 삶의 서러움을 정화하면서 세계에 대한 새로운 인식으로서 받아들이고 있는, 또한 서러운 사랑의 이야기가 한낱 소멸의 이미지에만 묶여 있지 않고, 지극한 아름다움을 매개로 하여 삶의 근원에 깊은 성찰과 새로운 자각을 부여하고 있는 1950년대의 명시입니다.

그러면, 이 시의 전문을 살펴볼까요. 화면을 통해, 미리 준비한 낭독을 들으시겠습니다.

마음도 한자리 못 앉아 있는 마음일 때,
친구의 서러운 사랑 이야기를
가을 햇볕으로나 동무 삼아 따라가면,
어느새 등성이에 이르러 눈물 나고나.

제삿날 큰집에 모이는 불빛도 불빛이지만,
해질녘 울음이 타는 가을 강을 보것네.

저것 봐, 저것 봐,
네보담도 내보담도
그 기쁜 첫사랑 산골 물소리가 사라지고
그 다음 사랑 끝에 생긴 울음까지 녹아나고
이제는 미칠 일 하나로 바다에 다 와 가는,
소리 죽은 가을 강을 처음 보것네

시의 화자는 마음도 한 자리에 못 앉아 있을 때, 친구의 서러운 사랑 이야기를 듣습니다. 친구의 서러운 사랑 이야기라고 했으니, 어떻습니까? 비극적인 순애보를 암시하고 있네요. 비극적인 순애보이거나, 가슴 아릿한 실연담이거나. 어쨌거나 사랑에 실패한 이야기가 전제되어 있네요.
이 이야기 속에서, 가을 햇볕을 벗 삼아 따라가면, 어느새 등성이에 이

필자가 찍은 사진 중에서, 이 사진은 마치 울음이 타는 것 같은 저녁놀의 이미지와 가장 근접하고 있다.

르러 눈물이 나는구나, 합니다. 여기에서 등성이는 산등성이를 말합니다. 가을 강이 잘 보이는 장소지요. 등성이는 이렇게 가장 높은 곳이니까 서러운 사랑 이야기의 절정, 러브 스토리의 클라이맥스……이런 뜻을 머금고 있겠지요. 고조된 감정을 등성이에 비유하고 있다고 봐도 되겠어요.

아니면, 친구의 서러운 사랑 이야기를 듣고, 이렇게 길 따라 죽 걸어가면 등성이에 이르고, 그 등성이에서 가을 강(사실은 시인의 고향인 삼천포의 지형을 염두에 두자면, 가을 강과 만나는 바다가 되겠지요.)을, 바라보고 있는 그런 장면을 제1연에서 묘사하고 있습니다. 친구의 이야기에 스스로 동화가 되었거든요. 제1연은 사람들의 감정 상태 중에서 동정의 단계, 이를 두고 이른바 '심퍼시(sympathy)'의 상태에 빠져들고 있습니다. 이 감정은 사랑의 실패로 인한 슬픈 감정이라고 하겠습니다.

제2연에서는 정경을 아주 간결하게 묘파하고 있네요. 제삿날 큰집에 모이는 불빛도 불빛이지만. 이것은 지금의 정경을 묘사한 게 아닙니다. 과거의 추억을 떠올리면서 서로 비교하고 있네요. 독일의 문예학자 에밀 슈타이거는 서정적인 것의 존재 생명은 회상, 즉 감정의 상태를 되돌리는 데 있다고 말했는데, 이 대목이 적절한 하나의 보기라고 하겠네요.

그럼, 지금의 정경은 뭐냐? 해질녘에 보고 있는 울음이 타는 가을 강이에요. 보것네, 라고 하는 것은 보겠네, 볼 수 있겠네 하는 뜻입니다. 이 '것'은 표준어 '겠'에 해당하는 보조용언, 즉 선어말 어미입니다. 저는 방언학자가 아니지만, 삼천포와 강진 등과 같은 남해안 지역의 방언이라고 봐요. 김영랑 시의 표현에서도 나오지요.

오매, 단풍 들것네, 같은.

이 시의 두 번째 단계는요, 앞에서 말한 '심퍼시(sympathy)'와 다른 '엠퍼시(empathy)'의 단계입니다. 엠퍼시라고 할 때의 '엠(em)'은 영어의 전치사 'into'에 해당합니다. 옛 그리스 어원으로는 '엠파테이아(empatheia)', 즉 감정(pathy) '속으로 들어가다'의 뜻. 그러니까, 적절하냐의 여부를 떠나서 '감정이입'이라고도 곧잘 말해집니다.

엠퍼시는 먼저 19세기에 미학의 용어로 사용되었죠. 빌헬름 딜타이는 이를 감정이입이라고 개념화하면서 다른 사람의 입장이 되어 그들이 어떻게 느끼고 생각하는지 이해하는가의 의미로 사용했어요. 20세기에 이르러서는 심리학이나 정신분석학에서 엠퍼시란 용어에 적극적인 의미가 부여됩니다. 즉, 공감이란 뜻으로요. 무엇이 공감일까요? 상대의 감정과 동일하게 느끼기만 하는 것이 아니라 다시 상대의 감정에서 빠져 나와서 거리를 두면서 객관적인 상태에서 상대를 감정적으로 이해하는 상태를 말하지요.

제2연은 해질녘 울음이 타는 가을 강이니까 친구의 이야기에 동화된 상태 다음의 대목입니다. 친구 이야기에 동화된 것이 동정의 단계라고 한다면, 해질녘 울음이 타는 가을 강은 하나의 정경 묘사. 저녁놀이 가을 강에 반사되는 정경을 묘사함으로써 시인의 감정을 자연물에 이입하면서 친구를 동정하는 마음에서 떨어져 나와 다소 객관적인 거리를 두는 단계라고 하겠습니다.

요컨대, 제1연이 동정의 단계라면, 제2연은 즉 자연물로의 감정이입의 단계이거나, 혹은 공감의 단계로 넘어가거나 하는 단계예요. 말하자면, 시인이 자연물에 감정이입함으로써 친구의 마음을 동정하는 것에서 다소 거리를 두면서 객관화된 공감의 단계로 나아가려고 했다고, 저는 봐요.

제3연은 복잡하네요. 행도 6행으로 되어 있구요. 네보다 내보다 저것 봐, 저것 봐……네 사랑 이야기보다, 내 과거 회상보다, 현존하고 있는 놀라운 경관을 보아라고 하네요. 이 현존하는 경이의 광경은 소리 죽은 듯이 울음, 즉 속울음이 타는 가을 강의 모습이에요.

첫사랑의 산골 물소리가 사라지고. 또 그 다음에 생긴 울음까지 녹아나고. 저절로 사라지고, 스스로 녹아나는 것을 두고, 우리는 자기 소멸이라고 하지요. 여기에서 울음이라고 하는 것은 진짜 울음이라기보다는 속울음일 가능성이 있습니다. 이 속울음이라고 하는 게 '나의 울음'입니다. 울음이 서로 공명(共鳴)한 것이지요. 내적 융합의 상태랄까요. 내 속 울음까지 녹아난다는 것 말예요.

이와 같이 기쁨도 사라지고 속울음도 녹아나고 이제는 미칠 일 하나로, 도달할 일 하나로 바다에 와 가는 것, 와 닿는 것. 소리 죽은 가을 강. 먼저는 해질녘 울음이 타는 가을 강이라고 했고, 그 다음은 소리 죽은 가을 강이라고 했네요. 의미의 등가성을 얻고 있습니다. 지나가는 마당에 제가 한마디 던집니다. 미칠 일에서의 '미치다'는요, 말하자면 두 가지의 뜻을 가진 소위 중의법예요. 뜻 겹침의 수사법 말이에요. 하나는 '어디에 이르다'는 뜻의 '도(到)'이며, 다른 하나는 '정신이 빠져나간 상태'의 '광(狂)'이에요.

소리는 들리지 않고 시각적으로 붉게 반사되는 빛이 있는 가을 강을 처음으로 보겠네. 이 소리 죽은 가을 강은 그 붉은 빛이 왕성한 이미지인데 이것의 붉음은 슬픔을 뜻합니다. 슬픔의 객관적 상관물이라고 볼 수 있겠습니다.

세 번째 연, 즉 마지막 연은 제1연인 동정의 단계에서 제2연인 대상성에의 감정이입을 통해 공감으로 이동하는 단계를 지나서, 제3연에 이르러서는 승화 혹은 정화에 이릅니다. 무엇을 승화하고 무엇을 정화합니까? 사람들이 살아가는데 생기는 서러움, 한(恨)과 같은 것, 마음속의 슬픔의 여분을 깨끗하게 하고, 또 초월하게 하는 단계라고 보면 되겠네요.

시인이 본 가을 강은 노을에 물든 서러움을 순화하고 정화하고, 끝내 승화해 바다에 미치는 소리 죽은 가을 강입니다. 일상적 삶이나, 사람들 사이의 사랑과 미움의 감정, 이런 유의 것들이 일상적이라면, 애증의 감정을 초월하는 것은 승화의 단계이거든요. 종교적인 경건성도 여기에 해당해요.

여러분, 어떻습니까?

이미지의 연상 작용을 고려해 볼 때, 이 시에는 물과 불의 이미지가 아주 두드러져 보입니다. 물은 흐름이구요, 불은 타오름이거든요. 물은 흘러가니까 수평적이요, 불은 위로 타오르니까 수직적입니다. 수평과 수직을 이렇게 결합한 이미지. 이것이 바로 노을입니다. 물, 불, 노을. 노을은 울음으로 비유하고 있네요. 물 흐름, 불타오름, 노을 울음……. 이와 같이, 정반합의 단계를 밟고 있습니다.

이 노을과 가장 가까운 이미지가 술입니다. 알코올이 원료인 술은 특히 도수 높은 술일수록 물과 불의 결합력이 강하지요. 증류수처럼 말이에요. 그것을 불 화(火) 자인 화주라고 합니다. 양주나 중국의 백주처럼 도수가 높은 술이 물과 불의 혼합적인 이미지가 두드러져 보입니다.

시의 내용이 기쁨과 서러움이 융합된 상태로 바다에 이르는 것 같은 어떤 사랑의 과정을 잘 보여주고 있습니다. 이 과정을 우리는 정화하는 과정, 승화하는 과정으로서의 증류주처럼 볼 수 있겠습니다.

왼쪽 사진은 프랑스 동북부의 시골 마을 바르 쉬르 오브이며, 오른쪽의 모습은 여기에서 태어나 자란 가스통 바슐라르의 모습이다.

이 시를 보면 진실한 언어의 정신, 즉 노래 정신 같은 것이 잘 반영되어 있다고 볼 수 있겠네요. 프랑스의 유명한 철학자이고 비평이론가인 가스통 바슐라르라는 분이 있어요. 이 분은 오래 전부터 우리나라에 많이 소개되었습니다. 물질적 상상력 이론의 최고 대가입니다. 과학과 철학을 접목한 융복합의 분야에서 독창적인 가설을 제시한 독보적인 상상력 이론가이지요.

그는 프랑스 동북부 샹파뉴 지역의 작은 도시에서 구두 수선공의 아들로 태어나 프랑스 특유의 최상위 엘리트 고등교육기관인 그랑제콜에 들어가지 않고 시골의 우체국 직원으로서 독학한 후 과학철학 박사 학위를 받고 한 시대의 석학으로 이름을 남겼지요. 그는 『불의 정신분석』라는 저서에서 불에는 정화하는 이미지가 있다고 보았어요.

정화하는 불의 이미지는 고대인들의 시체를 화장하는 풍속에서 볼 수도 있겠지요. 육신의 부패, 삶의 회한, 사랑의 미련 등을 남김없이 태워버린다는 점. 거기에는 영혼을 상기하기도, 또 존재를 입증하기도 하는 이미지를 가지기도 해요. 그밖에도 타오르는 성욕의 본능 같은 것도 불의 이미지에 해당하지요. 물론 성욕을 배설하는 것이 정화의 카타르시스임을 암시하기도 했지요.

이에 반해, 물의 이미지는 그것과 현저히 다릅니다. 죽음과 재생, 모성성, 시간의 흐름이랄까, 이런 것들이 물의 이미지와 상관이 있습니다.

물과 불이 결합하면, 혼합의 이미지가 형성됩니다. 불타는 물, 불의 물방울 같은 것으로 말입니다. 이 혼합 이미지 중에서 가장 대표적인 게 있다면, 바로 술의 이미지, 노을의 이미지라고 하겠습니다. 특히 술의 이미지는 주신(酒神) 디오니소스적인 도취와 열정을 하나의 원형 심상으로 삼고 있습니다.

이런저런 내용과 관련해, 잠시 바슐라르의 '호프만 콤플렉스'의 개념을 생각하지 않을 수 없습니다. 이 대목에 이르면, 담론의 수준이 고도화됩니다. 그가 말한 에른스트 호프만은 자신의 앞 시대 독일인으로서 소설가와 작곡자이며, 또 애주가로 유명했습니다. 우리나라에 한때 애주가를 두고 '주(酒)태백'이라고 했지요. 동양식으로 하면, 호프만 콤플렉스는 '주태백 콤플렉스'라고 할 수 있겠습니다. 물과 불이 결합된 술의 이미지가 가지는 깊은 마음속의 복잡한 얽힘의 마음 상태가 호프만 콤플렉스라고 할 수 있겠지요.

박재삼의 '울음이 타는 가을 강'은 호프만 콤플렉스의 시적 구현이라고 하겠습니다. 그의 시심이 벗의 사연과 전언에서 비롯된 사랑의 열정으로 불타오르다가, 이것이 점차 소멸되어가는 다음에, 그것의 시적 구현은 승화된 마음 상태로서의 저녁놀로 드러나고 있습니다. 여기에서의 노을은 술의 창조적인 변형이라고 하겠지요.

이제 마무리할까, 합니다.

이 시의 구조는 셋으로 나누어집니다.

제1연은 시간의 흐름이 물처럼 흐르는 동정의 단계, 제2연은 과거 회상의 불을 지피고 타오르게 하면서 공감으로 이동하는 단계, 제3연은 물과 불이 마치 술처럼 놀이 되어 감정의 여분이 소멸되는 승화의 단계에 이릅니다. 이 혼합 내지 종합의 단계는 디오니소스적인 황홀경이랄까, 호프만 콤플렉스의 시적 구현으로 갈무리됩니다. 물, 불, 술, 놀(노을). 모든 게 단음절 리을(ㄹ)로 끝나는 낱말인 것도 뭔가 친화력을 획득하고 있는 것 같네요.

울음이 타는 가을 강과 소리 죽은 가을 강은 비슷한 이미지의 맥락을 가진 것이라고 보이지만, 후자가 한결 자기표현적인 정조(情調)의 자극 속에서 융합하려는 성향이 뚜렷하군요. 과거에 독일의 문예학자 볼프강

카이저는 서정성의 본질을 가리켜 '정조의 순간적인 고조를 띤 대상성의 내면화'라고 말하기도 했지요. 박재삼의 시에서의 대상성은 저녁놀에 물든 가을 강이라고 하겠지요. 시인과 이것은 서로 침투합니다. 이 상호 침투야말로 내면화라고 하겠습니다. 온전히 상호 침투가 이루어지면, 마침내 그 대상성은 소멸합니다.

오늘, 제 말씀은 여기에서 줄이겠습니다.
안녕히 계십시오. 감사합니다.

취중의 얼룩진 그리움, 꿈속의 달콤한 사랑

—경요의 시와 등려군의 노래

오늘은 대만의 소설가 경요(치웅야오)가 지은 짧은 시 한 편과, 대만의 가수 등려군(덩리쥔)의 노랫말 하나를 살펴보겠습니다. 이 두 여성은 대만에서 국보적인 존재성을 지닌 인물이라고 하겠습니다. 지금 여성 정치인 차이잉원도 대만에서 재선 연임의 총통으로 일하고 있듯이, 대만은 여성의 힘이 느껴지는 곳이라서 바람직해 보이네요.

경요는 지금 2020년 시점에서 나이가 여든두 살입니다. 대만 최고의 인기 작가입니다. 대중소설, 시나리오 작가, 드라마 작가로서 최고의 경지에 올랐지요. 드라마 작가라고 한다면, 우리나라의 김수현 급에 해당되는 분이에요. 엄청난 다작과 대중적인 인기에 있어서 따를 사람이 없대요.

그는 우리나라는 물론 중국 본토에도 큰 영향을 끼친 작가입니다. 데뷔작은 1963년에 발표한 「창외(窓外)」라는 작품이라고 해요. 창외, 우리말로는 '창 밖'입니다. 그의 자전적 소설이라고 해요.

경요의 살아온 과정을, 제가 간단히 말씀 드릴까 해요. 부모는 원래 본토 사람입니다. 아버지는 국공 내전의 과정에서 두 아들을 잃었다고 해요. 중일전쟁이 끝이 나자 국민당과 공산당이 본토에서 내전에 돌입하는데 국민당이 패퇴함으로서 중국은 사회주의 체제의 신중국을 건설하게 되었지요. 그 내전으로 인해 경요 부모는 두 아들을 잃고 장개석을 따라서 가족을 데리고 대만에 와 정착했는데, 군인 출신인 아버지가 굉장히 가부장적이고 남아선호 사상이 강했어요. 딸인 경요를 어려서부터 아주 미워했다고 합니다. 살아야할 아들은 죽고, 쓸데없는 딸이 살아서 나와 같이 살고 있다면서요. 이런 모진 소리를 했다고 해요.

그런데 그의 어머니는 좀 달랐다고 합니다.

그의 어머니는 중학교 국어교사였는데, 그를 대작가로 키웠습니다. 어릴 때 보니까 문학적 재능이 뛰어나거든요. 그래서 어릴 때부터 가학으로 중국 고전을 많이 가르쳤다는 겁니다. 집에서 가르치는 것을 가학이라고 합니다. 당나라 때의 시나, 「홍루몽」과 같은 중국의 고전적인 소설들을 읽게 하고, 또 가르쳤다고 해요. 그가 대작가로 성장할 수 있는 기본적인 바탕을 이루게 한 사람이 어머니예요. 그의 작가적인 교양의 바탕은 거의 어머니를 통해 이루어졌……

앞서 제가 데뷔작이 「창외(窓外)」라고 했는데요. 자신의 이야기예요. 경요가 고등학교에 다닐 때 아버지의 사랑을 못 받았기 때문에, 아버지 같은 연상의 남자인 유부남 선생님을 사랑하게 되고, 이 선생님과 금지된 사랑을 나누면서 학교에서 크게 소문이 납니다. 그러한 기구한 삶을 나타낸 것이 그의 1963년에 발표한 데뷔작 속에 잘 나타나 있습니다.

이것이 10년 후인 1973년에 또 영화화되어서 유명했지요. '임청하'라고 하는 홍콩의 유명한 여배우가 있었는데, 또 그는 이 영화를 통해 데뷔합니다. 소설과 영화는 통속적인 수준에서 벗어나지 않지만, 소설과 영화가 각각 대작가와 명배우의 처녀작이란 점에서 주목을 받고 있습니다.

다산성의 글쓰기를 추구해온 경요라서 그런지, 시는 의외로 적습니다.

배우 임청하가 영화 데뷔작에 출연한 모습. 작가 경요의 자전적인 소설(1963)인 「창외」의 영화
(1973) 포스터. 교사와 여고생의 금지된 사랑을 소재로 한 이 소설 및 영화는, 부성애 결핍으로 인
해 성장기에 겪은 경요 자신의 아릿한 내력이기도 하다.

그의 시집이 1992년경에 우리나라에서 번역이 되기도 했습니다. 시는
소설이나 극본에 비해 과작임에도 불구하고 「그리움 · 2」라고 하는 제목
의 그의 시 한 편이 제 눈에 들어오는군요. 매우 짧은 시입니다.

옷에 묻은 술 자국 시와 같네.
얼룩마다 한 줄 한 줄
그리운 뜻 배여 있네.

이 석 줄이 시의 전문(全文)입니다. 시 속의 주인공이 경요 자신일까요? 아니면 유흥업소에 근무하는 극화된 직업여성일까요? 어쨌거나, 여성 화자는 지금 술이 취한 상태입니다. 취한 상태에서 쓴 취중시다, 라고봅니다.

경요 자신인지 극화된 화자인지 어쨌든 간에 옷에 묻은 술 자국이 하나의 시처럼 느껴진다는 것. 재미있고 기발한 착상으로 보이네요. 얼룩마다 한 줄 한 줄, 한자로는 '점점행행(點點行行)'으로 되어 있어요. 점이바로 얼룩이지 않습니까? 행은 줄이고요.

얼룩마다 한 줄 한 줄 그리운 뜻.

얼룩진 데마다 그리움의 뜻이 하나하나 배여 있어요. 옷에 젖은 술 자국이 내 마음의 상태를 지금 말하고 있습니다. 말 못할 그리움을 가슴에담고 있는 여인의 모습을 떠오르게 하는 시네요. 짧은 시이지만 무언가마음을 꼭 집어서 지긋하게 누르는 것 같은 느낌을 주고 있습니다.

경요는 우리나라에서도 1980년대 중후반, 1990년대 초반에 엄청난인기가 있었습니다. SBS TV 방송국이 처음에 개국했을 무렵에 「금잔화」 등의 작품이 번안되어서 미니시리즈로 제작해 방송되었을 만큼 한때 우리에게도 큰 인기를 누리기도 했습니다.

다음은 가수 등려군이 부른 대중가요 「첨밀밀」의 노랫말을 살펴볼까요. 그 역시 경요처럼 장개석 정부의 군인의 딸로서 대만으로 이주해온가족의 일원입니다. 중화권에서, 그가 비교적 일찍 세상을 떠나 아쉬움이많지요. 대륙의 인민이 사회주의 선전 계몽의 노래나 공산당 군가만 들었다가 개혁개방 이후에 등려군의 남녀 간 사랑노래가 비공식적인 유통망으로 들어오자 감동으로 들썩이게 된 것이지요. 그는 살아생전에 한 번도대륙에 간 일이 없어도 사후에 대륙의 문화 영웅이 되었던 거죠.

대중가요 「첨밀밀」이 영화의 주제가로 잘 알려져 있지만, 사실은요 영

대만 출신의 등려군(덩리쥔 ; 1953~1995)은 동아시아 20세기 후반을 장식한 시대의 명가수로서 불꽃같은 삶을 살았다. 살아생전에 단 한 번도 가지 못한 중국 대륙의 인민들에게는 마음속의 개혁 개방을 심어주었다. 대표적인 음반으로는, 고전적인 아취가 물씬 풍기는 환상의 명반인 「담담유정」(1983) 등이 있다.

화 속의 노래에 딸려 있었던 게 아니라, 기존의 노래에 맞게 영화가 다시 만들어졌던 거예요. 더욱이 이 노래는 원작이 인도네시아 민요라고 하지 않아요? 편곡과 개사(改詞)의 과정 속에서 중국의 색을 덧칠했지요. 저는 홍콩의 딜러와 간접적으로 접촉해 이 노래를 담은, 등려군 모습을 가득 채운 재킷으로서, 1990년대 초반에 나온 엘피(LP)를 20년 전에 20

만원으로 구입하였지요. 지금은 이것이 너무 희귀해 마니아가 수백만 원을 줘도 못 구한다고 하네요.

이 노래의 애잔하고 서정적인 멜로디는 국경을 넘어 폭넓은 공감대를 형성한 것 같아요. 노랫말의 내용도 동아시아적인 정서에 딱 맞는 분위기인 것 같아요. 그럼 영화 속의 장면에서도 들려온 등려군의 이 노래를 우리말로 옮겨볼까요.

달콤해, 네 미소가 달콤해,
봄바람 속에, 봄바람 속에
마치 피어나는 꽃처럼.

어딘가 어디선가 널 보았어.
네 미소가 이다지 낯익은데
잠깐 생각나지 않았지.

아, 그래 꿈속이었어.

꿈속에서, 꿈속에서 널 보았지.
부드러운 미소, 정말 달콤했지.

너였어. 너였어. 꿈속에서
본 사람, 바로 너였어.

어딘가 어디선가 널 보았지.
네 미소가 이다지 낯익은데
잠깐 생각나지 않았지.

아, 그래 꿈속이었어.

영화 속의 얘기로 돌아가볼까요. 여소군(여명 분)과 이교(장만옥 분)의 사랑은 중국에서 시작해서 홍콩을 거쳐 뉴욕에 이르러 10년 세월을 보내면서 서서히 이룩해갑니다. 이들의 첫 만남은 우연이었지요. 중국발 홍콩행 열차에 서로 등지면서 깊고 달콤한 잠 속에 빠져 있었죠. 이들의 첫 만남은 서로가 영원히 인식하지 못하는, 남남으로서의 우연한 만남. 그러나 이것은 옷깃 스치는 인연의 시작이었지요. 종착역에 도착한 이들은 허겁지겁 제 갈 길로 가요. 1986년의 일이었지요. 이 첫 만남 시퀀스를 클로징 시퀀스로 배치해 놓았다는 건 극적으로 묘한 원환적(圓環的)인 구조를 이루고 있는 것. 어차피 인생이란 돌고 도는 것이니까요. 이 구조 속에서 사람들이 서로 아옹다옹하면서 살아가는 게 얼마나 몽매하고 허망한 것일까요!

객지 생활에 지친 두 사람은 명절 전 날에 외로움을 달래기 위해 함께 잠자리에 듭니다. 하지만 두 사람은 한 순간에 스쳐간 하룻밤의 인연에 불과할 뿐이지 친구도 연인도 아닌 어정쩡한 관계였죠. 하지만 서로는 서로 다른 배우자를 만남으로써 남남처럼 미련도 없이 헤어졌던 것이지요.

여소군은 이교와의 하룻밤 관계를 고백함으로써 배우자에게 버림을 받게 되자 뉴욕으로 떠납니다. 이교도 조폭인 구양표와 함께 도피 생활을 하다가 뉴욕에 정착합니다. 그러나 구양표가 흑인 불량배들에게 죽음을 당하자, 이교는 이역에서 혼자가 되지요. 그들은 1995년, 등려군의 사망 소식을 접한 후, 길거리 전자상가에서 보이는 TV 화면을 통해 그녀의 추모 프로그램을 보다가, 또 다시 우연히 먼 이국에서 만나게 된 것. 홍콩으로 건너와 우연한 만남으로 친구가 되고 사랑의 감정을 느끼지만 각자의 엇갈린 길을 떠나 만남과 헤어짐을 되풀이한 이들의 사랑은 지구를 반바퀴 돌아서 10년만에 다시 이루어진 운명적인 사랑. 우연도 몇 차례 반복되면 미지의 세계인 인연이 됩니다. 인연의 불가해성은 신비로 가득한 것이에요.

　사랑을 소재로 하는 영화 가운데 정서적인 과격성을 띠는 경우가 많지요. 시지각적인 매체의 강렬성으로 인해 영화에서의 사랑은 열정, 격정, 미친 사랑의 범주 속에 빠지기가 쉽습니다. 격정적인 사랑이 지닌 정서의 과격성은 이른바 '첫눈에 반한 사랑'이에요. 이 사랑의 가장 고전적인 사례는 바로 '로미오와 줄리엣의 사랑'이지요. 이 두 사람은 서로 첫눈에 반하고 열정과 격정의, 다소 과잉된 과정을 겪어가면서 죽음의 수렁에 빠지기도 해요. 우리 속담에 '갑작사랑 영이별'이라는 말이 있는데, 그들의 사랑이야말로 갑자기 이루어진 사랑이어서 영원한 이별이란 죽음에 이르게 된 것은 아닐까요?

영화 「첨밀밀」에서 뉴욕에서 극적으로 조우한 이교(장만옥)와 여소군(여명)의 놀라는 표정이 인연의 신비감을 불러일으킨다.

사랑은 눈을 멀게 하고, 결혼은 눈을 뜨게 해요. 여소군과 이교의 사랑은 사랑이 지닌 맹목적성보다는 현실의 눈뜸에 초점을 맞추고 있는 것 같아요. 물론 영화에서는 여백을 남기면서 행복한 재회로 끝을 맺고 있지만, 관객들은 두 사람이 결혼까지 해서 잘 살았을 거라고 믿게 되지요.

끝으로, 영화 속의 장만옥에 대해 한마디 하겠습니다. 썩 미인은 아니에요. 툭 불거진 광대뼈와 거칠게 꺾인 턱선 등은, 같은 홍콩 여배우 중에서도 여성스럽게 예쁘장하게 생긴 미인형이었던 왕조현과 비교할 때 중성적인 이미지를 줍니다. 그녀에게 매력이 있다면 그것은 수수하고도 일상적인 멋에 있지 않을까요?

우리나라 소설가 신경숙은 그녀를 두고 한마디로 말해 '진주를 잃어버린 여자의 눈동자'(조선일보, 2003. 1. 19)를 지닌 여배우라고 했어요. 영화 속에서 한때 친구였던 여명을 먼 이역에서 만났을 때 장만옥의 눈동자는 진주를 되찾은 여자의 눈동자가 됩니다. 진주를 잃어버린 여자의 눈동자와 동일시되지요. 영화 「첨밀밀」에 잘 어울린 배역이라고 하겠지요.

오늘 강의는 여기에서 줄일까, 합니다. 오늘은 대중소설, 영화, 대중가요 등과 관련된 대중문화에 관한 얘기들로 주로 구성해 보았습니다. 들어주셔서, 감사합니다.

선을 넘지 못해도 만족해하는 비밀사랑

—신카와 가즈에의 「겨울 벚꽃」

오늘은 일본의 여성 시인 신카와 가즈에(新川和江)의 「겨울 벚꽃」에 관하여 공부하겠습니다.

이 시에는 남자와 여자가 등장합니다. 남자가 누군지, 여자가 또 누군지는 잘 알 수가 없습니다. 여자는 이 시의 화자이기도 합니다. 시의 첫 부분에 남자와 여자가 깨진 냄비에 고친 뚜껑처럼 인연이 맺어져 다음날부터 벌써 반찬 냄새에 찌들어가는 건 싫다고 했으니, 보통의 부부이거나 사실혼 관계에 놓인 동거인은 아닌 것 같군요. 그렇다고 불륜의 관계로 의심할 필요도 없을 것 같네요

자, 어때요? 여러분.

사랑인가 결혼인가? 여러분 어떻게 생각합니까? 어떤 게 인생에서 더 중요한 가치를 가지고 있다고 봅니까? 결혼을 우선하는 사람이 있고, 또 사랑을 우선하는 사람이 있습니다. 서양 속담에 이런 말이 있지요. 러브 이즈 블라인드, 매리지 이즈 아이 오프닝(Love is blind, marriage is eye-opening). 사랑이 눈을 멀게 하고, 결혼은 눈을 뜨게 한다. 사랑은 맹목적인 것이요. 결혼은 개안, 즉 눈을 뜨게 한다는 것. 현실이나 인생의 눈을 뜨게 한다는 뜻이겠지요. 이 영어 속담은 결혼을 중시하고 있는 그런 입장에서 생긴 속담 내지는 격언이라고 할 수 있겠네요.

저도 젊을 때 이 말을 상당히 믿은 바가 있었습니다. 결혼에 대한 지나친 가치 부여 때문에, 제가 결혼이 좀 늦었습니다. 결혼을 진지하게 받아들이지 않으면, 즉 그저 인생의 한 과정이라고 생각해버리면, 제 친구들을 보니까 결혼을 빨리하게 되더군요. 직장이 마련되니, 이것저것 볼 것 없이 빨리 배우자들을 선택하더라구요. 저는 젊었던 시절에 직장이 있을 때 오히려 때를 놓치더니 적령기가 지나 직장이 없으니 결혼하기가 정말 난감해 지더군요. 이와 같이, 인생은 아이러니로 가득 차게 마련이지요.

필자는 일본의 마당 정원의 한 모습을 사진 속에 담았다. (가고시마 옛 영주의 고택에서)

그런데 한편 사랑이나 사랑의 감정을 중시하는 경우도 있어요. 딱 30년 전의 일이네요. 제가 신춘문예에 당선되던 해인 1990년에 신춘문예 당선자를 모아놓고 문화부 장관이 밥 한 끼와 다과를 내면서 간담회를 한 적이 있습니다. 문화부 공관에서요. 그때 문화부 장관이 문학평론가로 유명한 이어령 선생이었습니다. 이어령 선생이 그런 말을 했어요.

결혼하면, 사랑의 환상이 사라지게 마련이다.

이런 말을 했어요. 왜 이런 말이 나왔느냐 하면, 자신은 모든 글쓰기를 다 해보았다는 거예요. 물론, 비평가니까 평론도 썼고, 수필·희곡·시나리오도 가리지 않고 써 보았다는 거예요. 몇몇 편 그의 소설은 제가 보아도 상당히 문학성이 높아요. 성취적인 수준이라고 봐요. 자신도 그래요. 우리나라 소설이 하도 재미가 없어서 자신이 써서 자신이 읽으려고 소설을 썼다고 해요. 안 쓴 게 딱 하나. 시인데요, 언젠가 자기는 반드시 시를 쓸 거라고 해요. 시를 가장 사랑하기 때문에, 지금 시를 아끼고 있는 거라고 하더군요. 이어령이 아니면, 할 수 없는 말을 거침없이 쏟아내는 데 참 대단하다는 생각이 들었습니다.

진즉부터 시를 쓰게 되면 시에 대한 무슨 사랑의 감정이 식는 게 아닌가 해서 지금 두고두고 아끼고 있다고 하는데, 자기 자신에게 있어서 시는 사랑의 환상과 같은 것이라고 해요. 그는 자신의 인생 마지막에 시를 써서 문학적인 인생을 완성하겠다는 포부를 밝히고 있었어요. 사실은 그 자리가 문단 신인들을 불러 격려하는 자리지, 자신의 포부를 밝히는 자리가 아닌데도 불구하고 말이죠.

어쨌든 그는 시를 쓰고 싶다고 했는데 정말 시집 몇 권 냈습니다. 하지만 전부 다 기독교로 일관한 시가 되어서, 독자나 평단의 주목을 받지는 못했습니다. 이 분은 자신에게 시 쓰기가 사랑과 같은 것이고, 그래서 시 쓰는 걸 아끼고 아낀다고 한 것입니다. 나머지 산문들은 현실을 눈뜨게 하고 자각하게 한다는 점에서 결혼과 같은 것이겠지요.

아무리 사랑의 환상에 취해져 있다가도 결혼하게 되면, 결혼한 순간, 사랑의 환상이 깨지게 마련이라고 합니다. 그 분의 비유적인 표현이 지금도 기억이 나네요. 사랑하다가 결혼하면 결혼을 한 순간, 남편의 파자마 입은 모습, 구공탄 나르는 모습으로 인해 아내에게 사랑의 환상은 팍 깨진다는 거예요. 이 분이 젊었을 때 파자마를 많이 입었던 모양이지요? 또 구공탄. 우리는 잘 모릅니다. 구공탄은 구멍이 아홉 개 있는 연탄인데 우리 세대는 이것이 스무 개 정도 되는 연탄을 보았지, 구공탄은 본 일이 없었지요.

　아닌 게 아니라, 인생에서 사랑의 환상을 유지하는 것은 꽤 중요합니다. 이런 생각이 고도화되기에 이르면, 사랑의 환상에 지나치게 도취되어 있을 때는, 결혼을 하지 말아야 합니다. 일단, 결혼을 하게 되면 어쩔 수 없이 맺어진 인연 같이 생각해야 하고, 또 그래야 합니다. 이것을 시인 신카와 가즈에는 깨진 냄비에 고친 뚜껑이라고 표현을 했거든요. 참 재미있는 표현이고, 독창적인 비유법이라고 할 수 있겠네요. 결혼한 다음 날부터 보통의 남녀는 스스로 사랑의 환상을 깨고 반찬 냄새에 찌들어가는 생활을 하게 되는 겁니다.

　　남자와 여자의 인연이
　　깨진 냄비에 고친 뚜껑처럼 맺어져
　　다음 날부터 벌써 반찬 냄새에
　　찌들어가는 건 싫은 일입니다.
　　당신이 종루의 종이라고 하면
　　나는 종의 울림소리이고 싶다.
　　당신이 노래의 마디나 소절이라면
　　나는 그 짝 맞춤의 단위이고 싶다.
　　당신이 한 개의 레몬이라면

나는 거울 속에 놓인 레몬

그렇게 당신과 조용히 마주앉고 싶다.

현실이 아닌 혼령의 세계에서는

나도 당신도 영원한 어린아이여서

그런 소꿉놀이도 허용되어 있겠지요.

눅눅한 이불 냄새가 감도는,

눈꺼풀처럼 무겁게 차양이 드리워진

한 지붕 아래 살 수 없다고 해서

무엇을 슬퍼할 필요가 있을까요.

보세요, 왕과 왕비를 본뜬 인형처럼

우리가 나란히 앉았던 귀한 자리,

거기만 환하게 저물 듯 말 듯해

끊임없이 벚꽃 잎이 흩날리고.

—조영렬 옮김 참고

　이 시의 역본은 기존 역본을 참고했지만 제 목소리를 내려고 애를 썼습니다. 시상의 실마리는 남녀의 인연이 그다지 특별한 경우가 아니라는 데 있어요. 비유하자면, 깨진 냄비와 고친 뚜껑이 짝을 맺는 관계라고 하겠지요. 어디 연분이 따로 있나요, 짚신도 짝이 맞으면, 연분이지. 인연의 신비감이란, 살다 보면 사라지는 거지요.

　행간에 많은 사연이 건너뛰고 있군요.

　당신이 종루의 종이라면, 나는 그 종소리이고 싶다. 여성 화자는 혼외(婚外)의 한 남자와 만나 대화를 나누고 있네요. 부부로 함께 살아가면서 서로 몸을 섞는 일까지 없어도, 남남으로서 마음과 마음이 서로 울리면 좋겠다고 해요. 종과 종소리의 관계는 참 적절한 비유네요. 비유는 이어집니다. 당신이 노래의 한 소절이라면, 나는 그 울림의 소리이고 싶다.

소리만큼 하모니를 잘 울리는 것은 없겠지요. 당신이 한 개의 레몬이라면, 나는 거울 속에 놓인 레몬이라뇨. 그만큼 화자와 당신이 조용히 마주앉고 싶다는 바람을 나타내고 있습니다.

눅눅한 이불 냄새가 나는 방안이나, 눈꺼풀처럼 무거운 차양이 드리워진 방 안에서 살지 않는다고, 다시 말해 부부가 되어 살지 않는다고 해서 슬퍼할 필요나 이유가 없다는 것. 이 정도만 해도 행복이란 겁니다.

일본의 그 눅눅한 이불. 우리는 장마철이 아니고는 별로 눅눅한 이불이랄 게 없습니다. 일본처럼 습도가 높지 않아서요. 일본 사람들은 이불을 개킬 때 어떻게 합니까? 살갗 닿는 부분을 앞으로 합니까? 안으로 합니까? 우리는 살갗 닿는 부분이 안으로 들어가지 않습니까. 일본은 반대입니다. 살갗 닿는 부분을 밖으로 드러냅니다. 왜? 습도가 너무 높기 때문이죠. 그 이불 냄새를 제거하기 위해 바깥으로 해야 된다는 얘깁니다. 살갗 닿는 부분에 땀이 많이 젖을 수가 있거든요. 이렇게 눅눅한 이불 냄새나는 한 지붕에서 살 수가 없다고 해서 슬퍼할 필요가 없지 않느냐. 즉, 같이 안 살아도 된다. 당신과 내가 말예요.

다음 부분을 볼까요. 다음의 옮김은 기존의 역본에서 인용해 왔습니다.

> 보세요, 한 쌍의 인형처럼
> 우리가 나란히 앉았던 돗자리,
> 그곳만 밝게 해가지지 않아

한 쌍의 인형이라고 하는 부분이 의미가 뚜렷이 통하지 않아서 원문을 확인해 보았는데, '다이리비나(だごりびな)'라고 되어 있어요. 이 낱말은 일본의 천황과 황후의 옷을 입힌 인형을 말합니다. 그래서 저는 '왕과 왕비를 본뜬 인형'이라고 했구요, 다음 행의 '돗자리'도 석연치 않은

다타미의 한 자리가 햇빛을 받고 있다. 시편 「겨울 벚꽃」에서 '거기만 환하게 저물 듯 말 듯 해'에 해당하는 이미지다.

번역이에요. 물론 원관념이 화자와 한 남자가 앉아 있는 장소의 왜돗자리인 것은 맞는 것 같아요. 우리말 왜돗자리는 일본어로 '다타미'라고 발음해요. 우리나라 사람들은 그냥 '다타미 방'이라고 하지요. 방(房)은 우리만 쓰는 말이죠. 지금 이 두 남녀는 소위 다타미로 된 무슨 방(찻집)에서 차를 마시고 있는 것 같아요.

이 (왜)돗자리의 원문은 '고자(ござ)'예요. 한자어로는 어좌(御座)에 해당하는 말. 여기에서의 돗자리는 '귀인이 앉아 있는 존엄한 자리 위에'라고 하는 뜻입니다. 이 자리만 밝게 해가 지지 않는다는 건 무슨 뜻이죠? 우리들이 앉은 자리가 마치 귀한 자리인 듯해 해지지 않고 빛이 남아 있는 것처럼 느껴진다는 것. 지금 이 순간이 마치 사진처럼 시간이 정지된 현존의 시간이라면, 저물지 않고 영원히 빛이 남아 있겠지요.

그래요. 이처럼 서정시는 시간이 멎은 상태에서 꺼지지 않은 채, 순간적으로 타오르는 정조(情調)의 불꽃이에요.

저는 이바라기 노리코 선생의 책 『시의 마음을 읽다』를 일본 헌책방에서 사온 일이 있어요. 한 5년 되었을 걸요. 이 책이 작년에 번역되었어요. 그가 일본 시 46편, 외국 시 2편을 선정해 해설한 책이에요. 그는 일본 근현대시의 역사에서 가장 저명한 현실주의 시인이구요, 대표작 「내가 가장 예뻤을 때」라는 세계적으로 유명한 반전시를 쓴 여성 시인이며, 또 우리가 주목할 사실은요, 우리나라를 무척이나 사랑했던 친한파 시인이었습니다. 작고한 지도 시간이 좀 지났네요.

어쨌든 그가 쓴 책 『시의 마음을 읽다』는 제가 아주 강하게 추천하고 싶은 흥미로운 책입니다. 제가 올해 이 책을 교보문고 본점에서 구입해 전철 안에서 읽다가 갈아타야 할 천호역을 지나쳐 종점까지 가버렸을 정도입니다.

그는 신카와 가즈에의 「겨울 벚꽃」의 등장인물이 공인된 사이가 아니다, 삼각관계가 아니면 사각관계다, 라고 보았죠. 두 사람 중 한 사람이 배우자가 있으면 삼각관계지요. 두 사람 다 배우자가 있으면 사각관계라고 할 수 있겠지요. 제가 짐작하기로는 둘 다 배우자가 있는 그런 관계 같네요.

근데 시 속의 이 두 사람은 사랑하거나 호감이 있는 사이지만 서로 불륜관계가 아닌 게 확실합니다. 섹스 없는 사랑의 순수성을 유지하는 친구 같은 사랑일 것입니다. 그리고 청춘의 열정을 보낸 중년의 사랑입니다. 나이 40대나 50대의 사랑을 말하는 것 같아요. 그러니까 '겨울 벚꽃'의 사랑이라고 암시하고 있지요.

겨울 벚꽃의 사랑. 끊임없이 벚꽃 잎이 흩날린다는 시상의 매조지 부분을 마지막으로 살펴볼까요.

도쿄에서 그다지 멀지 않은 휴양지 아타미에서, 필자가 사진에 담은 겨울 벚꽃. 이를 두고 일본인들은 '아타미 사쿠라'라고 한다. 아타미는 이수일과 심순애 이야기의 원전이 되는 「금색야차」의 배경지로 유명하다.

벚꽃이 일반적으로는 봄에 피지 겨울에 피지 않거든요. 그러니까 늦게 핀 사랑. 철 지난 사랑. 이런 뜻이 아닌가 하고 보는 것이 이바라기 노리코의 견해라고 할 수 있습니다. 그러면서 이렇게 설명하고 있네요. 상대의 존재를 의식하고 나날의 삶에서 상대에게 어울리는 존재가 되고 싶은 바람을 품고 있는 내용의 시다……했으니까 아주 적절한 표현이라고 할 수 있겠네요.

그런데 이바라기 노리코는 겨울에 무슨 벚꽃이 있느냐고 했어요. 그러니까 겨울에 내리는 눈일지 모르겠다는 견해를 보였어요. 이건 아닌 것 같아요. 제가 2년 전에 일본의 아타미 해변을 간 일이 있는데 이미 '아타미 사쿠라'라고 해서 1월부터 꽃을 피운다고 해요. 제가 가서 사진을 찍은 날은 2월 11일이었어요. 이 겨울 벚꽃이 흐드러지게 피어 있으면서도, 약간 이울고 있더군요.

시인 신카와 가즈에는 정말 겨울 벚꽃을 보고 이 시를 썼는지, 아니면 겨울 벚꽃을 관념 속에서 상상력을 떠올리면서 썼는지, 잘 알 수가 없습니다. 하지만 이 겨울 벚꽃의 사랑이 현실의 틀과 프레임으로부터 벗어난 사랑의 경우인 것은 사실입니다.

어떻습니까? 참 좋은 시라고, 저는 생각해요. 또 이바라기 선생이 이 시의 마음을 제대로 읽고 설명한 것도요. 현실을 초월한 환상적인 의미의 꽃이 부여한 이색진 관계의 사랑. 이 강의의 제목이기도 한 '선을 넘지 못해도 만족해하는 비밀사랑'이라고 말하고 싶습니다.

마치면서 인사를 드립니다.
안녕히 계십시오.

성냥불로 타는 조용한 불꽃 사랑

—론 패짓의 「사랑 시편」

오늘은 론 패짓의 「사랑 시편(Love Poem)」에 관해서 공부하겠습니다. 이 시는요, 짐 자무시 감독에 의해 연출된 최근의 영화 「패터슨」에 소개된 시입니다. 그는 미국 독립영화의 상징적 존재라고 할 수 있죠. 이 영화는 2016년 부산 국제영화제에서 첫선을 보였고요, 2년 뒤인 2018년에 우리나라 영화관에서 개봉되어서 언론으로부터 많은 호평을 받았습니다. 하지만 이듬해 열린 아카데미 영화제에서는 좋은 평가를 받지 못했습니다. 상도 받지 못했어요.

영화 「패터슨」 속에 소개된 시 「사랑 시편」을 지은 시인은 지금도 활동하고 있는 론 패짓(Ron Padgett)입니다. 론 파젯이란 표기도 보이네요. 영화 속의 「패터슨」의 패터슨은 시내버스 운전기사입니다. 그는 미국 뉴저지의 패터슨 시에 살면서 생업에 종사하고 있습니다. 주인공 이름과 마을 이름이 동일하네요. 좀 특이하다고 할 수 있습니다. 패터슨은 휴대폰도 노트북도 없는, 아주 유행에 늦은 평범한 사람입니다. 그는 틈틈이 시를 쓰는 사람이기도 하구요. 전문적인 시인은 아닌 것 같고, 시인 지망생이거나, 아니면 지역 동호회 모임의 시인이거나 할 것입니다.

Love Poem
By Ron Padgett

We have plenty of matches in our house.
We keep them on hand always.
Currently our favorite brand is Ohio Blue Tip,
though we used to prefer Diamond brand.
That was before we discovered Ohio Blue Tip matches.
They are excellently packaged, sturdy
little boxes with dark and light blue and white labels
with words lettered on the shape of a megaphone,
as if to say even louder to the world,
"Here is the most beautiful match in the world,
its one and a half inch soft pine stem capped
by a grainy dark purple head, so sober and furious
and stubbornly read to burst into flame,
lighting, perhaps, the cigarette of the woman you love,
for the first time, and it was never really the same
after that. All this will we give you."
That is what you gave me, I
became the cigarette and you the match, or I
the match and you the cigarette, blazing
with kisses that smolder toward heaven.

시인 론 패짓의 모습과, 그의 시 「사랑 시편」의 원문을 담은 사진. 이 시가 영화 「패터슨」 속에 부분적으로 반영되어, 영화를 본 사람들에게 두루 알려졌다.

그에게는 늘 반복적인 일상의 스케줄이 있을 뿐입니다. 새벽 일찍 잠을 깨서 시리얼과 우유로 간단한 아침 식사를 하고 이른 아침부터 운전대를 잡고 점심때는 아내가 만들어준 도시락을 또 간단하게 먹고 저녁 무렵에 일을 마치고 귀가합니다. 아이가 없는 대신에 키우는 개와 산책을 하고 밤에는 친구가 운영하는 바에 가서 소량의 맥주를 마시면서 이웃들과 대화를 나눕니다. 그야말로 소소한 일상생활 속에서 시를 쓰는 직업인 버스 드라이버입니다.

전업주부인 아내는 늘 나른한 모습을 하고 있습니다. 아이도 가지지 않은 이 젊은 부부에게는 애완견이 생활 속의 복덩이입니다. 이 녀석의 행동 하나하나가 관객의 눈길 안에서 잔잔한 웃음거리가 되고 있습니다. 스크린 속의 개도 훌륭한 조역이 될 수 있다는 걸 확인시켜주는 영화랄까요.

영화 속에서는 여러 편의 시가 낭독되는데요. 이들은 대부분 생활감정에 충실하고 매우 평이하게 기술되어 있는 시들입니다. 영화 속의 시들은 감독 짐 자무시가 직접 쓴 것이 있고요. 그리고 뉴저지 지역의 저명한 시인 윌리암 카를로스 윌리엄스의 시도 있고요. 또 우리가 오늘 공부할, 현존하고 있는 시인인 론 패짓의 시가 나옵니다.

짐 자무시가 평소 알고 지내는 시인 론 패짓에게 저작권 사용 허락을 의뢰했습니다만 거절을 당했습니다. 몇 차례 더 간청을 했다고 해요. 론 패짓이 시나리오를 읽고 좋은 영화가 될 것 같다는 생각을 하게 되어서, 그러한 확신이 생겨서, 저작권 사용을 허락해 주었다고 해요. 이 시가 아까 말씀 드린 「사랑 시편」입니다. 본디 이 시의 원작은 20행시인데요, 영화에서는 반으로 줄여 10행시로 축소되었습니다. 이 시는 '우리 집에는 성냥이 많다(We have a plenty of matches in our house).'라고 하는 문장으로부터 시작되고 있습니다. 원작 20행이 좀 길다고 생각해, 중간을 건너 뛰어 14행으로 줄일게요.

우리 집에는 성냥이 많다.
요즘 우리가 좋아하는 성냥은
오하이오 블루 팁이다
진하고 옅은 청색과 흰색 로고가
확성기 모양으로 되어 있어

더 큰 소리를 내는 것 같다.

여기에 세상에서 가장

멋있는 성냥이 있어요.

차분하고도 격렬하게

타오를 불꽃 말예요.

 (중략)

난 담배가 되면 넌 성냥이 되어

혹은 내가 성냥이 되면 넌 담배가 되어

입맞춤으로 이글거리다

천국으로 향하는 불꽃이 되네.

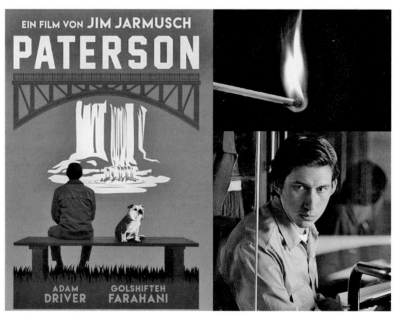

영화 「패터슨」의 홍보 자료와, 이 영화에 주인공 패터슨 역으로 출연한 배우 아담 드라이버의 모습. 말하자면, 패터슨 시의 버스 드라이버 역에 출연한 영화 속 패터슨 씨인 아담 드라이버다.

영화 속에서 패터슨 부부가 가장 좋아하는 종류의 성냥은 오하이오 블루 팁이라고 해요. 진하고 옅은 청색과 흰색 로고가 확성기 모양으로 되어 있는 그런 성냥 말예요. 마치 이 로고의 확성기 모양이 자기광고를 하는 것 같다는 상상력을 발동하고 있습니다. 확성기가 이렇게 지금 떠들고 있어요. 여기요, 지금 세상에서 가장 멋있는 성냥이 있어요. 차분하고 격렬하게 타오를 불꽃 말예요, 하고 마치 말하는 것처럼. 서로가 담배와 성냥의 역할을 바꾸어가면서 차분하거나 격렬한 입맞춤으로 불타오른다는 것. 무척 재미있는 표현이네요.

영국 17세기의 저명한 시인 존 던이 있었습니다. 형이상학파 시인의 한 사람이지요. 존 던이 연인 관계를 콤파스의 두 다리로 비유한 적이 있습니다. 콤파스 있잖아요. 수학 시간에 원을 그릴 때 쓰는 도구 말예요. 마치 이 같은 비유법을 연상케 하고 있네요. 담배와 성냥의 유추 관계는 마치 콤파스의 두 다리와 유사한 느낌을 주고 있습니다. 다람쥐 쳇바퀴 도는 것처럼 되풀이되는 소소한 일상의 순환성을 보여준 가운데, 이 영화 속에서 낭랑하게 읽히고 있는 시「사랑 시편」역시 성냥, 성냥불, 부부애 등과 같은 일상의 소재를 통해서 소소한 일상의 모습을 재현하고 있습니다.

패터슨은 소소한 일상의 것들에서 시심을 낚아 올립니다. 낭독되고 있는 시들은 대체로 길고 현실주의의 서정적인 힘을 지니고 있는 것처럼 보입니다. 또, 이 영화의 최대의 미덕은 카메라의 동선에 있지 않나, 생각됩니다. 짐 자무시는 한 시대의 거장이었지요. 극적인 전환이나 굴곡진 파고(波高)가 없어도 강물이 흐르듯이 잔잔히 흘러가는 강물 같은 영화. 거장의 영화답습니다. 영화는 패터슨의 시점에서 관객들을 시내의 구석구석으로 데리고 다니고 있습니다. 높은 운전석의 시점에서 소도시의 한적한 정경인 바깥의 세상을 바라보는 것도 소소한 일상의 시적인

거장 짐 자무시가 연출한 영화 「패터슨」은 비평적으로 호평을 받은 작품이다. 특히 우리나라에서는 2016년 부산 국제영화제에서 첫선을 보였다가, 이듬해 연말에 영화관에서 개봉되었는데, 국내 언론의 폭넓은 관심과 주목을 받기도 했다.

표현인 것이며, 뿐만 아니라, 긴 거리 워킹의 장면은 「천국보다 낯선」에서 한번 본 것 같은 느낌이 떠오르는 대목이기도 합니다.

영화의 막바지에 이르러, 패터슨은 폭포수와 다리를 배경으로 한 아름다운 공원에서, 일본에서 온 시인과 우연히 만납니다. 생면부지의 두 사람은 영어로 시에 관해 말을 주고받습니다. 일본 시인은 패터슨에게 묻습니다. 당신, 혹시 시인이냐고? 패터슨이 말합니다. 시인이 아니라, 버스 운전수라고. 일본 시인은 패터슨에게 자신의 일본어 시집을 선물합니다. 패터슨은 이 시집을 왜 영어로 번역하지 않느냐고 묻습니다. 그 일본 시인은 번역된 시야말로 레인코트를 입고 샤워하는 것에 지나지 않는다고 말합니다. 본래의 언어로 된 시가 날것의 언어라면, 번역된 언어는 가공한 언어라고 말할 수가 있겠지요.

　소소한 일상의 모습이 이와 같이 반복되면 미세한 변화가 감지됩니다. 로버트 마우어라는 사람이 있습니다. UCLA 의과대학에서 22년 동안 연구한 끝에 책을 하나 냈어요. 이 책이 우리나라에 번역되기도 했는데요. 『아주 작은 반복의 힘(One small step can change your life)』이란 책입니다.

　이 책의 시작은 화가 빈센트 반 고흐의 어록에서 시작됩니다. 고흐는 위대한 순간은 소소한 일들이 모여 조금씩 이루어진 것이라는 어록을 남겼다고 해요. 이것을 인용함으로써 이 책이 시작됩니다.

　우리가 아는 고흐는 어떤 사람입니까? 우리나라 소설가 김동인의 소설 제목처럼 '광화사' 즉 미친 화가. 광기와 광증에 사로잡힌 뛰어난 화가 정도로 우리가 이해하고 있지 않습니까? 미쳤다고 보기에는 사뭇 의미 있는 어록이라고 할 수 있겠네요.

　로버트 마우어는 진보의 위대한 순간은 아주 작은 것에서 비롯된다, 아주 작은 것에 주의를 기울임으로써, 또 기울이는 평범한 인상으로부터 시작된다고 했습니다.

　요즘 코로나 때문에 여러분들 마음고생이 심하지요. 나도 걸리지 않을까, 하는. 인류는 항상 전염병과 싸워왔습니다. 인류의 역사는 전염병과 싸워온 역사입니다. 가장 지독한 전염병이 뭡니까? 여러분 알다시피 흑사병, 페스트라고 생각하기 쉬운데, 아니에요. 천연두입니다. 페스트는 한 시대에 집중되고 한 지역에 집중되었습니다. 아시아에서는 별로 영향이 없었습니다. 유럽에 집중되었지요. 전염병이 대체로 어느 몇 세기에 걸쳐 집중되었지만. 천연두는 그 정도가 아니라 2000년 넘게 시대와 공간을 가리지 않고 인간을 괴롭혀왔었지요.

　그런데 그 놈의 천연두는 지금 퇴치되었거든요. 퇴치시킨 위대한 인물이 의사 에드워드 제너. 잘 알지 않습니까? 그는 소젖을 짜는 여인이 천연두에 걸리지 않는다는 것에서 퇴치의 뾰족한 수를 우연찮게 착안합니다. 주지하듯이, 그가 백신을 만들었지요.

백신이란 말은 라틴어로 암소인 '바카(vacca)'에서 온 말입니다. 여기에서 우두접종(vaccination)이니 백신(vaccine)이니 하는 말들이 파생되었던 거예요. 그 밖의 다른 전염병인 콜레라, 말라리아 등에도 큰 영향을 끼쳐서, 백신은 현대에 치료 혁명의 진보를 가져다주었습니다.

코로나19의 백신도 빨리 만들어서 이 괴질을 퇴치해야 되겠는데요, 참 걱정이 아닐 수 없습니다. 에드워드 제너의 소소한 일상 속에서의 작은 관찰 하나가 큰일을 해내었다는 게 우리가 주목해야 할 사실입니다. 로버트 마우어는 『아주 작은 반복의 힘』에서 에드워드 제너의 백신 개발을 그 해냄의 예로 들고 있습니다.

영화 「패터슨」에서 주인공으로 나오는 버스 드라이버인 미스터 패터슨. 이 사람이 쓴 시 한 편 한 편은 매일 반복되는 일상 속에서의 미세한 변화에 지나지 않을 겁니다. 그러나 이것들이 하나하나 축적해가면서 얻어진 시 창작의 경험들은 로버트 마우어가 말한 것처럼 '아주 작은 반복의 힘', 즉 개인적 삶에 있어서 변화의 씨앗이 될 가능성의 여지가 있습니다. 저는 여러분 한 명, 한 명이야말로 바로 영화 속의 패터슨 씨가 아닐까, 생각해요.

여러분, 어떻습니까? 공감하시나요?
경청해주셔서 감사합니다. 안녕히 계십시오.